이상적인 기둥서방 생활

와타나베 츠네히코

길찾기

이상적인 기둥서방생활 ⑫

CONTENTS

일러스트 아야쿠라 쥬 **장정·본문 디자인** 5GAS DESIGN STUDIO
교정 아이카와 카오리(도쿄출판서비스센터) **편집** 다카하라 히데키·시시도 나나에(주부의 벗)
한국어판 번역 김정규 **교정** 정성학 **마케팅** 정다움 이수빈 **편집** 김일철 **디자인** 백진화
주간 조성길

[프롤로그] **산양섬**

"섬이 보인다—!"

2번 마스트 꼭대기에 설치된 파수대에 올라가 있는 젊은 선원의 목소리가 '황금나뭇잎호' 전체에 울려 퍼졌다.

높은 곳에서 들려온 목소리는 바닷바람 때문에 그다지 크게 울리지는 않았지만, 그래도 그 목소리를 못 들은 사람은 없었다.

그만큼 모든 이가 애타게 기다리던 말이었다.

"오, 진짜냐?!"

"잘못 본 거면 그냥 안 둔다?"

"파수 당번이 누구지?"

"보리스야."

"애송이 보리스인가. 그렇다면 잘못 봤을 가능성도 있는데."

"만에 하나라도 잘못 본 거라면, 보리스 그 자식을 '산양형'에 처하겠어."

뱃사람들은 제각기 떠들면서, 번쩍번쩍 빛나는 눈으로 수평선 저편을 보고 있다.

무리도 아니다.

아무리 익숙한 뱃사람들이라고 해도, '황금나뭇잎호'가 발렌티아항을 출항한 지 벌써 40일도 넘게 지났다.

중간에 남대륙 북부에 있는 나라의 항구에 기항하기는 했지만, 그때부터 치더라도 벌써 30일이 넘었다.

터프한 뱃사람들도 육지가, 그리고 배 밖이 그리워질 때가 됐다.

게다가 연약한 현대 일본인인 젠지로는 더더욱 그랬다.

"섬? 상륙할 수 있다는 거야?"

지난 40여 일 동안 흔들리는 배 안에서 이동하는 데에도 어느 정도 익숙해진 젠지로는 손으로 벽을 짚으면서 방에서 나와 좁은 통로 막다른 곳에 있는 줄사다리 쪽으로 걸어갔다.

젠지로 일행에게 배정된 방은 갑판 아래층에 있기 때문에, 갑판으로 올라가려면 이렇게 줄사다리를 타고 올라가야 한다.

"괜찮으십니까, 젠지로 님?"

"아직 많이 흔들리고 있으니까 조심하십시오."

이어서, 같은 방에서 쉬고 있던 기사 나탈리오와 그 부하 병사가 젠지로의 등을 향해서 말을 걸었다.

나탈리오와 병사가 일단은 존댓말을 하고 있지만, 말투나 표정은 출항 전과 비교하면 많이 편해졌다.

아무래도 한 달도 넘게 같은 방에서 살았으니, 그런 면에서는 좋건 나쁘건 적당히 타협하게 된다.

"응, 알고 있어."

젠지로는 왼손을 슬쩍 들어 보이며 그렇게 대답하고는 줄사다리를 타고 올라갔다.

그동안 나탈리오와 젊은 병사는 밑에서 기다렸다. 서둘러야 할 때라면 모를까, 그렇지 않을 때는 안전 관계상 원칙적으로 한 사람씩만 이용하게 되어 있다.

첫날에는 그렇게 무서웠던 줄사다리도 이제는 많이 익숙해졌다.

선체가 심하게 흔들리는 먼바다에서는 어설프게 고정된 계단보다 매달려 있는 줄사다리 쪽이 훨씬 안전하다는 사실을 젠지로는 직접 체험하면서 배웠다.

"파도가 심할 때면 네모난 침대에서는 제대로 잘 수도 없다니까. 다음에 프레야 전하께 해먹을 제안해 볼까."

줄사다리를 올라가면서 젠지로는 혼자서 중얼거렸다.

어설프게 배운 지식이지만, 지구에서는 범선 시대에 줄로 매다는 해먹을 침구로 요긴하게 사용했다고 들은 기억이 있다. 키를 돌릴 때마다 침대 가장자리에 머리를 부딪히는 지금의 침대보다는 나을 것 같다고 젠지로는 기대했다.

하지만, 어차피 일단 웁살라 왕국에 도착하기만 한다면 돌아갈 때는 '순간이동'을 쓸 생각이기에, 젠지로 개인에게는 큰 의미가 없는 이야기다.

이어서 올라온 나탈리오와 젊은 병사를 데리고 갑판으로 올라가 보니, 이미 많은 사람들이 모여 있었다.

일하고 있는 사람들을 제외한 나머지는 전부 모여 있는 게 아닌가 싶을 정도로 많은 사람들이 선수 갑판에 모여 있다.

당연한 일인지도 모른다.

긴 항해를 하는 선원들에게 그저 평범한 섬이라도 '뭍 발견'은 최고로 좋은 소식이다.

"오, 오셨습니까 폐하."

"폐하, 이리로 오시지요."

"그래, 고마워."

최근 40일 사이에 완전히 편한 사이가 된 '황금나뭇잎호' 선원이 자리를 양보해 주자 젠지로는 갑판에 있는 난간을 붙잡고서 안도의 한숨을 쉬었다.

아무래도 40일이나 지내다 보니 배에서의 생활에도 어느 정도 익숙해졌지만, 그래도 뱃사람들처럼 아무것도 잡지 않고도 흔들리는 갑판 위를 걸어다닐 수 있을 정도는 아니었다.

선원이 양보해 준 난간을 잡은 젠지로는 마찬가지로 옆에서 난간에 매달려 있는 금발 소녀에게 말을 걸었다.

"루시도 갑판에 올라와 있었구나."

젠지로의 목소리를 들은 루시…… 루크레치아 브로이가 붙임성 있는 미소를 지었다.

"예, 폐하. 뭍에 올라갈 수 있다는 말을 들었더니 도저히 가만히 있을 수가 없어서요."

배에서는 만약의 경우를 대비해 최대한 알아듣기 쉽고 짧은 이름으로 부른다.

그 이야기를 들은 루크레치아는 이 기회를 놓칠 수 없다는 것처럼, 젠지로에게 루시라는 약칭으로 불러 달라고 부탁했다.

젠지로도 무슨 의도로 한 말인지 알아차리지 못한 건 아니었지만, 일단 내용 자체는 맞는 말이었기 때문에 씁쓸하게 웃고는 '배에서만'이라는 조건하에 그 제안을 받아들였다.

당연한 얘기지만 루크레치아보다 루시 쪽이 훨씬 부르기 편하다. 루시라고 부르는 데 익숙해져 버린 탓에 앞으로도 계속 그렇게 부를 것 같다는 점을 생각해 보면, 한 방 먹었다고 해야 할지도 모른다.

배라는 폐쇄 공간 속의 승객이라는, 움직일 수는 있지만 할 일이 없는 시간을 잔뜩 공유한 탓에 루크레치아와의 심리적 거리가 많이 가까워진 것 같은 기분이 든다.

그런 생각을 하다가, 젠지로는 문득 어떤 사실을 눈치챘다.

평소에는 최대한 거리를 좁히려고 하던 루크레치아가 어째선지 지금은 조심스레 젠지로와 거리를 두려 하고 있다.

"루시?"

고개를 갸웃거리는 젠지로에게, 루크레치아는 쑥스럽다는 것처럼 볼이 발그레진 얼굴로 털어놓았다.

"죄송해요. 최근에 파도가 거친 날이 계속 이어진 탓에, 몸을 제대로 씻지 못했거든요."

그래서 체취가 느껴지지 않도록 떨어져 있고 싶다는 루시의 말에 젠지로는 살짝 미소를 지으면서 대답했다.

"아, 무슨 말인지 이해해. 나도 벌써 닷새나 면도를 못 했거든. 머리카락은 40일 동안 안 다듬었고."

그렇게 말한 젠지로는 오른손은 난간을 잡은 채, 왼손으로는 수염이 제멋대로 자란 턱과 엉망으로 자란 머리카락을 쓰다듬었다.

흔들리는 배 위에서 얼굴이나 머리카락에 날붙이를 대고 수염을 깎거나 머리카락을 자르는 행위는 쉽사리 할 수 있는 일이 아니다.

머리카락은 원래 한 달에 한 번 정도 다듬었기 때문에 그렇게까지 거슬리지는 않았지만, 닷새나 깎지 않은 수염은 상당히 꼴사나운 상태였다.

그렇다고 면도를 하고 싶으니까 바다를 잔잔하게 해 달라고 부탁할 수도 없다. 면도가 끝난 직후에 폭풍우가 휘몰아치기라도 하면 엄청나게 후회하게 될 테니까.

그런 의미에서도, 뭍이 보였다는 보고는 상당히 좋은 소식이었다.

"상륙하게 된다면 저도 머리카락을 다듬고 싶어요. 하지만, 다듬어 줄 사람이……."

루크레치아는 그렇게 말하고 눈살을 살짝 찌푸리면서 금발 사이드 테일 머리카락을 쓰다듬었다.

원래 어느 정도 길이가 있는 머리카락이다 보니 젠지로한테는 거의 차이를 알아볼 수가 없었지만, 외모에 신경을 쓰는 소녀한테는 민감한 문제겠지.

"그렇다면 말이야, 상륙하게 되면 이네스한테 부탁해 봐. 이네스의 머리카락 다듬는 실력은 전문가 수준이거든."

젠지로의 머리카락은 거의 이네스가 다듬어 줬다.

왕족의 경우에는 신뢰할 수 있는 이발사를 확보하는 것도 꽤

어려운 문제다.

아무래도 얼굴과 목에 날붙이를 대는 일이다 보니, 사람을 찾기가 힘들다.

전문적인 이발사 중에서 신뢰할 수 있는 사람을 찾는 것보다, 신뢰할 수 있는 사람 중에 전문가 수준의 기술을 지닌 자가 있다면 그 사람에게 의뢰하는 쪽이 훨씬 빠르다.

"머리카락 다듬는 일이라면 스카디도 할 줄 압니다. 항상 제 머리카락을 다듬어 주고 있거든요."

그런 목소리가 들려와서 고개를 돌려 보니, 선장 복장을 입은 청은색 머리카락의 소녀가 거침없는 걸음걸이로 가까이 다가오고 있었다.

'황금나뭇잎호'의 선장, 프레야 공주다.

그 뒤에는 평소처럼 키가 큰 여전사 스카디를 거느리고 있다.

젠지로나 루크레치아와는 달리 뭔가를 붙잡은 것도 아닌데 안정적으로 걷고 있는 모습을 보면, 본인은 장식품이라고 말하지만 역시나 선장답다고 할 수 있는 풍격이 느껴졌다.

프레야 공주는 루크레치아와 다르게 머리카락이 상당히 짧기 때문에, 조금만 신경 써서 보면 머리 모양이 달라졌다는 걸 알아차릴 수 있다. 원래는 목 언저리까지 올락말락하는 길이였던 청은색 머리카락이 지금은 옷깃을 덮을 정도까지 내려와 있다.

"안녕, 선장님. 우리하고 얘기해도 괜찮으신 건가요?"

젠지로가 웃는 얼굴로 한손을 들어 올리면서 묻자, 프레야 공주는 밝게 웃으면서 고개를 끄덕였다.

"예. 이미 확인을 마치고 선원들에게 지시도 내렸습니다. 이제 상륙할 때까지 부선장에게 맡기면 됩니다."

"그렇다면?"

난간에 매달린 채 자기도 모르게 몸을 앞으로 쭉 내민 젠지로에게 프레야가 희소식을 전했다.

"예. 선수 망루에서도 확인했습니다. 그럭저럭 규모가 있는 작은 섬이 틀림없습니다. 항해사 말로는 갈 때도 들렀던 섬일 가능성이 크다고 했습니다."

현대 지구와 비교하면 항해술이 미숙하고 동력을 바람에 의존하는 범선이기 때문에, 현재 위치를 정확하게 파악하기가 상당히 힘들다.

특히 남대륙과 북대륙 사이에 있는 대해—대남양(북대륙 쪽 명칭)은 수십 일 동안 사방에 온통 수평선만 보이는 상태가 계속 이어지는 큰 바다다.

올 때와 갈 때에 같은 섬을 발견하는 일은 항해술이 아니라 운에 달린 것이다.

"그런고로, 일단 저 섬에 정박하겠습니다. 부선장, 뒷일을 부탁드리겠습니다!"

소녀 선장의 말이 끝나자 실질적인 선장인 진한 갈색 수염을 기른 사내가 큰 소리로 외쳤다.

"자, 녀석들아 잘 들었지?! 잘만 하면 오늘 밤에는 뭍에서 잘 수 있다. 하지만 만에 하나라도 배 밑바닥을 긁어먹기라도 하면, 다음 항구에서 보너스와 휴가는 꿈도 꾸지 마라!"

'황금나뭇잎호' 정도로 큰 배는 섬이 있다고 해도 함부로 가까이 댈 수가 없다.

진로상의 물속을 잘 감시하지 않으면 생각지도 못한 암초에 부딪칠 수 있고, 최악의 경우에는 배 바닥이 걸려서 좌초될 수도 있다.

하지만 안전하게 상륙하기 위해서는 배를 가능한 섬에 가까이 댈 필요가 있다. 이렇게 파도가 높은 외해에서 보트로 이동하면 뒤집힐 우려가 있으니까.

그런 부분은 선장이 선원들의 실력을 고려하고 해역의 위험성을 고려해서 적절하게 판단해야만 한다.

아쉽지만 지금 이 상황에서 선장은 장식품인 프레야 공주가 아니라 실질적 선장인 망누스 부선장을 가리킨다.

"자! 미속 전진, 그래, 그렇게! 범선은 갑자기 멈추지 못한다! 랄프, 토마스! 수면의 색이 달라지면 바로 큰 소리로 말해라!"

"예이!"

"알겠습니다!"

'황금나뭇잎호'는 천천히, 신중하게 작은 섬을 향해 다가갔다.

◆

결론적으로 젠지로 일행은 무사히 섬에 상륙했다.

망루에 있는 선원이 섬을 발견한 때가 젠지로의 손목시계를 기준으로 오전 10시가 조금 지났을 무렵인데, (동전 던지기에서 진 망루 당번만 빼고)모든 사람들이 무사히 섬에 상륙한 것은 오후 4시가 다 됐을 때였다.

해가 저물기 전에 잠잘 곳과 물을 확보하기 위해 선원들은 쉬지도 못하고 정신없이 돌아다녔다. 그동안 젠지로는 바닷가 근처에 있던 쓰러진 나무에 걸터앉아서 쉬고 있었다.

바쁘게 돌아다니는 선원들을 보면서 자기만 먼저 쉬는 게 미안하다는 생각도 들었지만, 도우려 해 봤자 방해만 되리라는 건 불을 보듯 뻔했다.

애당초 야영에 관한 지식도 전혀 없는데다, 오랫동안 배를 타다가 뭍에 내린 직후다 보니 아직 '육지 멀미'에 시달리는 중이라서, 일어나려고 해도 다리가 말을 듣지 않았다.

더 얘기하자면, 보트를 타고 이동하는 일도 생각보다 훨씬 무서웠다.

밀려오는 파도 때문에 물보라를 맞는 정도는 당연한 일이었다. '황금나뭇잎호'의 갑판에서 내려다볼 때는 파도가 작아 보였지만, 보트에서 보는 파도는 눈높이보다도 높은 곳에 우뚝 서 있었다.

저건 파도가 아니다. 벽이다. 물로 된 벽이 밀려오는 것이다.

일단 수영을 할 수는 있지만, 수영장이나 물놀이를 할 수 있는 잔잔한 강, 또는 해수욕장에서밖에 헤엄쳐 본 경험이 없는 젠지로에게 외해의 거친 파도는 그저 두려울 뿐이었다.

차가운 물보라를 뒤집어쓴 탓에 몸이 차가워지는 바람에 지금도 모닥불을 피워 놓고 바들바들 떨고 있는데, 몸이 떨리는 이유 중의 일부는 아직까지 씻어내지 못한 공포 때문이라는 것도 인정할 수밖에 없는 사실이다.

불을 쬔 덕분에 조금 여유를 되찾은 젠지로는 문득 시선을 옆에 앉아 있는 금발 소녀—루크레치아 쪽으로 옮겼다.

"루시, 괜찮아?"

젠지로가 걱정이 돼서 말을 걸었더니, 루크레치아는 표정을 수습할 여유도 없는지 이를 딱딱 부딪치면서 고개를 저었다.

"무서워……. 무서웠어요."

아무래도 평소에 입던 드레스 차림으로 보트에 타고 내리는 건 무모한 짓이라서, 지금 루크레치아는 위아래로 승마복 같은 옷을 입었다.

그 옷이 바닷물을 뒤집어써서 흠뻑 젖은 루크레치아의 모습을 보니 불쌍하다는 기분이 들었다.

작은 체격이 문제였던 걸까, 사이드 테일로 묶은 금발까지 바닷물을 뒤집어써서 더 불쌍해 보인다.

"응, 그랬구나……."

젠지로는 루크레치아의 감상에 동의하고는 모닥불 위에 올려놓은 주전자를 집어들어 목제 컵에 뜨거운 물을 따라서 루크레치아한테 내밀었다.

"마시는 게 좋을 거야. 몸이 따뜻해져."

"가, 감사합니다, 폐하."

물에 빠진 생쥐 같은 꼴로 모닥불을 쬐고 있는 상황이니, 예의상 하는 말은 아니겠지.

루크레치아는 얌전히 컵을 받아들더니 후후 불어 식히면서 더운물을 마셨다.

주위를 보니 선원들의 움직임도 조금 차분해진 상태였다. 아무래도 예정된 시간 안에 준비를 마칠 전망이 보였기 때문이겠지.

지시를 마친 프레야 공주가 천천히 젠지로에게 다가왔다.

일어서서 맞이하려는 젠지로를 손짓으로 제지하고, 프레야 공주는 모래가 조금 날릴 정도로 뛰어서 달려왔다.

"그냥 계세요. 개인차가 있기는 하지만, '육지 멀미'는 무시할 수 없으니까요."

사실 아직도 살짝 어지러운 상태였던 젠지로는 얌전히 시키는 대로 앉았다.

"고맙습니다 프레야 선장님. 분위기를 보니까 야영 준비는 순조로운 것 같습니다만?"

젠지로가 묻자, 프레야 공주가 기뻐하며 고개를 끄덕이고 대답했다.

"예. 다행히 여기는 갈 때도 들렀던 섬이었습니다. 덕분에 보급하기도 수월합니다."

"보급이요?"

"예. 갈 때는 조금 여유가 있었으니까요. 산양 몇 쌍을 풀어 뒀고 그밖에도 허브, 로메인 상추처럼 그냥 뿌려만 놓으면 알아서 자라는 작물들의 씨앗을 뿌려 뒀었죠."

그 성과가 나타나서 산양들은 짝을 짓고 이 섬에 정착했고, 탐색하러 나갔던 선원이 이 섬에서 태어난 새끼 산양을 몇 마리 발견했다는 것 같다.

"그렇군요, 그런 일도 하는 건가요."

자세히 모르는 젠지로는 그냥 감탄하는 반응을 보였지만, 현대 지구의 환경학자가 프레야의 이야기를 들었다면 기절해 버릴 정도로 엄청난 짓이었다.

섬에는 그 섬만의, 독자적인 닫힌 생태계가 있다. 거기에 외래종 동식물을 반입하는 것은 테러에 가까운 행위다. 특히 산양은 뭐든지 잘 먹는다. 그렇기 때문에 어떤 환경에도 적응할 수 있지만, 그만큼 환경에 미치는 피해도 큰 생물이다.

하지만 문명이 아직 성숙하지 않은 세계의 뱃사람들에게는 그런 이야기는 털끝만큼도 가치가 없는 일이다. 중요한 것은 자신들의 항해가 조금이라도 안전해지는 것이다.

그러기 위해서라면 무인도의 희귀 생물이 전멸하거나 말거나 알 바 아니다.

"그렇습니다. 어린 산양을 잡을 수 있다고 하니까 오늘과 내일은 배에 있는 산양을 잡아서 선원들에게 먹일 예정입니다. 부선장의 말로는 이쯤에서 잘 먹어 두지 않으면 선원들의 몸과 마음이 버티지 못한다는 것 같으니까요."

"2박이나 3박인가요."

프레야 공주의 말을 듣고, 젠지로는 턱에 손을 얹고서 생각에 잠겼다.

그런 젠지로의 모습을 보고도 딱히 뭔가를 느끼지 못했는지,

프레야 공주는 그대로 계속 설명했다.

"본격적인 휴식은 북대륙의 항구에 입항한 뒤에나 가지게 될 테니까요. 이런 곳에서 제대로 된 음식을 배불리 먹어 두면 많이 달라진다는 것 같습니다. 욕심을 부리자면 술이 있다면 좋겠지만, 아무래도 그건 욕심이 너무 과한 일이니까요."

'황금나뭇잎호' 안에는 술통도 있지만, 앞으로도 항해가 계속될 테니까 여기서 소비해 버릴 수는 없다.

"술……. 2박이나 3박……. 그 정도 여유가 있다면……."

"저기, 젠지로 폐하?"

아무래도 뭔가 분위기가 이상하다는 걸 눈치챈 프레야 공주가 젠지로의 이름을 불렀다.

"저기, 프레야 선장님."

"예, 왜 그러시죠?"

"나 혼자만 그러는 건 좀 치사하다는 생각도 들기는 하지만, 그러니까, 1박2일 동안 잠깐 집에 다녀와도 될까요?"

그렇게 말하고, 젠지로는 물에 젖지 않게 몇 겹으로 싸 놓은 가방 안에서 '디지털 카메라'를 꺼냈다.

젠지로가 손에 넣은 '순간이동'이라는 마법은 이동 지점의 풍경을 명확하게 머릿속에 그릴 수만 있으면, 말 그대로 순식간에 그곳으로 이동할 수 있는 마법이다.

순간이동 마법의 숙련자인 여왕 아우라는 자신의 기억력만을 이용해서 국내외 수십 곳에 전이가 가능하다고 하지만, 아직 초보자인 젠지로는 카파 왕궁의 거점 말고 다른 곳들은 '디지털 카메라'의 도움을 받아야만 전이할 수 있다.

반대로 말하자면 '디지털 카메라'의 도움을 받으면 어지간한 곳에는 전부 전이가 가능하다는 뜻이다.

다음날 아침, 간단히 섬을 탐색해서 특징적인 큰 바위와 그 주변의 모습을 디지털 카메라로 여러 장 촬영한 젠지로는 혼자서 '순간이동'으로 카파 왕국 왕도로 일시 귀국했다.

"알고는 있었지만, 남대륙의 혈통마법은 반칙이군요."

모래땅 위에 친 천막이기는 하지만 오랜만에 흔들리지 않는 바닥에서 잠을 잔 프레야 공주는 개운한 몸 상태와는 달리 떨떠름한 표정으로 투덜대는 듯한 말을 하면서 어깨를 으쓱거렸다.

"그렇게까지 편리한 혈통마법은 남대륙에서도 소수파입니다."

몇 안 되는 동성이라는 이유로 같은 천막에서 잤던 루크레치아는 오랜만에 민물을 잔뜩 사용해서 씻은 상쾌한 얼굴로 그다지 도움이 안 될 듯한 말을 했다.

"그런가요?"

프레야 공주는 자신보다 확실하게 키가 작은 루크레치아를 내려다보며 약간 허를 찔렸다는 것처럼 눈이 휘둥그레졌다.

읍살라 왕국에서는 여성 중에서도 체구가 작은 부류에 들어가는 프레야 공주로서는 이렇게 다른 사람을 내려다보는 일이 조금 신선한 기분이었다.

별 의미도 없는 우월감을 맛보고 있는 프레야 공주에게 루크레치아가 설명해 줬다.

"예. 물론 최종적으로는 사용 방법이나 때와 장소에 따라 달라지기는 하지만, 전시나 평시를 가리지 않고 언제든지 국력 증강에 크게 영향을 미치는 마법이라는 의미에서 보면 카파 왕국의 '시공마법'에 필적하는 마법은 그다지 많지 않습니다. 저희 쌍왕국의 '부여마법'과 '치유마법'. 그리고 투칼레 왕국의 '해득마법' 정도라고 생각합니다."

국력과 각 왕가의 혈통마법의 성능이 완전히 비례하는 건 아니지만, 그래도 전체적으로 보면 대국일수록 유익한 혈통마법을 소유하고 있는 경우가 많다.

어쨌거나 젠지로는 일시적으로 귀국했다. 내일, 가능한 많은 보급 물자를 가지고 이 섬으로 '순간이동'해서 돌아올 예정이다.

술과 생고기, 신선한 채소와 과일, 설탕과자 등을 가지고 돌아오겠다고 했다. 벌써부터 기대된다. 이것도 젠지로가 '순간이동'을 사용해서 일시적으로 귀국하는 덕분이다.

고맙다. 정말로 고맙다.

하지만, 그건 그렇다 치고.

"역시, 조금 치사하다고 생각합니다.

청은색 머리카락에 묻은 흙을 손가락으로 빗질해서 꼼꼼히 털어내면서 한숨을 쉬는 프레야 공주의 말을 듣고 루크레치아도 마음속으로는 전면적으로 동의했지만, 아무리 본인이 이 자리에 없

다고 해도 자신이 노리고 있는 남자의 험담을 함부로 입에 담을
수는 없었다.

"아하하."

결국 루크레치아는 애매하게 웃어넘기는 수밖에 없었다.

❖

다음날 점심 무렵.

예정대로 젠지로가 무인도로 '순간이동'해서 돌아왔다.

등에 커다란 통을 짊어지고, 가슴에는 중간 사이즈의 배낭을
걸고, 양쪽 옆구리에 작은 자루를 매달고, 전원을 켠 디지털 카메
라를 두 손으로 들고 있는 모습으로.

학교가 끝나고 친구들과 같이 집에 가다가 가위바위보에 져서
가방을 전부 짊어진 초등학생 같은 모습이었다.

역시 등에 멘 통이 제일 무거운지 전이 직후에 뒤로 넘어질 뻔
했지만, 어느샌가 뒤에 서 있던 시녀 이네스가 살며시 받쳐 줬다.

"괜찮으십니까, 젠지로 님?"

"고마워, 이네스. 후우."

이네스의 도움을 받으며 젠지로는 온 몸에 묶어 둔 '선물'을 땅
에 내려놓았다.

통을 내려놓으면서 울린 쿵, 하는 소리를 들었는지, 바닷가 쪽
에서 작업하던 사람들이 젠지로에게 달려왔다.

뛰어오는 선원들의 기대에 보답하기 위해, 젠지로는 탁, 소리가

나게 통을 두드리고는,

"술을 가지고 왔다!"

있는 힘껏 소리쳤다.

"우와아아아!"

"이얏호!"

"최고다!"

대답은 섬이 흔들릴 정도로 큰 환호성이었다.

그날 밤에는 당연히 술판이 벌어졌다.

낮 동안에 준비해둔 커다란 모닥불을 둘러싸고, 선원들이 빙 둘러 앉았다.

주인공은 모닥불 옆에 놓인 커다란 통이다.

젠지로가 '순간이동'으로 가지고 온 맥주가 가득 들어 있는 큰 통에 선원들이 나무 술잔을 집어넣어서 술을 퍼냈다.

카파 왕국의 맥주는 도수가 그다지 높지 않은 가벼운 술이지만, 오랜만에 상륙했다는 기분에 취하기도 했겠지.

선원들 중에 절반은 이미 완전히 취해 있다.

"드넓은 바다는~♪ 사랑하는 마누라~♪ 너무너무 넓어서~♪ 가도가도 끝이 없다네~♪"

기분 좋게 노래를 부르는 사람.

"그래서, 그 자식이 말이야! 하필이면 선미 망루에서 오줌을 싼 거야! 범선이잖아? 그것도 가로돛까지 펴놓은 순풍 때였어. 당연히 바람 때문에 그 오줌이 전부 그 자식한테 돌아왔다니까!"

다른 사람의 실패담을 피로해서 다른 사람들에게 웃음을 주는 사람.

"아, 이 상처 말이야? 이건 예전에 반했던 여자를 두고 결투했을 때 입은 상처야. 술집 종업원 아가씨였는데, 진짜 엄청나게 예쁜 여자였거든. 내가 그냥 완전히 반해 버렸다니까. 이름이 뭐였더라? 아마 안제? 안네? 아니, 리제로테였던가? 아무튼 잊지 못할 정도로 예쁜 여자였어."

"이름 잊어버렸잖아?"

"시꺼! 이름만 잊어버린 거야! 얼굴이랑 몸매랑 거시기할 때 내던 소리는 다 기억한다고!"

과거에 있었던 연애 이야기를 무용담처럼 자랑스레 말하는 사람.

모든 이에게 공통된 점이라면 어느 정도 차이는 있지만 전부 취했다는 점, 상당히 즐거워 보인다는 점, 그리고 아주 천박하다는 점이다.

숙녀들에게는 교육상 상당히 좋지 않은 공간이다.

사실, 이런 이야기에 내성이 없는 루크레치아는 새빨간 얼굴로 젠지로 옆에 딱 붙어서 바닥만 보고 있다. 프레야 공주는 평범하게 선원들과 같이 깔깔 웃고 있는데. 주인의 그런 모습을 보고 옆에 앉아 있는 여전사 스카디가 머리를 쥐어뜯고 있다.

이건 못 들은 척하면서 아무 상관없는 이야기를 꺼내야 할 것 같다.

"그러고 보니까 루시도 머리카락을 다듬었네."

젠지로가 말을 걸자, 루크레치아는 지옥에 내려온 동아줄을 붙잡는 듯한 기세로 그 이야기에 매달렸다.

"예, 맞아요. 이네스한테 잘라 달라고 했어요. 젠지로 폐하가 추천하셨던 것처럼 전문가 수준의 실력이네요."

그렇게 말하고, 루크레치아는 40일 만에 다듬은 사이드 테일을 왼손으로 살짝 건드렸다.

젠지로 입장에서는 세세한 것까지는 잘 모르겠지만, 기분이 좋은 듯한 루크레치의 목소리를 들어 보니 아무래도 빈말은 아닌 것 같다.

모닥불 빛을 받아서 빨갛게 빛나고 있는 루크레치아의 금발을 눈을 가늘게 뜨고 바라보면서,

"그거 다행이네. 그런데 앞으로 또 그만큼 오랫동안 배를 타야 할 텐데 말이야. 그 동안에 조금이나마 도움이 되지 않을까 싶어서 이것저것 가져와 봤어."

그렇게 말하면서 작은 주머니를 내밀었다.

주머니 안에는 은으로 만든 작은 병 몇 개와 청동으로 만든 가늘고 긴 도구가 들어 있었다. 얼핏 보면 금으로 착각할 만큼 눈부시게 빛나고 있다.

"젠지로 폐하, 이건?"

"샴푸…… 그러니까, 머리카락용 세정제야. 그리고 머리카락에 바르는 향유. 이건 머리핀이고."

오랜 항해 동안에 머리카락을 감는 건 상당한 사치지만, '담수화' 마법을 사용하는 사람이 여러 명 있고 마법 도구도 있는 '황

금나뭇잎호'는 물 문제에 있어서는 의외로 여유가 있는 상황이다.

"머리핀인가요? 이게?"

머리핀 한 개를 손으로 집어 들고, 루크레치아가 고개를 갸웃거렸다.

원래 이쪽 세계에도 여성들의 머리 모양을 고정하기 위한 도구가 존재하기는 하는데, 커다란 대바늘 정도 크기의 막대 모양 물건이다. 그에 비해 지금 젠지로가 건넨 머리핀은 헤어핀 커브라는 말을 떠올리게 만드는, 철사를 반으로 접은 듯한 독특한 모양을 지닌 것이다.

여왕 아우라가 머리카락을 올릴 때 막대 모양 헤어핀을 쓰고 있는 모습을 본 젠지로가 제안해서 성의 대장장이에게 만들게 한 물건이다.

그렇게 어려운 물건이 아니기 때문에 비교적 간단하게 재현할 수 있었다. 아우라의 평가도 아주 좋았다.

지금까지 썼던 머리핀보다 사용 방법의 자유도가 높고, 머리 모양이 흐트러지지 않는다는 것 같다.

지금 건넨 것은 루크레치아를 위해 금색 청동으로 만든 것이지만, 빨강머리인 아우라는 적동색 헤어핀을 사용하고 있다.

머리카락 색과 비슷한 핀을 사용하면 도구가 눈에 띄지 않으면서도 머리 모양을 유지할 수 있기 때문이다.

이쪽 세계의 머리핀은 머리카락을 꾸미는 역할도 겸하는 화려한 장식이 달린 것들이 주류라는 것 같고, 아우라도 은근히 감탄했었다.

"감사합니다, 나중에 써 보겠습니다. 그러고 보니까 젠지로 폐하도 조금 단장하신 것 같네요?"

루크레치아의 말을 들은 젠지로는 약간 켕기는 기분이 들었지만, 그래도 겉으로 드러내지는 않았다.

"맞아. 오랜만에 머리카락을 다듬고 수염도 깎았거든."

루크레치아 일행이 오랜만의 상륙이라고는 해도 모래땅 위에 쳐 놓은 천막 속에서 하룻밤을 지내는 사이에, 젠지로는 혼자서 왕궁에 가서 목욕을 하고 머리카락을 다듬고, 그리고 푹신한 침대에서 하룻밤을 보내고 돌아왔다.

솔직히 이 이야기는 이쯤에서 그만 하고 싶었다.

"예정대로라면, 내일 '황금나뭇잎호'로 돌아가서 출발할 예정이었지?"

"그렇습니다. 솔직히, 마음이 무겁습니다."

그렇게 말하고, 루크레치아는 어깨를 축 늘어트리면서 한숨을 쉬었다.

약간 과장된 행동처럼 보이기도 했지만, 틀림없이 본심에서 나온 행동이겠지.

젠지로도 같은 생각이니까.

"하긴, 또 그 침대에서 자야 한다고 생각하니까 마음이 무겁네."

씁쓸하게 웃으면서 동의했지만, 굳이 따지자면 그 씁쓸한 웃음은 허세에 가까웠다. 쓴웃음으로도 어떻게 할 수 없을 만큼, 내일부터 다시 시작될 배편 여행을 생각하면 기분이 우울해졌다.

해먹을 만들 수 있는 커다란 천과 밧줄을 가지고 올 걸 그랬다고 생각했지만, 초보자의 발상을 시험 한 번 없이 실천하는 건 아무래도 너무 위험하겠지.

"그러게요, 하아."

"뭐, 그 전에 또 작은 배를 타고 '황금나뭇잎호'까지 돌아가는 시련도 겪어야 하지만."

"……더 우울해졌어요."

섬에 상륙할 때 탔던 보트를 떠올리자, 루크레치아의 크고 파란 눈동자가 두려움 때문에 촉촉해졌다.

흔들리는 작은 배를 타고 이동하고, 낮은 곳에서 올려다보는 외해의 커다란 파도를 겪는다. 그리고 '황금나뭇잎호'에 도착한 뒤에도 배까지 올라가려면 자기 힘으로 긴 줄사다리를 타고 기어 올라가야만 한다.

뭐, 루크레치아의 체격이라면 최악의 경우에는 체력에 자신이 있는 선원에게 업어 달라고 해도 되겠지만, 숙녀에게 권하고 싶은 수단은 아니다.

"무서워요. 하다못해 젠지로 님과 같은 배로 이동할 수 있다면 마음이 든든할 텐데."

그렇게 눈물을 글썽일 만큼 두려워하면서도, 그걸 이용해서 젠지로에게 교태를 부리려고 하는 자세는 오히려 시원시원하다는 생각이 든다.

하지만 그 제안을 받아들일 수는 없다.

"그건 안 돼. 나는 만약의 경우가 벌어졌을 때 수영을 못 하는 사람을 도울 수 있는 기술이 없으니까. 그런 사람이 두 명이나 같은 배에 타서는 안 돼."

샤로와 지르벨 쌍왕국은 내륙에 있는 사막 국가니까 생각해 보면 당연한 일이라고도 할 수 있는데, 루크레치아와 그 시녀인 플로라는 수영을 전혀 못한다고 한다.

안전 문제를 생각한다면 수영을 못하는 사람은 각각 다른 배에 타는 쪽이 좋다.

"그건 그렇지만……."

그렇게까지 말하니 루크레치아도 더 이상 반론할 수 없었다. 목숨이 위험하다는 건 틀림없는 사실이니까.

하지만 그 무서운 보트 이동을 경험하면서까지 겨우 상륙한 섬에서 잔치가 벌어지고 있다. 내일 벌어질 무서운 일 때문에 지금을 망칠 필요도 없다.

"오, 폐하. 술과 고기, 정말 고맙습니다. 폐하도 쭈욱 드십쇼."

완전히 취해서 얼굴이 시뻘개진 선원들이 권하자, 젠지로도 선선히 맥주가 담긴 나무잔을 입으로 가져갔다.

"그래, 고마워."

"오, 폐하도 술깨나 드시나 봅니다?"

"좋았어, 한 잔 더, 한 잔 더!"

"폐하, 여기 고기도 있습니다."

"그래, 그것도 먹어 볼까. 루크레치아는 어때? 술은 못 한다 치더라도, 고기 정도는."

"그렇군요. 잘 먹겠습니다."

활활 타오르는 모닥불 불빛을 받으며, 무인도에서의 잔치는 흥겨운 분위기 속에서 계속됐다.

[제1장] 세 명의 얀

　무인도를 떠난 지 43일이 지났다.

　'황금나뭇잎호'는 마침내 첫 번째 목적지인 포모제 항구에 입항했다.

　사실 '황금나뭇잎호'의 파수꾼이 북대륙의 땅을 발견한 것은 열흘도 더 된 일이다.

　다행이라고 할까, '황금나뭇잎호'는 물이나 식량을 봐도 선체의 상태를 봐도, 무리해서까지 가까운 항구에 긴급히 정박해야만 할 정도의 상태는 아니었다.

　'북대륙 남쪽의 나라들은 특히 「교회」의 세력이 강하니까 가능하면 기항하지 않았으면 싶습니다'라고 선장인 프레야 공주가 딱 잘라 말했으니, 젠지로서도 '그렇군요'라고 대답하는 수밖에 없었다.

　솔직히 40일도 넘게 배 안의 네모난 침대에서 열심히 흔들린 탓에 타박상투성이인 몸과 머리는 하루라도 빨리 상륙하기를 바라고 있지만, 젠지로는 전문가의 의견보다 자신의 고집을 우선할 정도로 오만한 인간이 아니었다.

　그래도, 방해가 된다는 걸 알면서도 상륙 준비 때문에 선원들이 바쁘게 일하고 있는 갑판 위에서 대기하는 이유는 조금이라도 빨리 상륙하고 싶다는 마음의 표현이겠지.

대충 지시를 마친 프레야 공주도 뒷일은 부선장에게 맡기고 젠지로 옆에 와서 말상대를 시작했다.

"여기 포모제항은 여러 나라에 개방된 국제 항구니까, '황금나뭇잎호'의 정박 자체는 문제없습니다. 보급과 수리도 간단히 해결되겠죠. 단지 한 가지 문제라면, 포모제는 이 나라에서도 손꼽히는 대귀족의 영도(領都)이기도 해서, 아무래도 저와 폐하가 인사하러 가야만 합니다."

이 이야기는 북대륙이 보이기 시작했을 무렵에 벌써 몇 번이나 들었다.

이것은 마지막 정리 겸, 항구에 도착하기 전까지 뭐라도 말하기 위해서 하는 얘기겠지.

항해 중에 다행히 뱃멀미는 하지 않았지만 그렇다고 힘이 넘쳤던 것도 아닌 젠지로는 들은 이야기를 전부 머릿속에 새겨둘 자신이 솔직히 없었다. 그러다보니 이렇게 마지막으로 정리해 주는 이야기가 너무나 고마웠다.

"잘 알고 있습니다. 카파 왕국은 북대륙에 연줄이 없으니까, 프레야 전하께 소개를 부탁드리겠습니다."

"예, 맡겨만 주세요. 그런데, 여기는 아직 배 위입니다."

쌀쌀맞게 턱을 들어 보이는 남장 소녀의 말에, 젠지로는 씁쓸하게 웃으면서 정정했다.

"실례했습니다, 프레야 선장님."

오늘은 날씨가 아주 좋다.

파란 바다와 파란 하늘. 파란 색과 파란 색이 만나는 수평선 저편에 젠지로의 시력으로도 간신히 확인할 수 있을 정도로 '항구'가 보이기 시작했다.

정확히 말하자면 지금 젠지로의 눈에 보이는 것은 등대 같은 하얀색 건물과 바다와 항구 사이를 구분하는 방파제다.

"포모제항. 아마 나라 이름이 즈워타 보르……?"

"즈워타 보르노시치 귀족제 공화국입니다."

어설프게 기억하고 있던 젠지로에게 프레야 공주가 가르쳐 주었다.

즈워타 보르노시치 귀족제 공화국.

북대륙 서부에서 최대의 판도를 자랑하는 대국이라고 한다.

대부분의 국민들이 교회의 신도라는 점은 북대륙의 다른 국가들과 마찬가지였지만, 이 나라는 아주 드물게도 국민에게 '신앙의 자유'를 인정해 줬다.

그래서 교회의 신도가 아닌 '황금나뭇잎호'한테는 마음이 편한 곳이다.

그런 이야기를 주고받는 사이에도 '황금나뭇잎호'는 순조롭게 포모제 항구로 다가갔다.

이 정도 거리가 되면 젠지로의 시력으로도 항구의 전체 모습을 볼 수 있다.

"이거 대단한데. 발렌티아보다 훨씬 큰 것 같네요."

항구 자체의 크기, 부두의 숫자, 등대의 높이. 항구에 있는 조선, 수선용 독의 규모. 모든 것이 카파 왕국이 자랑하는 최대의 항구 발렌티아를 웃돌고 있다.

"공화국에서는 이미 마스트를 세 개 지닌 대형선이 주류가 됐으니까, 필연적으로 항구도 커졌습니다. 이 '황금나뭇잎호'처럼 마스트를 네 개 지닌 대형선도 최소한 다섯 척은 확인됐습니다."

"그거 대단하네요."

젠지로는 솔직하게 칭찬했다.

조선 기술과 그것을 뒷받침하는 국내 자원, 그리고 그만한 배를 필요로 하는 크나큰 해상 판도. 그것만으로도 이 나라가 대국이라는 것을 알 수 있다.

분명 웁살라 왕국에도 '황금나뭇잎호'와 같은 급의 배는 이 배까지 포함해 두 척밖에 없다고 들었다.

"정말 엄청난 대국이군요."

"예."

'황금나뭇잎호'는 특별한 문제 없이 포모제항에 정박했다.

◆

국제항이 있는 포모제에는 프레야 공주와 젠지로 같은 왕족의 숙박을 전제로 한 고급 여관도 존재한다.

오늘 젠지로 일행이 묵는 곳은 그런 고급 여관이었다.

고급 여관에 묵는 사람은 젠지로, 프레야 공주, 루크레치아와 각각의 시녀, 호위뿐이다. '황금나뭇잎호'의 선원들은 이미 보너스를 받아서 시내로 놀러 나갔다.

당분간 술집과 창관에서 몸도 영혼도 세탁하고 올 것이다.

한편 젠지로는 제일 먼저 욕실을 사용하겠다고 부탁하고는, 여행하면서 쌓인 때를 씻어내고 수염을 깎은 뒤에 43일 만에 흔들리지 않는 넓은 침대에서 낮잠을 잤다.

"젠지로 님, 곧 저녁 식사 시간입니다."

"음~? 아, 벌써 그런 시간인가."

시녀 이네스의 목소리에 자리에서 일어난 젠지로는 이네스 앞에서 옷을 갈아입었다.

이곳에서 입는 옷은 카파 왕국의 민속 의상도 젠지로가 일본에서 가지고 온 옷도 아니다. 카파 왕국의 장인이 만든 양복, 카파 왕국풍으로 말하자면 북대륙에서 전래한 옷이다.

북대륙 사람이 보면 유행하는 모양이나 색에서 벗어난다든지 등 상당히 차이가 느껴지겠지만, 최소한 카파 왕국의 민속의상이나 일본에서 가지고 온 옷보다는 눈에 띄지 않을 것이다.

고급 여관에서도 룸서비스는 없기 때문에 식사를 하려면 1층에 있는 식당으로 가야 한다.

"그러고 보니까 프레야 전하와 루시도 불러야 하는 게 아닌가?"

갑자기 생각났다는 것처럼 묻는 젠지로에게 시녀 이네스가 명료하게 대답했다.

"프레야 전하는 입항 설명을 위해 영주의 저택에 가서 아직 돌아오지 않았습니다. 아마도 그곳에서 묵게 되실 거라고 말씀하셨습니다. 루크레치아 님은 아직 주무시고 계십니다."

"그렇구나. 전하한테 부담을 드리게 됐네."

아무리 뱃길 여행에 익숙하다고 해도 장기간의 항해를 마치자마자 영주의 저택으로 가서 입항 절차를 마치는 일은 프레야 공주에게도 큰 부담일 것이다.

하지만 젠지로는 북대륙에서는 국교를 맺은 나라가 없는, 어디까지나 남대륙의 '자칭 왕족'에 불과하다.

그런 젠지로가 프레야 공주를 따라가 봤자 폐만 될 뿐이고 아무런 도움도 안 된다.

"그렇다면 어쩔 수 없겠네."

젠지로는 어깨를 살짝 으쓱거렸다.

식당은 왕궁에서 꽤나 오래 살았던 젠지로도 눈이 살짝 휘둥그레질 정도로 호화로운 공간이었다.

대리석으로 보이는 하얀 돌로 만든 바닥과 벽. 테이블에 깔려 있는 새하얀 테이블보. 그리고 천장에 일정한 간격으로 매달려 있는 샹들리에.

수많은 양초가 불을 밝히고 있어서 식당 안은 같은 테이블에 앉아 있는 사람의 표정 정도는 문제없이 알아볼 수 있을 정도로 밝았다.

카파 왕국에서 이렇게 많은 양초를 동시에 소비할 수 있는 행사라면 왕궁의 야회 정도겠지.

북대륙에서는 양봉이 잘 이뤄지고 있는 걸까?

그런 생각을 하면서 젠지로는 저녁식사를 했다.

사전에 프레야 공주에게 들은 바로는, 식사 예절은 카파 왕국 방식으로 해도 전혀 문제없다고 했다.

사실 북대륙에서도 나라마다 식사 매너가 조금씩 다르다.

그래서 어지간히 자국의 식사 예절에 상반되는 행위가 아닌 한은 '국가별 특색'이라고 받아들인다는 것 같다.

젠지로가 개인적으로 기쁜 일은, 카파 왕국에서는 그다지 일반적인 음식이 아닌 가공육—소시지나 햄이 식탁에 잔뜩 차려져 있다는 점이었다.

일본인의 기준에서 보면 소금기가 많이 센 가공육이지만, 오랜만에 맛보는 것이다 보니 천천히 즐겼다.

굳이 따지자면 젠지로는 식사를 천천히 즐기는 스타일이지만, 지금 이 자리에는 프레야 공주나 루크레치아처럼 이야기를 나눌 상대도 없고, 자신의 식사가 늦어지면 늦어질수록 호위를 맡는 기사와 시중을 드는 시녀들의 식사 시간이 늦어지게 된다.

식후 허브티를 아슬아슬하게 서두르는 것처럼 보이지 않는 속도로 마시고 있는데, 여관의 종업원으로 보이는 초로의 남자가 젠지로에게 다가왔다.

"무슨 일이지?"

젠지로가 짧게 질문하자, 초로의 남자는 오른손으로 조용히 젠지로의 왼쪽 앞을 가리키면서,

"편안한 시간을 보내시는 중에 정말 죄송합니다. 저쪽에 계신 손님께서 동석을 제안하셨습니다. 어떻게 하시겠습니까?"

"동석?"

젠지로는 의아해하는 표정을 감추지도 않고 고개를 갸웃거렸다.

자세히 보니 떨어진 테이블에 앉아 있던 남자로 보이는 사람이 젠지로의 시선을 알아차렸는지 살짝 손을 들어서 인사했다.

누구지?

굳이 말할 필요도 없지만, 이 북대륙에 젠지로가 아는 사람은 '황금나뭇잎호'의 사람들 외에는 단 한 사람도 없다.

그렇다고 저 사람이 누구인지 짚이는 데가 없냐면, 그것도 아니다.

낮에 '황금나뭇잎호'가 입항했다는 사실은 포모제 전체를 나름대로 떠들썩하게 만들었을 것이다.

이 여관을 빌릴 때도 프레야 공주는 정체를 감추려 하지도 않고 숙박부에 웁살라 왕국 제1왕녀 프레야 일행이라고 적었다.

게다가 프레야 공주는 항상 젠지로를 자신의 상급자로 대하는 태도를 취했다.

그 모습을 본 사람이라면 젠지로에게 관심을 가졌다고 해도 이상할 게 없다.

젠지로는 잠시 생각했다.

북대륙까지 도항한 가장 큰 목표는, 웁살라 왕에게 프레야 공주와의 결혼 허가를 받는 것인데, 부차적인 목표로 북대륙의 정보 수집도 부탁받았다.

그렇게 생각해 보면 좋은 기회로 받아들일 수도 있다.

젠지로는 초로의 종업원을 보면서, 대답을 뻔히 알고 있는 질문을 던졌다.

"이곳에 머무는 손님들은 신원을 보증할 수 있는 사람들뿐이겠지?"

"그렇습니다."

이것은 확인이라기보다는 다짐을 받는 행위에 가까웠다.

당신이 동석 제안을 중개했으니, 저 남자가 무슨 짓을 저질렀을 때는 여관 측에 책임이 있다는 걸 알고 있겠지? 라는 숨은 의미를 이해한 상태에서, 초로의 종업원은 그렇게 대답한 것이다.

"알았다. 나도 예정이 있어서 너무 오랫동안 이야기하는 건 힘들지만."

젠지로는 초로의 종업원에게 그렇게 말했다.

테이블 근처까지 갔더니, 샹들리에의 불빛에 비친 상대의 모습을 확인할 수 있었다.

"저는 작은 용병대를 이끌고 있는 얀이라고 합니다. 이렇게 무례한 제안을 받아들여 주시다니, 뭐라고 감사의 말씀을 드려야 할지 모르겠습니다."

상대는 보통 키와 보통 체격의 30대 중반으로 보이는 남자였다.

젠지로의 기준에서 보통 키에 보통 체격이니까 북대륙 남자치고는 체격이 작은 쪽에 해당될지도 모른다. 머리카락은 갈색. 수염도 같은 색. 눈동자는 푸르스름한 회색인데, 확인할 수 있는 건 오른쪽 눈뿐. 왼쪽 눈은 검은 안대로 가리고 있다.

외눈이다.

안대 끝으로 살짝, 상처자국 같은 것이 튀어나와 있다.

용병대장이라고 했으니 아마도 전쟁터에서 입은 상처겠지.

하지만 용병대장이라는 직함에 걸맞을 만한 요소는 그것뿐. 남자는 이 고급 여관에 잘 어울릴 정도로 차림새나 태도가 좋아 보였다.

복장은 그렇게까지 화려하진 않았지만 귀족들의 간소한 복장이라고 해도 될 정도로 질이 좋은 것이고, 머리카락이나 수염도 깔끔하게 다듬었다.

젠지로의 허락을 받고서 남자—외눈 용병 얀이 맞은편 자리에 앉았다.

"증류주를 부탁하네. 귀하도 그걸로 괜찮으시겠습니까?"

"딱 한 잔 정도라면."

젠지로의 말에는 두 가지 의미가 담겨 있다. 술은 한 잔만 마시겠다는 의미와, 그 한 잔을 다 마셨을 때 이야기를 끝내겠다는 의미다.

"그래서, 무슨 볼일이라도?"

젠지로는 일부러 자기소개를 생략하고 거만한 말투로 말을 던졌다.

어차피 끝까지 감출 수 있는 신분도 아니지만, 그렇다고 굳이 떠들고 다닐 필요도 없다. 상대가 자신의 이름과 정체를 알아내는 데에만 고집한다면, 하던 이야기를 그만두고 방으로 돌아가면 그만이다.

젠지로의 그런 의도를 눈치 챈 탓이겠지.

외눈 용병 얀은 씩 웃었고, 자기소개를 생략한 일에 대해서는 언급하지도 않고서 이야기를 시작했다.

"그다지 대단한 이야기는 아닙니다만, 직업 관계상 새로운 정보에 민감한 편입니다. 당신은 남대륙에서 오신 분이시죠?"

그렇게 말하고, 용병 얀은 오른쪽 눈으로 젠지로와 그 뒤에서 대기하고 있는 기사 나탈리오와 시녀 이네스를 바라보았다.

갈색 피부의 기사 나탈리오와 시녀 이네스도, 그들보다는 조금 밝은 피부색인 젠지로도 북대륙 사람이라고 하기에는 조금 무리가 있다.

이 항구도시에는 햇볕에 그을린 피부를 가진 사람들이 많지만, 그렇게 그을린 색과 타고난 색은 한 눈에 봐도 차이를 알 수 있을 정도로 다르고, 그밖에도 북대륙 사람과 남대륙 사람은 눈동자색, 얼굴 모양, 골격 등에서 크게 차이가 난다.

"맞아. 그나저나 용병도 정보에 민감할 필요가 있는 건가. 그런 건 상인들의 특기라고 생각했었는데?"

젠지로의 말에 외눈 용병은 이상하게 사람 좋아 보이는 미소를 짓고는,

　"뭐, 아무리 그래도 뛰어난 실력을 지닌 상인에게는 못 당하죠. 하지만 우리도 정보에 귀를 기울이면서 계속 상황 판단의 근거를 갱신하지 않으면 목숨이 위험할 수도 있으니까요."

　그렇게 대답하고, 초로의 종업원이 가져온 증류주가 든 은잔을 입으로 가져갔다.

　"그렇군, 그럴 수도 있겠어. 고용주를 찾기 위해서인가 싶었는데, 조금 아쉽군."

　"호오, 아쉽다고 하셨습니까? 처음 본 저를 그렇게까지 평가하시는 이유를 여쭤도 될까요?"

　흥미롭다는 것처럼 한쪽만 보이는 눈썹을 치켜 올린 용병 안에게 젠지로는 부담 없이 바로 대답했다.

　"이곳에 숙박할 수 있는 용병이라는 것만으로도 충분히 평가할 만하겠지."

　고급 여관이 손님으로 모시고, 왕족인 프레야 공주가 자신보다 윗사람으로 대하던 젠지로에게 동석 이야기를 중개해 줬다.

　그 행위 자체가 고급 여관이 이 용병을 충분히 신뢰하고 있다는 증거가 된다.

　그 설명을 듣고 외눈 용병이 씁쓸하게 웃었다.

　"아무리 그래도 너무 과대평가하셨습니다. 사실 제 이름만으로는 이곳에 묵을 수 없습니다. 지금은 어떤 분께 고용된 입장인데, 그분의 후광을 이용해서 묵고 있는 것뿐입니다."

"이미 고용주가 있나. 그런데도 호위 임무를 놔두고, 여기서 이러고 있어도 되는 건가?"

젠지로의 질문에, 외눈 용병은 아무렇지도 않게 대답했다.

"그게 말이죠, 지금 이 순간에도 열심히 일하는 중입니다."

"? ……. 그렇군."

젠지로는 잠시 무슨 말인지 이해하지 못해서 곤혹스러웠지만, 바로 그 의미를 이해하고는 진지한 표정을 지었다.

상대의 입장에서 생각해 보면 젠지로는 이곳에 머물고 있는 신원 불명의 인간이다.

웁살라 왕국의 왕족인 프레야 공주가 신원을 보증하고 있으니 괜찮다고 판단할 수는 있겠지만, 호위로서는 불안 요소를 최대한 치워 두고 싶겠지.

그래서 젠지로에게 다가와서 어떤 인물인지 캐 보려고 했다.

정면으로 다가와서 이렇게 목적을 밝히는 걸 보면, 이 용병에게 뭔가 떳떳하지 못한 구석은 없는 것 같다.

"조금이나마 성과가 있었나?"

젠지로가 묻자, 용병은 하나뿐인 눈을 가늘게 만들면서 씩 웃었다.

"예, 충분히. 덕분에 고용주께 아무 보고도 안 해도 될 것 같습니다."

보고하지 않아도 된다. 즉 호위인 용병 얀은 젠지로를 마크할 필요가 없는 사람이라고 말하고 있다.

물론 그 말을 있는 그대로 받아들이는 건 위험한 일이지만, 잠시 이야기를 나눴을 뿐인데도 젠지로가 능력으로도 인격으로도 다른 사람에게 해를 끼칠 리가 없는 사람이라고 이해했다는 뜻이 겠지.

"그런가. 그거 다행이군. 그런데, 그 고용주의 이름을 알려 줄 수 있을까?"

젠지로의 물음에 외눈 용병은 잠시 생각했고, 웃는 얼굴로 고개를 한 번 끄덕였다.

"예, 굳이 숨길 이유도 없으니까요. 제 고용주는 얀이라고 합니다."

"얀?"

그건 네 이름이 아닌가? 의아해하는 젠지로의 목소리에 그런 뜻이 담겨 있다는 걸 알아차렸겠지.

외눈의 용병은 더 짙은 미소를 얼굴에 드리우고 어깨를 슬쩍 으쓱거리고는,

"예. 이름이 같습니다. 뭐, 제 모국에서는 아주 흔한 이름이다 보니 딱히 우연이라고 할 만한 일도 아니지요. 물론 고용주는 저처럼 시시한 용병이 아니라, 훌륭하신 사제님입니다."

사제. 이 북대륙에서 사제란, 말할 필요도 없이 교회의 사제를 가리킨다.

북대륙 남부에는 귀족보다 사제의 힘이 더 강한 나라도 있을 정도로 권위가 있는, 경우에 따라서는 권력까지 지니고 있는 지

위다.

"호오, 그거 정말 대단하군."

젠지로의 목소리가 살짝 긴장되어 있음을 눈치채고 머리를 굴렸겠지.

프레야 공주는 북대륙에서는 소수파인 교회와 관계없는 정령 신앙의 국가인 웁살라 왕국 사람이다. 젠지로는 그 프레야 공주가 신원을 보증하는 남대륙 사람이고.

그런 남대륙 사람 입장에서 봤을 때 교회의 사제는 어쩔 수 없이 경계하게 되는 존재다. 얀은 어딘가 자랑스러워 하는 듯한 표정으로 웃고는,

"아, 괜찮습니다. 저희 사제님은 그렇게 머리가 딱딱한 양반이 아니니까요. 그런 사람이었다면 굳이 이 공화국까지 우호 방문을 하지도 않았겠죠."

그렇게 딱 잘라서 말했다.

이곳 즈워타 보르노시치 귀족제 공화국은 상당히 드물게도 신앙의 자유가 보장된 나라다. 국민의 90% 가까이는 어느 쪽이 됐건 교회의 신도지만, 정령교도나 다른 종교의 신도들도 큰 문제없이 공존하고 있다.

"그렇군, 훌륭한 분인 것 같아."

"예, 그건 제가 보증합니다. 그럼, 저는 이만."

그렇게 말하고, 외눈의 용병은 천천히 자리에서 일어났다.

그 움직임 때문에 공기가 젠지로에게로 흘러온 걸까. 용병이 몸에 두르고 있던 냄새가 젠지로의 코를 간지럽혔다.

어디선가 맡아 본 적 있는 냄새. 굳이 따지자면 그리운 냄새다.

"그래, 나한테도 의미 있는 시간이었다."

"그리 말씀해 주시니 기쁠 따름입니다."

적당히 인사를 나누고 자리를 떠나는 용병의 등을 바라보며, 젠지로는 냄새에 대한 기억을 더듬었다.

대학 시절. 여름, 밤바다, 바보짓…… 불꽃놀이.

거기까지 연상했을 때, 겨우 생각이 났다.

그래 맞아, 불꽃놀이다. 그 용병한테서는 불꽃놀이의 냄새가 났어.

혼자서 납득하고, 젠지로는 여전히 굳은 얼굴로 자리에서 일어났다.

"젠지로 님, 방으로 돌아가시겠습니까?"

젠지로는 뒤에 다가오고 있던 기사 나탈리오의 질문에 건성으로 고개를 끄덕여서 대답하고, 약간 빠른 걸음으로 걸어갔다.

"젠지로 님?"

"아, 미안. 조금 신경 쓰이는 일이 있어서 말이야."

걷는 속도를 늦추고 어깨에서 힘을 뺀 젠지로는 머릿속에서 열심히 생각했다.

남대륙에는 존재하지 않는 게 틀림없으니까, 기사나 시녀에게 상담해 봤자 의미는 없다.

최신예 선박이라던 '황금나뭇잎호'에도 탑재되지 않았었다.

그래서 이쪽 세계에서는 북대륙에도 없을 거라고 생각했는데, 어쩌면 그건 너무 근거 없는 편한 생각이었는지도 모른다.

프레야 공주가 돌아오면 꼭 물어봐야겠다.

'화약'과 '화약을 이용한 병기'가, 북대륙에서는 얼마나 보급되어 있는가? 에 대해서.

———————◆———————

다음날. 아침 식사를 마칠 때까지도 프레야 공주는 돌아오지 않았다.

이건 특별히 놀랄 일도 아니다. 그쪽도 사정이 있을 테고, 프레야 공주라는 한 나라의 왕녀가 제 발로 걸어 들어왔으니까, 어떻게든 붙잡아 두려고 생각했을 가능성도 있다.

어쨌거나 젠지로 일행에게는 생각지도 않게 굴러 들어온 자유 시간이다.

하지만 아쉽게도 젠지로가 할 수 있는 일은 아무것도 없다.

이 북대륙에서 젠지로 일행의 외모는 너무나 눈에 띄기 때문에 함부로 밖에 나다니면 괜히 호위들의 부담만 늘리게 되고, 아무리 그래도 여기서 '순간이동'을 써서 카파 왕국으로 돌아갈 수도 없다.

젠지로가 카파 왕국에 돌아가 있는 사이에 프레야 공주가 포모제 영주와 이야기를 마치고 돌아오기라도 하면 너무나 미안하니까.

다행이라고 해야 하는 일인지는 모르겠지만, 젠지로 자신은 중간에 무인도에 상륙했을 때 '순간이동'으로 카파 왕궁으로 돌아가서 쉬고 왔다.

지금은 젠지로 자신보다 자신을 섬기는 부하들을 쉬게 해야 할 때겠지.

젠지로는 시녀를 통해서 이 고급 여관의 지배인을 자기 방으로 불렀다.

지배인은 약간 뚱뚱한 신사였다. 나이는 50이 조금 안 됐으려나?

통통한 체격과 항상 얼굴에 드리우고 있는 부드러운 미소가 어우러지면서 상당히 말하기 쉬운 분위기를 자아내고 있다.

"부르셨습니까 고객님. 제가 도와드릴 일이 있으신지요?"

처음 보는 사이라고 할 수 있는 젠지로에게도 공손한 태도를 유지하는 건 프레야 공주의 위광 때문일까, 아니면 지배인 자신의 인품 때문일까.

어쨌거나 이 인물이 젠지로 자신의 목적을 달성하는 데 가장 적합한 사람이라는 점에는 변함이 없다.

젠지로는 헛기침을 한 번 하고,

"실은 이 나라에서 사용할 수 있는 화폐가 필요하다. 아쉽게도 내가 모국의 화폐만 가지고 있어서 말이지. 이걸 이 나라의 화폐로 환전할 방법은 있는가?"

그렇게 말하고, 젠지로는 옆에 서 있는 시녀에게 눈짓으로 신호를 보냈다.

"예, 그럼 일단 한 번 보겠습니다."

시녀 이네스가 내민 은화가 들어 있는 주머니를 받은 지배인은 익숙한 손놀림으로 주머니 안에 있는 은화를 한 닢 꺼내서 빤히 관찰했다.

젠지로가 가지고 온 것은 주로 대형 은화다.

카파 왕국에서 일반적으로 사용하는 은화보다 크고 두꺼운 이 주화는 주로 무역용 통화, 또는 국내에서도 왕족이나 귀족간의 거래에 사용하는 것이다.

전시에 일반적인 은화가 새카만 색이 될 정도로 은 함유량을 줄인 적은 있었지만 이 대형 은화만은 결코 은의 함유량을 줄이지 않았다고 하는, 카파 왕국의 경제에서 가장 중요한 화폐다.

남대륙에서는 기축통화로서, 국내는 물론이고 국외에서도 큰 지위를 지니고 있다. 그래도 쌍왕국이나 투칼레 왕국의 금화에는 못 미치지만, 전시에도 환율은 거의 변동이 없었다.

그런 대형 은화의 가치는 다행이 이곳 북대륙에서도 통했다.

"참으로 훌륭하군요! 제가 전문가는 아닙니다만, 이 은화가 얼마나 훌륭한 것인지는 알 수 있습니다. 이 나라에서 유통되는 은화보다 은 함유량이 많은데다 이 크기, 무게. 틀림없이 상당한 가치가 있습니다."

높은 평가를 들은 젠지로는 마음속에서 안도의 한숨을 쉬었다.

"그렇군. 허면 이 나라의 일반적인 화폐와 교환해 줄 수 있겠나?"

하지만 젠지로의 요구를 들은 지배인은 난처하다는 것처럼 눈살을 찌푸렸다.

"그건, 조금 힘든 이야기입니다. 분명히 저희가 국제항의 여관으로서 타국의 화폐를 환전해 드리는 서비스를 행하고 있기는 합니다만, 어디까지나 서비스의 일환일 뿐입니다. 그래서 이익도 없고 손해도 보지 않는 환율을 유지하고 있습니다만, 젠지로 님의 고국과는 공식 환율이라는 것이 존재하지 않습니다."

"아, 그렇군. 그건 곤란하겠어."

지배인의 말을 이해한 젠지로도 살짝 눈살을 찌푸렸다.

공식 환율을 적용해서 화폐를 교환하는 곳에서 정식 국교가 없는 나라 출신의 젠지로가 멋대로 화폐를 환전해 버리면, 그것이 최초의 공식 화폐 교환이라는 실적이 돼 버릴 가능성이 있다.

그렇게 환율이 정해질 정도로 단순한 세상은 아니지만, 최초의 지표가 된다는 점에는 변함이 없다.

그 환율이 적절한 것이라면 다행이지만, 카파 왕국 쪽에 유리해지건 공화국 쪽에 유리해지건, 어쨌거나 여관의 평판에 악영향을 주게 된다.

"그렇다면, 어떻게 해야 좋을까……."

생각에 잠긴 젠지로에게, 지배인이 붙임성 있게 제안했다.

"감히 여쭙겠습니다만, 고객님께서는 이 나라에서 사용하는 화폐가 필요하시다는 말씀이시지요?"

"그래, 맞다."

"그렇게 많은 양이 필요하신 건 아니고, 그리고 그 대가로서 이 훌륭한 대형 은화를 지불하실 용의도 있으시다는 말씀이시죠?"

"그렇다."

젠지로의 의사를 확인하자 통통한 지배인이 사람 좋아 보이는 미소를 지었다.

"그러시다면 이 대형 은화를 제가 '개인적'으로 매입해 드리는 건 어떨까요. 남대륙 일부에서만 유통되는 은화라면 수집품으로서의 가치가 충분할 테니까요."

젠지로 입장에서는 하늘에서 내려온 동아줄 같은 제안이었다.

지배인의 말이 맞다. 수집품으로서의 거래라면 시세에서 크게 벗어난 금액으로 거래해도 문제가 남을 일도 없고.

지금까지도 카파 왕국의 발렌티아 항에 대륙 간 무역선이 출입했으니까 카파 왕국의 화폐가 북대륙에서 전혀 유통되지 않았을 리는 없지만, 원칙적으로 대형 은화는 왕가가 국가 간의 거래나 귀족과의 거래에만 사용하는 물건이다.

북대륙에 유통되는 것이 존재한다고 해도 극소수일 테니까, 한동안은 귀중품으로 취급받겠지.

"그렇게 부탁한다."

"예, 알겠습니다."

제배인은 투실한 체격에서 나왔다는 걸 도저히 믿을 수 없는, 견본처럼 아름다운 동작으로 인사했다.

무사히 충분한 현지 화폐를 손에 넣은 젠지로는 그 중 일부를 기사, 병사, 시녀들에게 나눠주며 교대로 잠시 휴가를 가지라고 말했다.

이 여관에 머물고 있는 한은 호위도 시녀도 필요 최소한이면 충분하다.

한 사람당 한나절도 안 되는 짧은 휴가지만 기사와 병사들의 일은 젠지로의 호위, 시녀들의 일은 젠지로의 시중이다.

그 일의 대상인 젠지로와 떨어지는 것만으로도 귀중한 휴식 시간이 된다는 건, 샐러리맨 시절의 경험을 통해서 잘 알고 있다.

사실 휴가를 준다는 말을 들은 병사들은 하나같이 평소에 보지 못했던 환하게 웃는 표정을 보여주었다. 뭐, 저렇게 웃는 이유 중에 절반 정도는 하루 용돈치고는 파격적인 금액의 은화를 받은 덕분일 수도 있지만.

어쨌거나 그렇게 먼저 휴가를 가진 사람들 중에, 시녀 마르그레테가 있었다.

"그럼, 젠지로 님. 분부 감사히 받잡아 잠시 쉬도록 하겠습니다."

"그래. 푹 쉬라고 할 정도 시간은 아니지만, 잘 보내도록 해."

젠지로와 그런 말을 주고받은 뒤, 마르그레테는 젠지로의 방에서 나왔다.

카파 왕국에서는 상당히 보기 드문 금발, 녹색 눈동자, 하얀 피부를 지닌 마르그레테는 여기 북대륙 서부에서는 오히려 눈에 띄지 않는다.

1층으로 내려온 마르그레테는 여관 카운터에서 옷을 구해 달라고 부탁한 뒤, 여관이 준비해 준 옷을 들고 자기 방으로 돌아가서 시녀복을 벗고는 갈아입었다.

여관 쪽에서 준비해 준 옷은 고급스런 원피스 드레스였다.

소재도 박음질도 훌륭하지만, 색이나 디자인은 수수했다.

마르그레테 개인적으로는 조금 더 화려하고 치마 길이도 짧은 쪽이 좋지만, 이런 데서 눈에 띄어 봤자 좋을 게 없으니까 오히려 잘 된 일이라고 해야겠지.

도어 보이가 문을 열어 주자 마르그레테는 여관에서 나와 포모제 시내로 나갔다.

"고맙습니다."

도어 보이에게 고맙다고 말했지만, 아무래도 손님과 이야기를 나누는 건 금지인지 젊은 도어 보이는 공손하게 고개만 숙였다.

상쾌한 태양광이 길에 깔려 있는 하얀 돌바닥에 반사되고, 바다 냄새가 강한 바람이 코를 간질인다.

항구라는 구조상 당연한 일일 수도 있지만, 카파 왕국의 발렌티아항을 방불케 한다.

입항했을 때 젠지로가 포모제항이 여러 의미에서 발렌티아항보다 몇 단계는 뛰어나다고 했었는데, 마르그레테도 그 의견에 동감이다.

여관 사람에게 들은 말에 의하면, 이 고급 여관 주변은 밤에도 여자가 혼자서 돌아다녀도 크게 위험하지 않을 만큼 치안이 확실하다는 것 같다.

큰 전쟁이 끝난 지 아직 몇 년밖에 안 된 카파 왕국에서는 아쉽게도 그 정도 수준까지는 치안을 유지하지 못하고 있다.

그래서 마르그레테는 지저분한 소년을 거리에서 발견하자 예상

밖의 일이라고 놀랄 수밖에 없었다.

닳아서 헐은 지저분한 바지와 낡은 자루에 팔과 머리를 내놓을 구멍만 뚫어 놓은 듯한 셔츠 비슷한 무언가. 발에는 신발이라고 부를 수도 없는, 그냥 감아서 묶었을 뿐인 넝마. 바람이 불면 고약한 냄새가 풍길 것 같은 땟국이 줄줄 흐르는 살갗과, 자기 몸에서 나온 기름 때문에 떡진 머리카락.

아무리 봐도 부랑아 그 자체다.

재빠른 몸놀림으로 그늘진 곳에 숨으면서도 틀림없이 자신의 뒤를 밟고 있다.

'소매치기? 그런 것치고는 조금 이해할 수 없는 구석이 있는데.'

마르그레테는 수상하다고 생각하면서도, 일단 모른 척하며 근처에 있는 옷가게로 들어갔다. 이 근처에 있는 옷가게는 당연히 고급 상점이다.

지저분한 차림새의 소년이 들어올 수 있는 곳은 아니다.

그렇지만 마르그레테는 복장도 몸놀림도 고급 상점에서 충분히 통하는 사람이다.

"어서 오세요."

"옷을 맞출 시간은 없어요. 옷감을 좀 보여줄 수 있을까요?"

기본적으로 옷가게라는 곳은 헌옷을 파는 가게가 아닌 이상 완성된 옷은 견본으로 놓아 둔 몇 벌만이 있을 뿐이다.

옷감을 준비해 두고 손님의 체형에 맞춰서 한 벌씩 만들기 때문이다.

이런 항구 도시의 점포에는 처음 오는 손님도 많기 때문에, 지금 마르그레테가 말한 것처럼 옷감만 사는 손님도 신기하지는 않겠지.

"알겠습니다. 잠시만 기다려 주세요."

점원은 그렇게 대답하더니 바로 안쪽에 있는 선반에서 옷감을 몇 종류 들고 와서는 마르그레테 앞에서 펼쳐 보였다.

"이쪽이 저희 가게에서 가장 추천하는 옷감입니다. 천 자체는 흔한 리넨입니다만, 이 선명한 빨간색을 보세요. 이건 최근에 이 나라의 염색 장인이 개발한 어떤 꽃을 이용해서 만든 염료로 염색한 것이기 때문에 색이 선명한 것은 물론이고 물이 잘 빠지지도 않는다는 특징이……."

점원의 제품 설명은 뛰어난 화술 덕분에 너무나 듣기 편했고, 덕분에 쇼핑을 좋아하는 마르그레테는 일시적으로 자기 직무를 잊고서 쇼핑을 즐겼다.

결국 마르그레테는 후궁 시녀들에게 줄 선물로 손수건을 사람 숫자만큼, 그리고 점원이 추천한 빨간 아마와 하얀 비단 옷감을 옷 한 벌을 지을 만큼 끊어 달라고 한 뒤에 가게를 나왔다.

젠지로가 준 용돈을 거의 다 써 버렸지만, 상당히 만족스러웠다.

흐뭇한 얼굴로 옷가게에서 나왔을 때, 대각선 앞에 있는 사거리 쪽에서 지저분한 소년의 얼굴이 재빨리 숨는 모습이 보였다.

'옷가게에서 꽤 오랫동안 시간을 보냈는데, 아직까지 기다리고 있었다는 거야? 나한테 볼일이 있는 건 분명한 것 같네.'

그냥 먹잇감을 찾는 소매치기였다면 한 사람을 노리고 오랫동안 기다리기보다는 다음 대상을 찾아서 장소를 옮겼을 테니까.

하지만 마르그레테는 이 북대륙에 도착한지 얼마 안 된 입장. 개인적으로 짐작이 가는 일은 없다.

일단은 북대륙에서 태어나기는 했지만, 세 살 전후까지만 이곳에서 살았던 마르그레테의 아는 사람이 우연히 그녀를 발견하고, 게다가 한 눈에 '아, 혹시 마르그레테 아닌가'라고 알아볼 가능성은 전혀 없다고 해도 되겠지.

세 살 때 마지막으로 봤던 사람을 스무 살이 넘은 뒤에 만나서 한눈에 알아볼 수 있을 정도라면, 그건 관찰력이나 기억력 문제가 아니라 뭔가 마법을 쓴 것은 아닌지 의심하는 쪽이 좋을 테니까.

'그렇다면, 젠지로 님께 뭔가를 전하기 위해서, 일까? ……내가 먼저 접근해 볼까.'

다행히도 마르그레테가 보기에 소년은 보통 사람 같았다.

일대 일이라면 어떤 무기를 감춰 두고 있다고 해도 제압할 자신이 있다.

마르그레테는 소년을 유인하기 위해서 일부러 인적이 없는 골목길로 들어섰다.

하지만 만약에 대비해서, 위급한 상황에서 큰 소리를 지르면 큰길까지 들릴 정도까지만. 그렇게 해도 소년이 낚이지 않는다면, 포기하자.

마르그레테의 그런 각오는, 다행히 필요 없는 일이 됐다.

"저, 저기요……!"

마르그레테가 인기척 없는 골목길로 들어서서 얼마 가지 않았을 때, 급하게 뛰어오는 가벼운 발소리와 함께 사람이 다가왔고, 큰 결심을 한 것처럼 말을 걸어 왔다.

"예. 저 말인가요?"

누가 봐도 지금 알았다는 것처럼, 마르그레테는 조금 놀란 듯한 목소리로 되물으면서 발을 멈추고 뒤로 돌았다.

고개를 돌린 마르그레테의 눈에 들어온 사람은 예상했던 대로 그 소년이었다.

나이는 여덟에서 아홉 살 정도일까? 최소한 열 살은 안 된 것처럼 보인다. 사실 항상 영양 상태가 좋지 않은 경우가 많은 부랑아의 경우 성장이 극단적으로 늦어지는 경우도 많아서, 확실하게 단정할 수는 없지만.

"무슨 볼일이라도?"

고개를 갸웃거리면서 묻자 소년이 약간 놀라고 당혹한 표정을 보였지만, 바로 혼자서 뭔가 납득이라도 한 것처럼 긴장이 약간 풀린 표정으로 말했다.

"저기, 누나. '고대의 숲 정'에 묵는 사람이지?"

'고대의 숲 정'이란 젠지로 일행이 묵고 있는 고급 여관의 이름이다.

"예, 그렇습니다만."

마르그레테가 대답하자, 소년은 몸을 앞으로 쭉 내밀었다.

"그럼, 부탁할 게 있거든. 거기 사제님이 묵고 계시잖아? 나, 사제님을 만나고 싶어. 사제님을 만나서 꼭 전해야 하는 얘기가 있어! 이런 걸 나 같은 고아 꼬마가 생판 알지도 못하는 누나한테 부탁하는 게 비상식적이라는 건 나도 알아. 하지만, 그냥 두면 큰 일이 벌어질 거야!"

말하는 사이에 혼자서 흥분했는지, 마지막에는 거의 소리친다 고 표현할 수 있을 정도로 큰 목소리였다.

밀정 훈련을 받은 마르그레테는 상대의 표정, 시선, 목소리 변 화와 사용하는 말을 통해서 상대가 거짓말을 하는지 아닌지를 간 파하는 방법도 전수받았다.

그것은 상대가 완전히 보통 사람이라도 빗나가는 경우가 있는 정도의 기술일 뿐이지만, 그래도 그런 마르그레테의 눈에는 이 소 년의 언동이 거짓말은 아니라고 보였다.

일단 이야기는 들어 보는 게 좋을 것 같다.

"사제님, 말인가요?"

잡아떼는 마르그레테에게, 소년이 초조한 태도로 말했다.

"맞아, 사제님 말이야. 같은 여관에 묵고 있으니까 알지? 얀 사 제님."

일단 마르그레테도 그 이름은 알고 있다.

얀 사제.

어제 저녁, 젠지로에게 다가온 외눈 용병의 고용주 이름이다.

이 북대륙에서 교회의 사제는 상당히 높은 존재인 것 같다. 신 원이 불확실한 아이를 함부로 만나 줄 인종은 아닐 것이다.

"얀 사제님과 아는 사이인가요?"

계속 질문하는 마르그레테에게, 소년은 몇 번이나 고개를 끄덕

이면서 설명했다.

"응, 맞아, 아는 사이야. 사실은 아직 우리 마을이 있던 때, 딱한 번 강론하러 왔던 것뿐이지만…… 그래도, 그 사람은 달라! 힘든 일이 있으면 뭐든지 말하세요. 반드시 힘이 되어 드릴 수 있는 건 아니지만 들어드릴 수는 있으니까, 라고 말했단 말이야!"

딱 한 번 만났을 뿐인데 그렇게나 인상이 깊었던 모양이다. 마르그레테는 마음속의 경계도를 조금 더 높였다.

호위로 고용했다는 외눈 용병 얀이 '고용주의 인품은 보증한다'고 말했던 것이 생각났기 때문이다.

그 때는 별생각 없이 흘려들었지만, 보수를 받고 다른 사람을 섬기는 용병치고는, 그 외눈 사내의 일에 대한 정열이 너무 뜨거운 것 같다는 생각이 들었다.

솔직히 내가 알 바 아니라고 딱 잘라 버려도 되고, 일단 대외적으로는 일개 시녀에 불과한 마르그레테가 어떻게 할 수 있는 일도 아니지만, 이번 항해의 목적 중에는 북대륙의 정보를 얻는 것도 포함돼 있다.

마르그레테는 일부러 아쉽다는 표정을 짓고는,

"아쉽지만, 저는 그곳에 묵고 있는 어떤 귀한 분을 섬기는 자에 불과합니다. 제가 개인적으로 사제님께 말씀을 드릴 수는 없고, 제 주인님께 말을 전해 드릴 수는 있습니다. 주인께서 받아들이지 않으시면 거기서 끝이고, 만약 사제님께 말을 전한다 해도 사제님이 들어주지 않으시면 마찬가지로 거기서 끝입니다. 그래도 괜찮겠습니까?"

마르그레테의 말을 듣고, 소년은 거의 반사적으로 고개를 끄덕였다.

"그래도 괜찮아, 고마워 누나!"

소년 입장에서 보면 아주 조금이나마, 사제님께 말이 전해질 가능성이 생긴 것만으로도 큰 전과겠지.

얼굴이 활짝 핀 소년을 보고, 마르그레테는 갑자기 생각난 것에 대해 별 생각 없이 물었다.

"무슨 말씀을. 그 대가로 묻는 건 아닙니다만, 당신은 처음에 제가 대답했을 때 깜짝 놀란 뒤에 뭔가 납득한 듯한 표정을 지었죠? 왜 그랬는지 알려 주실 수 있나요?"

마르그레테가 묻자, 소년은 딱히 망설이지도 않고 바로 대답했다.

"우와, 역시 잘도 보네. 그건 좀 놀라서 그랬어. 누나같이 잘 차려입은 여자한테 나같이 지저분한 꼬마가 말을 걸면, 보통은 놀라거나 얼굴을 찌푸리거든. 하지만 누나는 뒤로 물러나지도 않고 웃는 얼굴로 대답해 줬잖아?"

그 말을 들은 마르그레테는 연기가 부족했던 것 같다고 마음속으로 혀를 찼다.

하지만 그 다음에 나온 말은 혀를 차는 정도로 넘어갈 수 없는, 훨씬 날카로운 것이었다.

"그런데 말이야, 조금 보고서 납득했어. 누나, 그냥 일하는 사람이 아니더라고. 사실 호위 담당이지?"

깜짝 놀라서 몸이 움찔 떨리는 것을 참을 수 없었다.

"어째서, 그렇게 생각했나요?"

자기도 모르게 매섭게 노려볼 뻔했지만, 자제심을 한껏 발휘해서 부드러운 미소를 유지하며 마르그레테는 고개를 살짝 갸웃거리고는 물었다.

"어째서긴, 딱 보니까 위화감이 들더라고. 걸음걸이도, 몸을 돌리는 동작도, 그냥 서 있는 모습을 봐도 어딘가 보통 여자랑 다르네? 그런데 이걸 어디서 봤더라? 하고. 그래서 조금 생각해 보고 알았어. 누나 몸놀림은 상류층 여자들 같은 게 아니었어. 실력 있는 기사나 용병이랑 비슷하구나 하고."

"그렇군요……."

마르그레테는 다시 한 번 소년의 모습을 꼼꼼히 관찰했다.

역시 아무리 봐도 전혀 훈련을 받지 않은 평범한 소년이 틀림없다. 설마 이 나이에 마르그레테의 눈을 속일 정도의 기술을 익혔을 리는 없고.

그렇다면 마르그레테의 행동을 간파한 눈썰미는 타고난 것이거나, 아니면 소년이 지금까지의 삶 속에서 스스로 익힌 것이라는 뜻이 된다.

'훌륭한 인재, 라고 해야겠죠. 하지만 이 나이라면 사상 교육이 힘들겠군요. 조금만 더 어렸다면 라라 후작령으로 데리고 가겠는데.'

일단 더 이상 이 소년과 이야기할 필요는 없다.

그렇게 판단한 마르그레테가 마지막으로 물었다.

"그럼, 저는 이만 실례하겠습니다. 그런데, 당신의 이름을 가르쳐 주시겠습니까?"

마르그레테가 묻자, 소년은 오른손으로 코 밑을 문지르고는 자랑스럽게 말했다.

"아, 깜박했다. 내 이름은 얀이야."

"얀, 말입니까?"

"응, 사제님이랑 똑같은 이름이야. 뭐, 우리나라에서는 무지 흔한 이름이니까, 딱히 신기한 일도 아니지만."

작별 인사를 남기고 고아 소년 얀은 경쾌한 발걸음으로 뛰어갔다.

———————◆———————

그날 밤.

젠지로는 여관의 한 방에 휴가를 줬던 기사, 병사, 시녀들을 모아서 별 문제는 없었는지 간단한 보고를 받고 있었다.

물론 어디까지나 휴가 중에 있었던 일이기에 전부 소상하게 보고할 필요는 없지만, 여기는 머나먼 타국이다. 어떤 이변이나 새로운 정보가 들어왔을 경우에는 보고해 줬으면 싶다.

다행인지 불행인지 대부분의 사람들은 '특별히 보고할 사항은 없습니다'는 한마디로 끝났는데, '휴대용 음악 플레이어'를 맡겼던 시녀가 기지를 발휘해서 높은 지대로 올라가 포모제 항구와 시내의 모습 등의 사진을 몇 장 찍어 왔다.

"이거 좋은데. 돌아가면 아우라 폐하께 전달해 드리겠다. 나도 상을 주지. 뭐가 좋을지 생각해 두도록."

"감사합니다."

키가 큰 시녀는 젠지로의 칭찬에 기뻐하며 웃어 보였다.

중요한 건 이 뒤에 찾아갈 웁살라 왕국이기 때문에, 여기서 너무 많이 사용하면 '휴대용 음악 플레이어'의 전력과 용량이 불안해진다. 그래서 사진만 몇 장 찍었을 뿐이고, 확인하는 것도 1분도 안 되는 짧은 시간동안 슬쩍 봤을 뿐이지만, 그것만 봐도 아우라 여왕이라면 이 나라가 얼마나 위협적인 존재인지를 이해해 줄 것이다.

여러 가지 면에서 발렌티아항을 뛰어넘는 항구. 높은 지대에서 찍은 정도로는 전부 다 찍히지도 않을 만큼 드넓은 시내. 그 넓은 도시를 둘러싸고 있는 견고한 성벽. 그리고 그 거리의 아름다움과 오가는 사람들의 깔끔한 모습, 웃는 사람들의 비율.

일부 예외가 있기는 하지만 국민들이 물리적, 정신적 측면 양쪽에서 느끼는 충실감은 그 나라의 국력과 비례한다.

키가 큰 시녀가 가져다준 정보도 컸지만, 역시 오늘밤의 주인공은 마르그레테였다.

"젠지로 님. 미리 사죄를 드리겠습니다. 정말 죄송합니다. 제가 조금 주제넘은 짓을 했습니다. 사실은……."

마르그레테한테서 낮에 있었던 일에 대해 자세한 이야기를 들은 젠지로는 복잡한 표정으로 잠시 동안 생각에 잠겼다.

"그래……. 분명히 시녀의 직무를 벗어난 행위라고 할 수 있다. 하지만 그 소년의 일이 그냥 두기에는 신경 쓰이는 점이 너무 많다는 데 대해서는 나도 동의한다. 따라서 이번에는 불문에 부치지만, 어디까지나 특별한 처우라는 점을 명심하도록."

"예. 관대한 처우에 진심으로 감사드립니다."

이 자리에 카파 왕국 사람들만 있기는 하지만, 공적인 입장에서의 대화이기 때문에 약간 낯이 간지러워지는 말을 사용할 수밖에 없었다.

어쨌거나 지금 얻은 정보를 머릿속에서 정리하며, 젠지로는 혼잣말처럼 중얼거렸다.

"고아 소년이 무슨 일이 있어도 사제를 만나고 싶어 한다는 말이지. 고급 여관에 무작정 달려드는 무모한 짓이 아니라, 거기서 나온 마르그레테에게 말을 전해 달라고 부탁했다는 것으로 보아 평범한 방법으로는 고아인 자신의 목소리가 전해지지 않으리라는 것을 이해하고 있다는 뜻. 그렇다면 결코 바보는 아니다. 제 나이 이상의 판단력을 지닌 아이다. 그런 아이가 무리를 해서까지 전하고 싶은 일이라……."

거기서 마르그레테가 추가 정보를 전달했다.

"젠지로 님. 소년은 자신이 살던 마을이 아직 있던 때, 라고 말했습니다. 그리고 여관의 종업원 몇 명에게 이 항구도시 포모제 주변에서 최근에 사라져 버린 마을이 있었는지 물어봤습니다만,

하나같이 아는 바가 없다고 했습니다."

마르그레테의 말을 들은 젠지로는 약간의 우울함이 담긴 한숨을 쉬었다.

"한마디로 그 소년이 거짓말을 하지 않았다고 가정할 경우, 소년은 이 근처에서 태어나고 자란 사람이 아니라는 이야기인가."

마차삯은 물론이고 당장 오늘 하루 먹을 것도 없는 고아가 먼 곳에서 군이 이 포모제까지 와서 사제를 만나고 싶다고 했다.

"사실이 어떻건 간에, 그 소년은 정말로 '그냥 두면 엄청난 일이 일어난다'고 생각하면서 행동하고 있다고 봐야겠지."

그래 봤자 어린애가 하는 소리거나 단순한 착각일 가능성도 있고, 어린애한테는 큰일이지만 나라 단위에서 보면 시시한 일일 가능성도 당연히 충분히 존재한다.

무엇보다 젠지로는 이 나라는 고사하고 이쪽 대륙 사람도 아니다.

예정상으로는 앞으로 열흘 안에 이 나라를 떠날 사람이다. 아무런 책임도 없고, '엄청난 일'이 일어난다고 해도 피해를 입을 가능성도 거의 없겠지.

하지만 굳이 따지자면 소시민 같은 성격인 젠지로로서는 이렇게까지 비통하게 호소하는 약자의 목소리를 들었으면서도 그냥 넘어가는 행위는 정신 위생상 좋지 않았다.

"아무튼, 당장 내일이라도 얀이라는 용병에게 말을 걸어 볼까."

그렇게 결론을 내린 젠지로를 보자 마르그레테는 조금 안도한 것처럼 얼굴이 풀어졌다.

다음날 아침. 젠지로는 식당에서 아침 식사를 하면서 외눈의 용병을 찾고 있었다.

정확히 말하자면 여관에서 일하는 사람에게 '얀이 오면 할 얘기가 있다고 전해 달라'고 부탁해 둔 것이다.

다행히도 용병은 간단히 만났지만, 아쉽게도 기대했던 대답은 듣지 못했다.

"뭐라고? 그렇다면 얀 사제는 아직 돌아오지 않았다는 건가."

젠지로의 질문에, 같은 테이블에서 아침식사를 하던 외눈의 용병은 수프를 뜨던 손을 멈추고 고개를 끄덕였다.

"예. 사제님은 포모제 영주 저택에서 환대를 받고 계셔서, 당분간은 여기로 돌아오시지 않을 것 같습니다."

"그렇군. 정말 아쉽게 됐는데."

"무슨 볼일이라도?"

역시나 호위를 맡은 사람이라고 할까. 일부러 경계하는 기색을 숨기지 않는 목소리로 묻는 외눈 용병에게, 젠지로는 잠시 생각한 뒤에 솔직하게 말했다.

여기서 괜히 누군지도 모르는 소년을 위해서 숨기려고 하다가 자신들이 불이익을 보는 일도 바보 같다고 생각했기 때문이다.

"대단한 일은 아닌데, 얀 사제님과 만나고 싶다는 인물에게 중개를 부탁받았다. 사실은……."

젠지로한테서 간단한 설명을 들은 외눈 용병은 딱히 표정 변화도 없이, "그렇군요, 그런 일이 있었습니까." 라고 말하며 고개를 끄덕였다.

교회의 사제를 만나고 싶다고 말하는 고아의 말을 전하다니. 호위 입장에서는 뭐라고 비난을 해도 당연한 일이라고 각오했던 젠지로는 약간 얼빠진 기분이 들었다.

그런 젠지로의 표정을 읽었겠지.

외눈 용병은 어딘가 자랑스러워하는 것처럼 씁쓸하게 웃으며,

"호위로서는 난처한 일입니다만, 그분께는 이런 일이 신기한 일도 아닙니다. 못 하는 일을 안 하는 건 어쩔 수 없는 일이지만, 도움을 청하는 사람들의 목소리에 귀를 기울이는 것은 충분히 할 수 있는 일이라고, 그렇게 말씀하시는 분입니다."

그렇게 말한 얀은 약간 거창하게 어깨를 으쓱거렸다.

아무리 봐도 평범하게 고용된 용병이 주인에게 보일 만한 감정이 아니다.

심취. 그런 말이 연상될 정도였다.

젠지로는 얀 사제라는 인물에 대한 관심이 더욱 커졌지만, 지금은 이 정도 흐름이 딱 좋다.

"그렇군. 낮은 곳에 있는 사람들의 호소에 귀를 기울이는 게 신기한 일이 아니라, 아주 훌륭한 사제님이군. 그렇다면 자네도 혹시 그 소년을 기억하고 있나?"

젠지로가 묻자, 용병은 잠시 생각한 뒤에 고개를 저었다.

"아니요……. 아쉽게도 저는 짚이는 일이 없습니다. 사실 저는 사제님께 고용된 지 아직 반년도 안 된 몸이다 보니, 아마도 그

전에 있었던 일이 아닐까 싶습니다."

외눈 용병의 말을 들은 젠지로는 아직 만나 보지 못한 얀 사제라는 인물에 대해 호기심을 넘어 경계심을 품게 됐다.

만난 지가 아직 반년도 안 된 용병이 이렇게까지 심취할 수 있는 걸까?

겨우 한 번밖에 못 봤다는 고아 소년이 굳이 그를 찾아서 먼 길을 찾아온 일까지 고려해 보면 사람을 끌어들이는 상당한 무언가를 지니고 있는 인물이라고 생각하는 게 좋을 것 같다.

"알았다. 그럼, 얀 사제를 뵙게 되면 그 소년의 말을 전하고 싶은데. 괜찮겠나?"

"예, 문제없습니다. 그렇게 대답할 수밖에 없군요. 호위로서는 이의를 제기하고 싶기도 합니다만, 그런 목소리를 차단했다가는 사제님께 질책을 듣는 건 물론이고, 까딱하면 제가 해고당할 수도 있으니까요."

"그렇군. 그럼 잘 부탁하네."

"예, 알겠습니다."

그 뒤에 남대륙의 왕족과 북대륙의 용병은 우호적인 대화를 나누면서 아침 식사를 마쳤다.

◆

젠지로가 아침 식사를 마치고 약 한 시간이 지났을 때.

얀 사제가 돌아오는 대로 용병 얀을 통해서 소개해 달라고 하

자. 그런 젠지로의 생각은 허무하게 무너져 버리고 말았다.

하지만 상황이 그렇게 나쁜 건 아니다.

얀 사제는 돌아오지 않았지만, 그 대신 프레야 공주의 측근인 여전사 스카디가 돌아왔다.

스카디의 말에 의하면 포모제 영주와의 조정은 무사히 종료됐고, 젠지로도 영주의 저택에 초대하기를 바란다고 했다.

물론 남대륙 왕족으로 인정한 상태에서의 비공식적인 초대다.

비공식이라는 형식은 어쩔 수 없는 일이다.

포모제의 영주는 나라 안에서 손꼽히는 대귀족이지만, 이 즈 워타 보르노시치 귀족제 공화국의 대표는 아니다.

공식적으로 초대하기 위해서는 먼저 즈워타 보르노시치 귀족제 공화국이 카파 왕국의 존재를 공식적으로 인정해야만 한다.

그런 일이 가능한 기관은 왕이 소집하는 입법부뿐인데, 포모제 영주가 입법부에 소속된 거물 의원이기는 해도 어디까지나 일개 구성원에 불과한 것도 사실이다.

그런 상황을 고려해 보면 젠지로를 초대하는 데 며칠이나 걸린 것도, 그리고 비공식 초대가 된 것도 전부 당연한 일이라고 할 수 있다.

눈앞에서 바른 자세로 서 있는 여전사 스카디에게, 젠지로는 혹시나 싶어서 확인을 했다.

"알았다. 초대는 고맙게 받아들이겠다. 아까 확인한 사항을 다시 한 번 되풀이하는 꼴이 되지만, 현재 포모제 영주 저택에는 얀 사제님도 머물고 계시는 게 맞나?"

젠지로의 물음에, 키가 큰 여전사가 당당하게 대답했다.

"예. 직접 뵌 것은 아니지만, 주재하고 계시는 것은 분명합니다. 젠지로 폐하를 맞이하기 위해 포모제 영주가 비공식 환영회를 개최한다고 했으니, 아마 그 자리에도 출석하실 것 같습니다."

그렇다면 얀 사제와는 그 자리에서 만나게 된다. 비공식이라고는 해도 이 땅의 영주가 '남대륙의 왕족'으로 인정한 상태에서 대면하게 된다면 신분을 증명하는 수고도 줄어들게 되니, 일이 상당히 편해진다.

젠지로로서는 아주 고마운 일이다.

"알았다. 그럼 빨리 가는 쪽이 좋겠지. 우리의 출석 인원에 제한은 있나?"

젠지로가 묻자, 키가 큰 여전사는 약간 떨떠름한 표정으로 시선을 다른 곳으로 돌렸지만, 바로 표정을 바로잡고서 대답했다.

"예, 영주는 비공식적이기는 해도 젠지로 폐하를 왕족으로서 대우하겠다고 선언했습니다. 그래서 호위나 종자의 숫자에 제한은 없습니다. 단지 환영 파티에서는 프레야 전하를 파트너로서 에스코트하셔야 하니, 루크레치아 님도 출석하시려면 다른 분께서 에스코트 역할을 맡아 주실 필요가 있습니다."

그렇게 말하고, 여전사 스카디는 설명을 듣기 위해서 동석하고 있던 쌍왕국의 소녀 귀족—루크레치아 쪽으로 시선을 옮겼다.

속되게 말해서, 루크레치아가 젠지로를 '노리고 있다'는 것은 주지의 사실이다.

이런 기회에서 프레야 공주에게 젠지로를 독점당하는 건 재미

없는 일이겠지.

루크레치아는 무표정한 얼굴을 유지하고 있지만, 좋지 않은 감정이 밖으로 드러나지 않도록 참고 있는 것뿐이다.

사실 루크레치아는 쌍왕국에서 북대륙으로 가도 된다는 허가를 받기는 했지만 공식 대사로 임명된 건 아니기에 눈에 띄는 행동을 해서는 안 된다는 정도는 이해하고 있다.

"배려해 주셔서 감사합니다, 스카디 님. 하지만 저도 제 입장은 잘 알고 있으니 너무 신경 쓰지 마세요."

루크레치아는 그렇게 말하고 빙긋 웃어 보였다.

"양해해 주셔서 고맙습니다. 주인을 대신해서 제가 감사드리겠습니다."

"알았다. 그럼, 나는 준비가 끝나는 대로 영주 저택으로 가겠다. 호위와 시녀는 몇 명 남겨 두도록 하겠다. 남는 사람들은 루시의 호위와 시중을 부탁한다."

그렇게 말하고, 젠지로는 이미 머릿속에서 준비해 두기라도 한 것처럼 인원 배정을 시작했다.

자신과 동행하는 사람은 시녀 중에는 이네스와 키가 크고 젊은 시녀. 그리고 호위는 나탈리오와 병사 중 한 명.

남는 사람은 마르그레테와 기사, 병사가 각 한 명씩.

루크레치아가 데리고 온 사람은 플로라 한 사람뿐이기 때문에, 최소한 이 정도 인원을 남겨 두지 않으면 전형적인 귀족 아가씨인 루크레치아는 마음대로 움직이지도 못할 것이다.

동시에 플로라가 과로 때문에 쓰러질 것이 분명하고.

나머지 시녀, 기사, 병사에게는 자신이 없는 동안 루크레치아를 잘 부탁한다고 말했다.

"감사합니다, 젠지로 폐하."

금발 소녀는 솔직하게 젠지로의 후의를 받아들였고, 그 사이드 테일로 묶은 머리카락을 흔들면서 살짝 고개를 숙였다.

◆

영주의 저택이란 그 일족의 역사, 권위, 권력, 재력의 상징이다.

북대륙 서부 최대의 국가인 즈워타 보르노시치 귀족제 공화국에서도 손꼽히는 대귀족인 포모제 영주 일족의 저택은, 볼 줄 아는 사람이 보면 그저 압도당할 수밖에 없는 훌륭한 건물이다.

하지만 아쉽게도 지식이나 감성이 부족한 젠지로에게는 그저 '대단한 저택'이라고 여겨질 뿐이었다.

비공식적이라는 전제가 있기에 거창하게 맞이하지는 않았지만, 사전에 준비는 거의 되어 있었는지 젠지로 일행은 별 문제 없이 저택 안으로 들어갔다.

그렇게 해서 들어간 대기실에서는 며칠 만에 보는 사람이 기다리고 있었다.

"젠지로 폐하, 기다리고 있었습니다."

"아, 프레야 전하. 저야말로, 여러모로 대처해 주셔서 정말 감사합니다."

맞이해 준 사람은 파란 드레스를 입은 프레야 공주였다.

아무래도 다른 나라 영주 저택에서까지 선장 복장으로 있을 수는 없겠지.

"그렇게 말씀해 주시니 다행이군요. 스카디가 말씀드렸으리라고 생각합니다만, 일단 포모제 후작은 젠지로 폐하의 입장을 고려해서 국교가 없는 나라에서 온 왕족의 비공식 방문으로서 대응해 주시기로 했습니다."

공식적인 방문이 되면 아무래도 왕이 입법부를 소집하고 입법부의 결정을 기다려야 한다. 그렇게 오랫동안 붙잡아 두는 건 젠지로로서도 바람직한 일이 아니다.

"저로서는 최선에 가까운 결과입니다. 거듭해서 감사드릴 뿐입니다."

"감사합니다. 하지만 젠지로 폐하는 비공식으로 처리할 수 있어도, 저는 그럴 수가 없습니다."

프레야 공주가 말했다. 그건 당연한 일이겠지.

국교가 없는 남대륙의 자칭 왕족인 젠지로와 달리, 프레야 공주는 좋건 싫건 공식적인 국교가 있는 같은 북대륙의 왕족이다.

게다가 프레야 공주는 이번에 '황금나뭇잎호'라는 상당히 눈에 띄는 최신 대형선을 타고 포모제에 입항했다.

공식적인 기록을 남기지 않으면 이상한 의심을 받게 되고, 일이 되레 귀찮아진다.

그런 사정은 젠지로도 이해할 수 있었다.

"예, 그건 그렇겠죠."

"그러니까 오늘밤에 열릴 파티의 주빈은 제가 맡게 됩니다. 젠지로 폐하는 제 파트너지만 비공식 방문이기 때문에 신분을 밝힐 수 없다는 조금 복잡한 입장이 되셔야 합니다만, 협력을 부탁드려도 될까요?"

하긴, 그건 조금 귀찮다.

물론 이렇게까지 신경을 써 줬으니 거절할 수도 없는 노릇이지만, 실패하지 않기 위해서라도 확인하고 싶은 부분이 있다.

"그건 상관없습니다만, 비공식이 되면 저는 다른 참가자들을 어떤 태도로 접해야 좋을까요?"

귀족들이 모이게 될 파티에 신원을 밝히지 않고 출석하게 된다. 왕족으로서의 태도로 접하면 되는 걸까? 하지만 비공식이라고 해도 카파 왕국의 왕족인 젠지로가 다른 나라의 귀족에게 너무 자세를 낮추면 그것도 나중에 문제가 될 것 같고.

인스턴트 왕족인 젠지로도 떠올릴 수 있는 이런 수준의 문제거리는 타고난 왕족인 프레야 공주에게는 이미 다 해결된 문제였다.

"예. 그래서 처음에 포모제 후작이 젠지로 폐하의 직함은 일절 언급하지 않고 '자신보다 높으신 분'으로서 소개할 예정입니다. 오늘 밤 파티에서는 포모제 후작보다 높은 사람은 없─아니, 정확히는 저 말고는 없으니까, 그러면 문제없을 겁니다."

"그렇군요. 알겠습니다."

주최자인 포모제 후작이 젠지로를 자신보다 높은 존재로 취급하는 이상, 포모제 후작보다 신분이 낮은 자들은 젠지로의 진짜 신분을 모른다고 해도 젠지로를 자신보다 높은 사람으로서 대할 수밖에 없다.

젠지로는 평소처럼 행동해도 아무 문제가 없다는 뜻이다.

"하지만, 어디까지나 비공식이지만, 포모제 후작에게는 젠지로 폐하의 정체를 말해 뒀습니다. 그래서 사전에 포모제 후작과 한 번 만나야 할 필요가 있습니다만, 괜찮으시겠습니까?"

"예, 그건 당연한 일이죠."

메인 게스트는 프레야 공주지만, 젠지로도 게스트라는 점에는 변함이 없다. 사전에 파티 주최자와 만나고 인사라도 하는 것이 예의겠지.

그런 이야기를 하는 사이에 젠지로와 프레야가 있는 방의 문을 두드리는 소리가 들렸다.

"젠지로 님?"

이네스가 자기가 대응해도 되는지 물었고, 젠지로는 평소대로 살짝 고개를 끄덕였다. 이런 부분은 이미 많이 익숙해졌다.

"예, 누구신지요?"

이네스가 묻자 문 너머에서 대답이 돌아왔다.

"실례하겠습니다. 이 저택의 주인이 젠지로 님께 인사를 드리기 위해 왔습니다. 입실 허가를 내려 주시길 바랍니다."

그 대답을 들은 젠지로는 놀란 기색을 감추지 못했다.

이 저택의 주인이라면, 지금 막 이야기에 올라 있던 포모제 후 작이다.

자신이 인사하러 가는 게 아니라, 저택 주인이 일부러 여기까지 왔다는 건가?

한편, 프레야 공주는 놀란 표정을 지은 젠지로를 이상하다는 얼굴로 쳐다보면서 고개를 갸웃거렸다.

"그러니까, 비공식이기는 해도 포모제 후작은 젠지로 폐하를 타국의 왕족으로서 대할 것이라고 말씀드렸을 텐데요?"

"아, 그렇구나."

듣고 보니 당연한 대응이다.

자신은 왕족, 상대는 귀족. 그런 신분 차이가 있는 이상 상대는 '본인이 만나러 간다'는 성의를 보여야 한다.

상당히 쓸데없는 배려라는 생각도 들지만, 왕후귀족이라면 피할 수 없는 예법이겠지.

솔직히 자신이 어느 정도 타이밍과 각오를 정할 수 있다는 점에서 직접 찾아가는 쪽이 더 좋다고 생각되지만, 여기까지 와서 그런 소리를 할 수도 없겠지.

"알았다. 들여보내도록."

젠지로는 태연한 척하며 그렇게 명령하는 수밖에 없었다.

포모제 영주는 품위 있는 중년 사내였다.

나이는 40세 전후 정도일까? 키는 젠지로보다 조금 큰 정도, 예전에는 나름대로 단련했던 흔적이 보이기는 하지만, 나이 때문에 근육은 줄고 군살이 늘어난 탓인지 가만히 서 있어도 배가 조금 나온 게 눈에 보일 정도의 중년 비만이 시작되고 있다.

포모제 후작은 사람 좋아 보이는 미소를 지으며 환영의 뜻을 표했다.

"저는 이 포모제를 맡고 있는 그단스키 가문의 현 당주, 우카시라고 합니다. 이렇게 젠지로 폐하의 존안을 뵙게 될 기회를 주셔서 지극히 황송할 따름입니다."

"남대륙 카파 왕국의 국서 젠지로다. 신세를 지겠다."

이름은 우카시고 가문은 그단스키. 그리고 지배하는 지역의 이름은 포모제, 작위도 포모제 후작.

남대륙에서는 일반적으로 작위와 영지, 가문의 이름을 어느 정도 통일시키기 때문에 은근히 복잡하다는 생각도 들지만, 이런 건 열심히 기억하는 수밖에 없겠지.

"실내 온도는 괜찮으신지요? 남대륙은 여기보다 상당히 따뜻한 곳이라고 들었습니다만?"

신경을 써 주는 포모제 후작에게 젠지로는 웃는 얼굴로 대답했다.

"배려해 줘서 감사하네. 하지만 괜찮다. 바깥바람이 쌀쌀하기는 하지만 사전에 프레야 전하께서 조언해 주신 대로 의복을 갖춰 입었고, 이 방도 따뜻하고 쾌적하다."

지금은 카파 왕국의 역법으로 따지면 우기 첫 번째 달. 지구를 기준으로 따져 보면 4월이다.

바깥에 나가면 쌀쌀하지만, 영주의 저택 안은 이렇게 넓은데도 꽤 따뜻하다.

이런 부분은 '유리창'이라는 문명의 이기가 크게 작용했는지도 모른다. 바깥 공기는 차단하면서 태양광만을 받아들일 수 있으니 날씨는 좋지만 기온은 낮은 오늘 같은 경우에는 정말 고마운 존재다.

옵살라 왕국에도 유리 제조 기술이 있을까? 유리구슬이 '부여 마법'에 가장 좋은 매체라는 건 당연한 얘기지만 프레야 공주에게도 비밀이기 때문에, 프레야 공주와 유리에 관한 이야기를 나눈 적은 없다.

이런 부분도 프레야 공주와의 혼인이 정식으로 결정된다면 마음을 굳게 먹고 이야기해야 할 필요가 있을지도 모른다.

머릿속 한편에서 그런 생각을 하며 젠지로는 포모제 후작과 가벼운 이야기를 주고받았다.

그리고 오늘 밤에 열리는 파티 이야기가 나왔을 때, 젠지로는 갑자기 생각났다는 것처럼 물었다.

"그러고 보니, 현재 이 저택에 교회의 얀이라는 사제가 있다고 들었는데, 그 사람도 파티에 출석하는가?"

포모제 후작에게는 상당히 갑작스러운 이야기처럼 여겨졌겠지.

"얀 사제 말씀이십니까? 실례입니다만, 젠지로 폐하는 그분과 아는 사이이신지요?"

며칠 전에 '황금나뭇잎호'를 타고서 처음 북대륙에 왔다는 정보가 옳다면, 젠지로가 얀 사제와 안면이 있는 사이일 리가 없다.

그런 의문을 품었는지 살짝 눈살을 찌푸린 포모제 후작에게 젠지로는 최대한 열심히 웃는 표정을 지으면서 설명했다.

"아니, 얀 사제를 직접 알고 있는 건 아니라네. 그저, 머무는 여관에서 얀 사제의 호위를 맡은 용병과 알게 돼서 말이야. 이야기를 들어 보니 상당한 인물인 것 같아서 관심이 가게 됐다."

"아, 그러셨군요."

그 대답을 듣고 납득했는지, 다시 웃는 표정으로 돌아온 포모제후가 대답했다.

"말씀대로 얀 사제는 제 집에 머무르고 있습니다. 오늘밤 파티에도 출석하실 예정이니, 말씀을 나누실 일이 있으시다면 그 자리에서 하시는 편이 좋을 겁니다."

"그렇군, 잘 된 일이야. 그런데 얀 사제는 어떤 인물이지? 호위 용병이 꽤나 심취한 것이 은근히 마음에 걸리던데 말이야."

젠지로가 그렇게 묻자, 포모제 후작은 씁쓸하게 웃으면서 대답했다.

"그것이, 솔직히 말해서 한 마디로 표현할 수 있는 사람이 아닙니다. 그래도 굳이 말하자면,"

포모제후는 거기서 잠깐 쉬고는,

"좋건 나쁘건 산과도 같은, 동시에 폭풍과도 같은 분이라고 해야겠지요."

그 사람을 평한 말과 포모제 후작의 표정이 너무나 복잡해서, 간단히는 이해할 수가 없었다.

◆

그날 밤.

예정대로 파티가 시작됐다.

움살라 왕국 제1왕녀 프레야가 주빈으로 소개됐고, 동시에 젠지로는 그 에스코트를 맡는 인물로서 이름만 소개했다.

주최자인 포모제 후작은 프레야 공주를 왕족으로서 섬기는 태도를 취했고, 에스코트를 맡은 젠지로는 은근슬쩍 프레야 공주 이상 가는 귀인으로 대했다.

이 자리에 그 태도의 의미를 모를 정도로 우둔한 인간은 없다.

대놓고 말을 하지 않아도 사람들은 젠지로를 프레야 공주 이상 가는 귀인, 즉 왕족으로 대했다.

파란 드레스를 입은 프레야 공주를 에스코트하면서 젠지로는 파티장을 둘러봤다.

'이거 대단한데. 이 정도일 줄은 몰랐어.'

테이블 위에 차려진 음식과 그 음식들을 담은 그릇의 풍부함이 그대로 이 나라의 국력을 대변하고 있었다.

생선 요리가 풍부한 것이야 항구 도시니까 당연한 일이고, 육고기 요리도 귀족들의 식탁에서는 크게 눈길을 끄는 것은 아니지만, 채소와 과일의 종류가 다양하다는 것은 이 나라가 풍요롭다는 증거다.

농업이란 원칙적으로 생산 품목을 줄일수록 효율이 좋아진다. 다양한 채소와 과일은 이 나라가 효율을 무시할 만큼의 저력을 지녔음을 보여준다.

그리고 조금 신경을 써 보면 향신료 냄새도 맡을 수 있었다.

프레야 공주의 정보가 거짓이 아니라면, 대부분의 향신료는 북대륙에서 재배가 불가능할 텐데. 즉, 어느 정도의 규모인지는 모르겠지만, 이 나라는 이미 남대륙과의 사이에 어느 정도 교역에 성공했다는 뜻이다.

그리고 식기. 대부분은 은식기지만 젠지로가 잘못 본 게 아니라면 일부 잔들은 색유리로 만들었고, 저쪽 테이블에는 아무리 봐도 자기처럼 보이는, 흰색 바탕에 멋진 그림이 그려진 그릇까지 있었다.

아무리 그래도 칠기까지는 없는 것 같지만, 자기에 그려진 그림은 문외한인 젠지로가 보기에도 이국적인 정취가 감도는 것이었다. 이 나라의 교우 범위는 젠지로가 사전에 상상했던 것보다 훨씬 넓은 모양이다.

젠지로에게는 이 자리에 있는 사람들이 전부 초면이지만, 옆에서 젠지로의 팔을 잡고 있는 프레야 공주는 사정이 조금 다르다.

한 손으로 헤아릴 수 있는 정도이기는 해도 아는 사람이 있다.

"프레야 전하, 기억하고 계실런지요? 전에 웁살라 왕국을 방문했을 때, 전하를 뵌 적이 있습니다."

하얀색 눈썹의 꼬리가 늘어진 초로의 귀족이 말을 걸자 프레야 공주는 일부러 난처해하는 미소를 지으면서 솔직하게 대답했다.

"죄송하게도 기억이 나지 않는군요. 다시 한 번, 성함을 여쭤도 되겠습니까?"

이럴 때는 어설프게 아는 척하는 것보다 이렇게 대응하는 쪽이 좋다. 아주 드문 일이기는 하지만 '전에 본 적이 있다'고 해 놓고는 상대가 아직 세 살도 안 됐을 때의 이야기라고 하는 짓궂은 인간도 있으니까.

그런 상대를 '대충 기억이 나는 것 같은데'라는 생각으로 아는 척했다가는 큰 창피를 당하게 된다.

"예, 차플랴 자작위를 지닌, 차플랴스키 가문의 체자리라고 하옵니다."

"차플랴 자작이군요. 제가 자작과 어디서 만났었죠?"

"그야 당연히 웁살라의 왕궁에서였습니다. 저는 5년 전까지 대사 중의 한 명으로 전하의 고국에 주재하고 있었사옵니다."

"공화국 대사……. 아, 혹시 하얀 은방울꽃 망토를 걸치고 있던……."

"기억이 나신 모양이군요. 그렇습니다, 은방울꽃은 저희 차플랴스키 가문의 문장입니다."

큰 인연은 아니더라도, 이런 장소에서 우연히 아는 사람을 만나면 절로 이야기가 진행되는 법.

즐겁게 담화를 나누던 프레야 공주가 중간에 젠지로를 상대에게 소개해 줬다.

"차플랴 자작. 이분은 젠지로 님, 제가 크게 신세를 지고 계신 분입니다."

"젠지로다."

자신의 신분에 대해서는 전혀 언급하지 않았지만, 왕족으로서 행동해야만 하기에 어쩔 수 없이 단적이고 무뚝뚝한 말이 나오고 말았다.

"이거이거, 젠지로 님이시군요. 차플랴 자작 체자리라고 하옵니다. 이렇게 존안을 뵙게 될 기회를 얻게 되다니, 지극히 황송할 따름입니다."

"음. 자작은 대사였다고 했었지. 그렇다면 왕의 신뢰도 두텁겠군. 아니, 이 나라의 경우에는 대사를 임명하는 것도 입법부의 일인가?"

"그렇사옵니다. 타국에서는 저희의 통치 구조를 이해하지 못하는 경우가 많으시온데, 젠지로 님은 참으로 총명하시군요."

노골적으로 아첨하는 소리를 하자, 젠지로는 씁쓸하게 웃으면서 손을 저었다.

"뭘, 그냥 풍문으로 들은 지식일 뿐이다. 의회 정치나 선거 군주제의 본질을 이해한 것은 아니야."

"호오……"

그렇게 대답하자, 차플랴 자작이 새삼 젠지로를 주목했다. 젠지로의 차림새는 카파 왕가의 제3정장이다. 갈색 살갗과 어우러지면서 한 눈에 봐도 '다른 나라, 다른 문화권의 귀인'이라는 분위기가 감돌고 있는데, 자작은 빨간색 바탕의 복장을 잠시 빤히 쳐다봤다.

"……그러시다면, 젠지로 님도 조금이나마 본격적으로 배워 보심이 어떻겠습니까? 잘 받아들이시면 조국의 발전에 기여할지도 모릅니다만."

"아니, 지식으로서는 관심이 있지만 받아들일 생각은 없다. 조직 운영과 유지에 필요한 인재의 질과 양이 부담되니까. 함부로 받아들였다가는 혼란만 초래할 뿐이다."

의회제를 성립시키기 위해서는 지적 수준이 일정 수준 이상에 도달한 국민들이 많이 필요하다. 지금의 카파 왕국에는 도입해 봤자 백해무익한 일이라고 젠지로는 딱 잘라서 말했다.

"그거 참 아쉬운 일이군요. 외교관 일을 맡았던 몸으로서, 저희와 가치관을 공유할 수 있는 나라가 늘어나는 일은 환영해 마땅합니다만."

"이해하지 못하는 주위 사람들과 싸우는 것은 선구자의 숙명이지. 거기서 포기하면 영원히 해결되지 않지만, 그렇다고 너무 신경 쓰는 것도 좋지 않아."

"하하하, 이거 아주 좋은 말씀을 들었습니다. 그렇다면 저도 포기하지 않고 노력해야겠군요. 어떻습니까, 젠지로 님? 귀하의 나라에도 단계적으로 도입해 보시지요."

"이런, 괜한 말을 했나."

웃음소리가 섞인 대화가 오간다. 분위기를 망치지 않도록 적당히 말을 맞춰 줄 생각이었는데, 어느샌가 젠지로도 대화를 즐기고 있었다.

편안한 템포의 말투와 상대를 불쾌하게 만들지 않는 분위기 연출에 말려든 나머지, 정신을 차려 보니 완전히 자작과의 대화에 빠져 있었다.

그런 젠지로가 냉정해졌다는 것까지 이 초로의 전직 외교관은 재빠르게 눈치챘을 것이다.

"어이쿠, 너무 오래 이야기를 나눴군요. 젠지로 님, 프레야 전하, 이만 실례하겠습니다."

차플랴 자작은 작별 인사를 남기고 재빨리 자리를 떴다.

당했다.

이렇게 깔끔하게 당하니까 오히려 속이 후련할 지경이다.

중요한 정보는 털어놓지 않았다고 생각하지만, 그래도 상대의 화술에 완전히 넘어가 얘기할 생각이 없었던 것들까지 말해 버렸다는 사실에는 변함이 없다. 게다가 대화 자체는 즐거웠던 데다, 자신이 경계심을 완전히 되찾기 전에 상대가 물러나 버렸으니 나쁜 감정을 품기도 힘들다.

역시나 대국에서 오랜 세월 외교관 일을 했던 사람이다. 샐러리맨 출신의 벼락치기 왕족이 상대할 인물이 아니었던 것 같다.

어쨌거나, 젠지로와 프레야 공주는 잠시 자유로운 시간을 가졌다.

그 사이에 두 사람은 테이블 위에 놓여 있는 술잔과 음식에 손을 댔다.

정확히 말하자면 각 테이블마다 배치된 급사에게 얘기해서 자기 접시에 원하는 요리를 담게 한 것이지만.

"젠지로 폐…… 젠지로 님, 올리브 오일은 괜찮으신가요?"

자기도 모르게 평소처럼 튀어나온 젠지로 폐하라는 말을 정정하고, 프레야는 요리에 대해 물었다.

채소와 얇게 썬 고기에 올리브 오일로 맛을 낸 요리는 북대륙 중에서도 남쪽 지역의 향토 요리다.

젠지로도 예전에 몇 번인가 먹어 본 적이 있어서 크게 위화감은 없었지만, 생각해 보면 포유류인 돼지고기도 붉은색 피망 같은 채소도, 그 위에 뿌려 놓은 올리브 오일도, 하나같이 남대륙에는 존재하지 않는 것들이다.

젠지로를 제외한 카파 왕국 사람들은 입에 대는 일 자체를 주저할지도 모른다.

"아, 걱정하지 마십시오. 나름대로 음식에 대한 기호가 있기는 하지만, 싫어하는 것은 거의 없으니까."

현대 일본에서 태어나고 자란 젠지로는 이쪽 세계의 기준으로 보자면 다양한 식문화를 접해 온 사람이다. 그렇기에 본인은 전혀 자각이 없지만, 음식의 허용 범위가 상당히 넓은 편에 해당된다.

"그러시군요. 그리고 술은 어떻게 하시겠습니까?"

"그렇군요. 너무 세지 않고 달지도 않은 술이 있다면 부탁해 볼까요. 자네, 추천하는 술이 있나?"

"예, 그러시다면 이쪽의 백포도주가 어떠십니까? 주정이 들어가지 않은 것을 원하신다면 라임으로 맛을 낸 탄산수도 있습니다만."

급사의 대답을 들은 젠지로는 잠깐 생각한 뒤에 탄산수를 받아들었다. 자신이 술이 약한 체질이라고 생각하는 건 아니지만, 만에 하나라도 있을지 모를 위험도 피해야 하는 입장이다.

다른 나라의 음식과 탄산수로 공복과 갈증을 해결하고 마음이 편해질 무렵, 이때를 기다렸다는 것처럼 이 파티의 주최자인 포모제 후작이 다가왔다.

"프레야 전하, 젠지로 님. 즐거운 시간을 보내고 계신지요?"

"예, 후작님."

"아, 덕분에 유익한 시간을 보내고 있네, 후작."

프레야 공주와 젠지로가 대답하자, 포모제 후작은 사교적인 미소를 지었다.

"그거 참 다행이군요. 그런데, 소개드리고 싶은 분이 있습니다만, 괜찮으시겠습니까?"

그게 누구인지는 굳이 물을 필요도 없다. 포모제 후작 뒤에 있는 남자일 테니까.

화려한 파티에 어울리지 않는, 간소한 초록색 사제복 차림의 남자.

포모제 후작이 일부로 소개해 줄 정도니까, 이 사람이 누구인지는 간단히 상상할 수 있다.

"물론이지. 그렇다면, 그 사람인가?"

젠지로가 말하자 포모제 후작이 옆으로 비켜서 젠지로와 그 남자가 마주보게 했다.

"그렇사옵니다. 이분이 교회의 얀 사제입니다."

"얀입니다, 젠지로 님. 잘 부탁드리겠습니다."

초록색 사제복 차림의 남자─얀 사제가 빙긋 웃으며 말했다.

[제2장] 호소하는 자, 호소를 듣는 자

얀 사제는 중간 키에 평균보다 약간 날씬한 체형의 중년 남성이었다.

특징적인 점이라면 그 가느다란 눈이려나. 가느다란 데다 눈꼬리가 약간 처진 모양이다 보니, 항상 웃고 있는 것처럼 보이는 인상을 준다.

외눈의 용병 얀과 고아 얀이 그렇게 심취한 것으로 보아 훨씬 강한 아우라를 내뿜는 인물일 거라고 상상했었는데, 현실의 얀 사제는 외모도 말투도 상당히 온화하고 이지적인 분위기가 감도는 인물이었다.

단지, 젠지로는 얀 사제를 보고 있으면 말로 표현하기가 애매한 위화감과 불안한 기분에 사로잡혔다. 뭔가가 있는 것도 아닌데도 눈에 보이면 안 되는 것을 보고 있는 것만 같은 불안한 기분이다.

이 위화감은 대체 뭘까? 젠지로는 마음속에서 고개를 갸웃거렸다.

하지만 자신이 먼저 보고 싶다고 했던 상대를 앞에 두고 그런 위화감 때문에 대화를 망칠 수도 없다.

"귀하가 얀 사제인가. 나는 지금 '고대의 숲 정'에 머물고 있는데, 거기서 용병대장 얀과 알게 됐지. 그에게 귀하에 대해 듣고,

한 번 만나 보고 싶다고 생각했다."

젠지로는 일부러 붙임성 있게 말했다.

"그러셨습니까. 얀 대장에게 들으셨군요. 그 사람에게는 정말 많은 도움을 받고 있습니다. 사실은 이곳에서도 제 호위를 맡아 줬으면 싶었습니다만."

결코 큰 소리는 아니지만 어째선지 또렷하게 들리는 목소리로, 얀 사제가 대답했다.

"역시 입장 문제가 있나 보군. 그리고 예법(禮法) 문제인가?"

"예법에는 문제가 없을 겁니다. 얀 대장은 귀족 출신이니까요. 가문만 따진다면 저보다 훨씬 좋은 사람입니다."

그 말을 듣고 다시 생각해 보니, 용병 얀은 몸가짐이나 식사하던 모습이 꽤나 점잖았다.

"그렇군, 듣고 보니 이해가 된다. 사제께서는 어떤 가문 출신인지, 물어도 되겠나?"

"예, 딱히 숨기고 있는 것도 아니니까요. 저는 카렐의 빈민가 출신입니다."

카렐이란 자신이 태어난 나라의 수도라고 얀 사제가 부연하여 설명했다.

"그런 낮은 출신에서 사제까지 올라간 것인가. 귀하의 노력과 신앙심에 깊은 경의를 표하네."

"감사합니다, 젠지로 님."

얀 사제와의 대화는 온화한 분위기 속에서 이어졌다.

"그런데, 보면 알겠지만 나는 교회와는 인연이 없는 먼 곳에서 온 사람이다. 후학을 위해, 교회에 대해 간단히 알려줄 수 있겠나?"

굳이 정체를 밝히지 않아도 검은 머리카락과 눈동자, 거무스름한 피부색, 그리고 카파 왕국의 민족 의상을 입은 젠지로가 북대륙 사람이 아니라는 건 일목요연했다.

카파 왕국이 대륙 간 무역 대상국으로 상정하고 있는 웁살라 왕국은 북대륙에서도 소수파인 정령 신앙을 믿는 국가지만, 대다수의 나라들은 교회의 세력권이다.

사전에 교회에 대해 조사해 두지 않으면 예상치 못한 곳에서 대륙 간 무역이 좌절될 가능성도 있다.

그리고 이곳 즈워타 보르노시치 귀족제 공화국은 국민 대부분이 교회의 신자면서도 신앙의 자유를 법적으로 보장하고 있는, 상당히 보기 드문 나라다. 교회에 대해 조사하기에 가장 좋은 곳이라고 할 수 있다.

하지만 젠지로의 질문에 얀 사제는 약간 난처한 기색을 보이며 생각한 뒤에야 고개를 끄덕였다.

"그렇군요……. 알겠습니다. 누구에게 물어도 같은 답을 하게 될, 그런 기초적인 부분만이라면요."

뭔가 의미심장한 대답이었다.

그의 대답은 나머지 대부분 내용은 사람에 따라 다른 답을 하게 될 수도 있다는 뉘앙스였다.

같은 종교라도 종파가 다른 경우가 있고, 같은 종파라도 사람에 따라 교리를 다르게 해석한다는 정도는 알고 있기 때문에 젠지로도 그의 말 자체에는 크게 놀라지 않았지만, 사제복을 입은 정식 사제씩이나 되는 사람이 그렇게 공언했다는 사실에는 조금 놀랐다.

사제직에 있는 사람이라면 자신이 소속된 종파의 가르침을 유일하고 옳은 것으로 인식하고 있다는 이미지를 품고 있었기 때문이다.

젠지로가 놀랐음을 아는지 모르는지, 얀 사제는 부드러운 말투로 질문을 던졌다.

"일단 젠지로 님께서는 교회의 가르침에 대해 어느 정도 지식을 가지고 계신지요?"

"지혜로운 고대 용족을 신앙의 대상으로 삼는다는 정도밖에는 모르네만."

일단 프레야 공주 일행을 상대로 최소한의 정보는 수집했지만, 북대륙에서는 소수파인 정령 신자인 프레야 공주 일행이 교회에 대해 자세히 알고 있을 리도 없고, 그녀의 의견에 편견이 섞여 있을 가능성도 있다.

젠지로는 정식 사제를 앞에 두고서 아는 척하기보다는 솔직하게 털어놓는 쪽을 선택했다.

"그러시군요. 대략적으로는 그렇게 이해하시면 됩니다. 그리고 정령신앙 쪽 분들은 고대 용족, 또는 지혜로운 고대 용족이라고 부르십니다만, 저희 교회 쪽에서는 진룡(眞龍), 또는 그냥 단순하게 용이라 부르고 있습니다. 진룡을 용이라고 부르는 사람은 현재 숲이나 바다에서 볼 수 있는 지혜가 없는 육룡, 수룡을 아룡(亞龍)이라고 하지요."

"그런가, 그럼 진룡이라고 부르는 쪽이 좋겠군."

"그렇습니다. 제가 고대 용족이라고 불러도 되겠습니다만, 저희 교회의 인간들에게 있어 용에 관해서라면 예외 없이 신성한 존재로 취급합니다. 이 문제에 대해서는 가능한 귀하께서 양보해 주시는 쪽이 이야기를 원만하게 진행할 수 있겠지요."

정령교도 쪽에서 딱히 구애받는 것이 없고 교회 신도 쪽에서는 구애받는 점이 있는 일이라면, 정령교도 쪽이 양보하는 게 이야기가 원활하게 흐를 수 있다.

항상 자신이 양보하기만 하면 대등한 관계를 구축하는 데 장애물이 되겠지만, 이건 딱히 고집을 부릴 일이 아니겠지.

"알았다. 그렇다면 진룡이라고 부르도록 하지. 그런데 좀 전에 사제께서는 육룡, 수룡이라고 했는데, 북대륙에서는 수룡은 그렇다 치더라도 육룡은 찾아볼 수 없게 됐다고 들었다만?"

젠지로의 질문에, 얀 사제는 조금 자랑스럽게 웃고는,

"예. 그렇게 인식하시면 되겠습니다. 하지만 이 나라의 북동부에는 오래 전부터 사람 손길이 전혀 닿지 않은 숲이 있는데, 그곳에서는 육룡도 번식하고 있습니다. 가장 깊은 곳에는 진룡이 잠든 동굴이 존재한다는 말도 전해지고 있습니다만, 진위는 확인할 수 없습니다."

그 숲은 교회가 성지로 정하고 사람의 출입을 일절 금하고 있기 때문에 확인할 방법이 없다는 것 같다.

"호오, 현지에서 이야기를 들어야만 알 수 있는 일들이 참으로 많군."

"그렇지요. 흘러 다니는 소문과 실상이 다른 일은 항상 있는 법입니다."

"소문, 전승, 그리고 가르침. 구전의 경우에는 아무래도, 사람에서 사람으로 전해지면서 의도치 않은 왜곡이 발생하게 되는 법이니까."

"예. 그리고 사람에서 사람으로 전해진다는 점에 관해서는, 거리가 멀어지는 경우가 아니라 시간의 경과에 의해서도 같은 현상이 일어납니다."

"호오……."

아마도, 여기서부터가 '누구에게 물어도 같은 답을 하게 될, 그런 기초적인 부분'이 아닌 이야기가 될 것 같다.

그리고 젠지로의 예상은 빗나가지 않았다.

"교회의 가르침은 변하지 않는 것. 그것은 틀림없는 사실이지만, 가르침은 너무나 방대하고 그 가르침을 받아들이는 인간이라는 그릇은 너무나 왜소합니다. 그래서 같은 가르침을 받고 믿으면서도 서로 다른 말을 하는 이가 나타나는 것은 아쉽게도 세상의 필연이라고 해야겠지요. 현재의 교회는 크게 두 개의 종파로 분류할 수 있습니다. '사도파'와 '용사파'. 일반적으로는 전자를 '어금니파', 후자를 '발톱파'라고 부릅니다."

사도파의 다른 이름은 어금니파. 용사파의 또 다른 이름은 발톱파.

얀 사제의 설명을 간단히 정리하자면, 교회의 가르침에서는 진룡이 원래 이 세계의 주인이었고, 인간은 그 비호하에서 고통 없는 삶을 누리고 있었다고 한다.

그런데 어느 날 진룡들이 인간만을 남겨 두고 이 세상에서 떠나 버렸다.

떠나기 전에, 진룡들 중에서도 가장 힘이 강하고 자비로운 '오색 진룡'은 남겨진 인간들을 지키고 이끌기 위해서 자신들의 '어금니'와 '발톱'을 하나씩 선물했다.

'어금니'는 한정적인 지성이 있는 인간의 형태, 즉 '사도'가 되었고, '발톱'은 무구가 되어 선택받은 자, 즉 '용사'에게 내려졌다고 한다.

"사도의 말이 최우선이라고 믿는 자들이 사도파 또는 어금니파, 용사의 행위를 최선이라고 규정하는 자들이 용사파 또는 발톱파가 되는 것이지요."

"그렇군. 오랜 가르침 때문에 나타난 차이라는 것인가. 그런데, 그대가 한 말에 의하면 최고의 신앙 대상인 오색 진룡이 남긴 어금니와 발톱이 사도와 용사의 무구가 되었다는 점에서는 공통적인 견해를 가지고 있지 않은가? 그렇다면 교회의 가르침을 믿는 자라면, 그 양쪽 모두에게 경의를 표하는 것이 자연스러울 것 같다고 생각되네만?"

당연하다면 당연한 젠지로의 의문에, 얀 사제는 아무렇지도 않게 대답했다.

"그 말씀이 옳습니다만, 아쉽게도 사도가 남긴 말과 용사의 언동을 남긴 기록에 양립할 수 없는 부분이 존재합니다. 그래서 어쩔 수 없이 둘 중 한 쪽을 우선하려는 쪽으로 생각이 미치게 됩니다."

초기에는 막연한 취향 문제였을지도 모르지만, 지금 시점에서는 어금니파와 발톱파가 완전히 다른 종교로 성립되어 버렸다.

교회의 건물에는 잘못 찾아가지 않도록 입구에 어금니파인지 발톱파인지를 한 눈에 알아볼 수 있는 표식이 있다고 할 정도니까, 이제는 완전히 다른 종교라고 해도 과언이 아닐 것이다.

그렇게 되면 지금 젠지로의 눈앞에서 교리를 설명하고 있는 얀 사제가 어느 쪽 인물인지, 그것이 문제가 된다.

"그렇군, 흥미로운 이야기다. 그런데, 무례한 질문을 좀 하겠다만, 얀 사제는 어느 쪽인가?"

이 부분을 확인해 두지 않으면 다음으로 넘어가기가 힘들다. 저 수수한 초록색 사제복에는 젠지로도 알아볼 수 있을 만큼 확실한 발톱 또는 어금니의 표식은 새겨져 있지 않았다.

교회의 건물에는 새겨도, 성직자 한 사람 한 사람의 의복까지는 그러지 못하는 걸까?

그 질문에 얀 사제는 아주 간단하게, 놀라운 대답을 했다.

"아, 저는 어느 쪽도 아닙니다. 그때그때 편한 쪽을 우선해서 설법에 사용하고 있습니다. 사도의 가르침이 사람들을 올바르게 이끈다고 생각했을 때는 사도의 말을 인용하고, 용사의 행동이 사람들에게 필요한 용기를 준다고 생각했을 때는 용사의 무용담으로 사람들을 설득합니다."

"……그래도, 되는 건가?"

이단. 그런 단어가 머릿속에 떠오른 젠지로는 어떻게든 표정을 관리하면서 물었지만, 얀 사제는 그 좁고 처진 어깨를 살짝 으쓱거리고는 아무렇지도 않은 듯 말을 이었다.

"상관없겠죠. 원래 사도도 용사도, 그리고 저희 교회의 성직자도, 위대하신 진룡의 가르침을 사람들에게 전파하고, 사람들을 달래고, 구원하고, 이끌기 위한 이정표 같은 것입니다. 그런데도 어느 한 쪽만을 받들고 다른 쪽은 멸시하다니, 너무 아깝지 않겠습니까."

"하지만 귀하의 말에 의하면 북대륙의 교회는 반드시 어금니파나 발톱파 중 한 쪽에 소속되어 있다고 하지 않았나? 그렇게 되면 사제께서 몸을 둘 곳이 없어지는 것이 아닌가?"

"문제없습니다. 분명히 저는 어떤 발톱파 교회에서 정식으로 사제 서임을 받았으니, 굳이 따지자면 발톱파가 되겠지요. 하지만, 그와 동시에 저는 모국에 있는 대학에서 용학부 학부장도 맡고 있어서, 평소에는 거의 그쪽에 몸을 두고 있습니다."

용학부라는 것을 젠지로가 알고 있는 지구의 학문에 대입하면, 아마도 신학(神學)부에 해당되겠지.

"그렇군, 이해했다."

그 말을 들으니 놀랍다기보다는 이해가 된다는 기분이 마음속에서 퍼져 나갔다.

조금 전부터 젠지로와 이야기를 나누는 말투는 자신이 믿고 있는 가르침을 설파하는 성직자라기보다, 조사한 사실을 가능한 객관적으로 논하는 학자에 아까운 느낌이다.

"예. 그러니, 제 입으로 이런 말을 하기는 그렇습니다만, 제가 하는 말은 그저 지식으로만 받아들이시는 편이 좋을 것 같습니다. 제 이야기는 어금니파에서도 발톱파에서도 벗어나는 것이니까요."

처음으로 접한 교회의 성직자가 지극히 소수파인 이단이라는 것이 약간 불행이라고 할 수도 있겠지만, 자신이 믿는 가르침을 절대적이라고 주장하는 완고한 사람이 아닌 것은 크나큰 행운이라고 해야겠지.

온화한 첫 인상을 뒤집어 버리는, 상당히 개성적인 인물이다.

하지만 강한 이성을 갖추고, 시야가 넓고, 원칙적으로 상대를 이해하려고 하는 자세는 신뢰할 가치가 있는 인격이라고 할 수 있다.

용병 얀이 심취한 것도, 단 한 번밖에 본 적이 없다던 고아 얀이 그를 믿고서 찾아온 것도 어느 정도 이해할 수 있었다.

"알았다. 귀중한 의견을 들려준 데 감사한다. 그런데, 사실 사제에 대한 이야기를 나에게 전한 자는 그 용병대장만이 아니었다. 사제는 혹시 얀이라는 고아에 대해 짚이는 데가 있나?"

양 사제의 인품을 최소한이나마 이해한 젠지로는 그렇게 본론을 꺼냈다.

딱 한 번 만났을 뿐인 고아가 두텁게 신뢰하는 걸 이상하다고 생각했었는데, 이 인물이라면 이야기를 안 좋은 방향으로 끌고 가지는 않겠지.

젠지로가 묻자 사제는 잠시 말없이 생각에 잠겼고, 마침내 고개를 저었다.

"아뇨……. 기억에 없습니다. 사실 저는 꽤 많은 곳에서 설법 같은 짓을 하고 다녔고, 얀이라는 이름도 이 근처에서는 아주 흔한 이름이니까 그것만 가지고는 특정할 수가 없습니다."

아쉽다는 듯 고개를 젓는 얀 사제를 보고, 젠지로는 잠시 망설인 뒤에 정보를 하나 추가했다.

"얀이라는 고아는 '우리 마을이 아직 남아 있던 시절에 설법하러 와 주셨다'고 말했다는 듯하다. 소년의 나이는 열 살도 안 돼보였다는 것 같으니까, 그렇게 오래된 일은 아니겠지."

열 살도 안 된 소년이 말한 '우리 마을이 아직 남아 있던 시절'이라면, 최근 몇 년 동안의 일이겠지. 즉 고아 얀은 얀 사제가 최근 수년 동안에 설법하러 갔던 적이 있고, 지금은 사라져 버린 마을 출신이라는 뜻이 된다.

그도 바로 저 말의 의미를 이해했을 것이다.

얀 사제는 얇은 입술을 한 번 깨물고는,

"한 가지…… 짚이는 곳이 있습니다. 시헨테 라스 마을은 공화국 북쪽 외곽, '기사단령'과의 국경과 가까운 곳에 있거든요. 조금 전에 말씀드렸던 '성지'로 지정된 숲과도 가깝습니다. 그러고 보니, 그 소년으로부터 이야기를 들으셨다는 말씀은 그 아이가 이 포모제까지 와 있다는 겁니까?"

"그래. 얀 사제, 그대를 만나기 위해."

"저를?"

순간적으로 놀란 모습을 보였지만 바로 냉정하고 진지한 표정으로 돌아온 얀 사제에게 젠지로가 말했다.

"그렇다. 듣자하니 '꼭 전해야만 할 말이 있다'는 것 같더군. '그 냥 두면 큰 일이 일어난다'는 말도 했다는 것 같고. 그 말을 전하기 위해 얀이라는 고아는 귀하를 만나기 위해 이 포모제까지 왔다고 한다."

그 말을 들은 얀 사제의 대답에는 일말의 망설임도 존재하지 않았다.

"만나겠습니다. 그럼 저는 포모제 후작에게 자리를 뜨겠다는 인사를 전해야 하니, 이만 실례하겠습니다."

용건을 듣자마자 바로 떠나려 하는 얀 사제를 본 젠지로는 어이없다는 기분이 들었지만, 그래도 간신히, 그의 뒷모습을 향해 말을 거는 데 성공했다.

"기다리게. 얀 사제. 나도 그 자리에 동행하도록 하겠네."

이것은 젠지로가 반드시 직접 처리해야 할 일이다.

아무리 비공식이라고는 해도 왕족인 젠지로가 타국에서 고아 소년과 사제를 연결해 줬다. 만약 정말로 고아 얀의 이야기가 '그냥 두면 큰 일이 일어날' 수준의 정보라면 그 개요만이라도 들어 둬야 한다.

아무 말도 듣지 않고 그 둘을 만나게 했다가, 극단적인 이야기지만 훗날 어느 나라에선가 '네가 쓸데없는 짓을 한 탓에 우리 계획을 망쳤다. 어떻게 책임을 질 것이냐' 같은 원한을 사게 될 가능성도 있다.

그렇다면 차라리 이야기의 내용까지 전부 파악하고 자신이 중개한 결과로 무슨 일이 일어나게 되는지도 파악해 두는 쪽이 차라리 움직이기 편하다.

물론 가장 좋은 것은 고아 얀이 혼자서 너무 거창하게 생각할 뿐이고 사실은 대단하지도 않는 내용인 쪽이지만.

어린애가 하는 말이라고는 해도 '그냥 두면 큰 일이 일어날' 내용을 듣지도 않고 넘어가는 것은 정신 위생에 상당히 좋지 않은 일이다.

"알겠습니다. 그리 부탁드리겠습니다."

"음. 나와 프레야 전하는 오늘의 주빈이다. 중간에 떠날 수가 없어서 조금 시간이 필요하네만, 괜찮겠지?"

젠지로가 확인하자, 얀 사제는 잠시 생각한 뒤에 고개를 끄덕였다.

"예……. 번거로우시겠지만 잘 부탁드리겠습니다."

결국 그날은 젠지로도 얀 사제도 포모제 영주 저택에서 하룻밤을 보내게 됐다.

포모제 후작에게는 잠들기 전에 다음날 아침 일찍 떠난다는 말을 전해 뒀기 때문에, 젠지로 일행과 얀 사제는 특별한 문제없이 영주 저택을 뒤로했다.

젠지로와 프레야 공주, 그리고 얀 사제는 영주가 배려해서 준비해준 훌륭한 마차를 타고서 '고대의 숲 정'으로 귀환했다.

돌아온 젠지로는 바로 시녀 마르그레테를 불러서 일이 어떻게 됐는지 설명했다.

"그렇게 해서 얀 사제의 승낙을 받았다. 사제는 직접 만나러 가겠다고 했지만, 소년이 말하는 내용이 '정말로 엄청난 일'일 수도 있다는 가능성을 생각하면, 누가 들을 위험은 배제하고 싶다. 마르그레테. 그 고아 소년 얀을 이곳까지 데려와 주게."

"알겠습니다. 시간이 조금 걸릴 것 같습니다만, 괜찮으신지요?"

"괜찮다. 최선이라 생각되는 수단을 사용하도록."

"예, 그럼 실례하겠습니다."

젠지로의 지시를 받은 금발 시녀는 우아하게 인사를 한 뒤에 바로 그 자리에서 물러났다.

그리고 마르그레테가 고아 얀을 데리고 '고대의 숲 정'으로 돌아온 것은 점심때가 다 됐을 무렵이었다.

시간이 걸린 이유는 별것 아니었다. 지저분한 차림새의 소년을

이 고급 여관에 들어오는 것이 용납될 수준까지 꾸미는 데 시간이 걸렸기 때문이다.

구체적으로 말하자면 흙과 때로 얼룩진 소년이라고 해도 선금을 내면 묵인하는 목욕 시설이 딸린 여관에 일단 들렀고, 그곳에서 머리부터 발끝까지 철저하게 씻긴 뒤에 '고대의 숲 정'에서 마련해 준 깔끔한 어린이용 옷과 신발로 갈아입혔다.

덕분에 입구에서도 카운터에서도 그 누구의 방해도 받지 않고 여기까지 데리고 올 수 있었다.

사실 쉴 틈 없이 이리저리 둘러보는 수상한 행동 때문에 고급 여관에 어울리는 도련님처럼 보이지는 않았지만.

젠지로가 묵고 있는 방은 고급 여관인 '고대의 숲 정'에서도 최고의 방, 일명 로열 스위트룸이다.

고아 소년에게는 상당히 불편한 곳이겠지.

이곳에 있는 사람 중에 신분이 가장 높은 사람은 젠지로인데, 고아 얀과 가치관이 제일 비슷한 사람도 젠지로였기 때문에, 어느 정도 소년의 심정에 공감이 가기도 했다.

"저, 저기, 그러니까, 아저씨가, 그……."

"아, 내가 마르그레테—널 이곳으로 데려온 사람의 주인이다."

겁을 먹고 말을 더듬는 고아 얀에게 젠지로는 최대한 온화한 말투로 대답했다.

아직 20대지만 이미 두 아이를 둔 아버지다. 어린애가 아저씨라고 부르는 정도로 마음에 상처를 입는 일은 없다.

열심히 웃는 표정을 유지한 채, 젠지로가 소년에게 말했다.

"마르그레테의 말을 듣고, 얀 사제에게 네 말을 전했다. 이제 곧 이 방으로 올 텐데, 보고할 때는 나도 동석하도록 하겠다. 그게 조건인데, 괜찮겠나?"

"예? 하, 하지만 그건……."

고아 얀은 깜짝 놀란 표정으로 말을 흐렸다.

그의 입장에서 보면 당연한 일이겠지. 진실이 어떻게 됐건 고아 얀은 자신이 가지고 있는 정보를 '그냥 두면 큰 일이 나는' 중대한 안건으로 생각하고 있다.

그래서 자신이 알고 있는 한 이 세상에 대한 영향력이 가장 크고, 유일하게 자신의 말에 귀를 기울여 줄 것 같은 인물, 얀 사제를 찾아온 것이다.

귀족이라는 것은 분명하지만 아무리 봐도 다른 나라 사람인 젠지로에게 들려 주는 것은 솔직히 말해서 불안할 수 있다.

하지만 어리다 해도 고아로서 세속의 험한 꼴을 실컷 맛봐 왔던 소년은 나이에 어울리지 않게 닳고 닳은 처세술을 지니고 있었다.

"응, 알았어. 하지만 사제님이 싫다고 하면 그만둘 수 있어?"

일개 고아인 자신에게 거부권 따위는 없다. 하지만 교회 사제의 말이라면, 이 잘나 보이는 옷을 입은 다른 나라 사람이라도 무시할 수는 없지 않을까.

"알았다. 그럼, 얀 사제를 부르겠다."

젠지로는 고아 얀의 꿍꿍이를 이해했으면서도 그 제안을 받아들였다.

사실 아까 얀 사제에게 '대화하는 데 자신도 동석하겠다'는 허가를 받았으니, 고아 얀의 대책은 시작도 하기 전에 이미 실패했다.

얀이라는 고아가 어느 정도 자질을 지닌, 장래가 유명한 소년이라 하더라도, 그리고 젠지로가 딱히 뛰어난 자질을 지닌 것도 아닌 보통 사람이라고 해도, 10년이 넘는 경험의 차이는 그리 쉽게 메울 수가 없었다.

시간이 조금 흐르자, 얀 사제가 젠지로의 방으로 들어왔다.

그리고 그 뒤에 외눈의 용병 얀이 따라왔다. 고급 여관에 어울리는 멋진 옷을 입은 탓에, 수수한 초록색 사제복 차림의 얀 사제보다 훨씬 높은 사람처럼 보인다.

하지만 겨우 그 정도 때문에 이 두 사람의 주종관계를 오해하는 사람은 없겠지. 얀 사제는 어디까지나 온화한 미소만 짓고 있을 뿐이지만, 그 뒤를 따라오는 용병은 한 눈에 봐도 알 수 있을 만큼 얀 사제에게 경의를 표하고 그를 두드러지게 했다.

"어서 오게, 얀 사제. 바로 본론으로 들어가겠는데, 나는 어디까지나 입회인일 뿐이다. 이야기는 이 자에게 들도록 하게."

젠지로는 방에 들어온 얀 사제에게 환대의 뜻을 보이고, 옆에서 대기하고 있던 고아 얀의 등을 살짝 두드렸다.

그 기세에 떠밀린 것처럼, 고아 얀은 몇 걸음 앞으로 나서더니 너무나 감격한 표정으로 사제를 바라봤다.

"사, 사제님. 얀 사제님! 저, 저예요. 기억이 안 날 수도 있지만,

라스 마을의 얀이에요! 전에 한 번……."

열심히 호소하는 소년에게 얀 사제는 변함없이 온화한 미소와 함께 대답했다.

"기억하고 있습니다. 제가 구부러진 나무 앞에서 설법을 마친 뒤에, 당신은 제게 두 손 가득 담긴 라즈베리를 주셨지요."

얀 사제의 대답을 들은 고아 얀은 한순간 놀란 표정을 지었지만, 바로 활짝 피어나는 꽃처럼 웃었다.

"맞아요, 기억하고 계셨네요!"

"예. 아주 인상적이었으니까요. 당신이 만나러 온 이유는 결코 행복한 일이 아니겠지만, 이렇게 무사히 만났다는 사실에는 감사하고 있습니다."

얀 사제는 놀라서 기뻐하는 고아 얀에게 그렇게 말하고, 소년의 가느다란 어깨에 손을 얹었다.

"예, 저도 사제님을 만나서 기뻐요."

"고맙습니다."

"재회가 이루어져서 다행이군. 헌데, 목적이 있으니 이야기가 길어질 것 같다. 지금부터는 앉아서 이야기하는 게 어떤가?"

젠지로의 권유를 받아들여 일행은 장소를 옮겼다.

고급 여관의 최고급 객실이라면 방 하나로 구성되는 것이 아니다.

침실, 거실, 응접실, 고용인용 대기실. 최소한 그 정도 숫자의 방이 있다.

그중 응접실에서 얀 사제와 고아 얀은 커다란 사각 테이블을 사이에 두고 마주보며 자리에 앉았다.

젠지로가 앉은 자리는 그 옆자리다. 지금의 젠지로는 어디까지나 대화의 자리를 제공하는 자, 입회인에 불과하다.

시녀에게 세 사람 몫의 허브티를 가져오라고 한 뒤에, 젠지로는 짧게 "시작해 주게." 라고 말했다.

이걸로 젠지로의 역할은 끝났다. 지금부터는 어지간한 일이 없는 한 끝까지 끼어들지 않고 철저히 듣기만 할 생각이다.

이런 자리에 익숙하지 않은 탓이겠지. 긴장과 흥분 때문에 어떻게 말을 꺼내야 좋을지도 모르고 머릿속이 새하얘져 버린 고아 얀에게 얀 사제가 상냥하게 말을 걸었다.

"그럼, 이야기해 주시겠습니까, 얀 군. '그냥 두면 큰 일이 나는' 일을 알고 말았죠?"

사제의 부드러운 말을 듣고, 소년은 정신을 차렸다는 것처럼 입을 열었다.

"으, 응, 맞아요. 큰일 났어요, 사제님. 저, 들었어요. 기사단 놈들이 우리나라에 쳐들어온대요!"

기사단이 쳐들어온다. 침공, 침략, 즉 전쟁.

긴장해서 몸이 움찔 떨린 젠지로와 달리 얀 사제는 난처하다는 듯 시선을 이리저리 돌렸고, 뒤에 대기하고 있던 외눈 용병 얀은 별일도 아니라는 것처럼 쓸쓸하게 웃고 있다.

언제까지고 미묘한 분위기인 채로 입을 다물고 있을 수도 없기 때문이겠지.

얀 사제는 말하기 힘들다는 것처럼, 그러면서도 확실하게 말했다.

"얀 군. 기사단이 이 나라—즈워타 보르노시치 귀족제 공화국에 쳐들어오는 건 딱히 신기한 일도 아닐 텐데요."

여기서 말하는 기사단이란 각국이 보유하고 있는 기사단을 뜻하는 것이 아니다.

정식 명칭은 '북방 용조 기사 수도회', 다른 기사 수도회와 구별이 필요할 때는 '북방기사단'이라고도 부른다.

정식 명칭에 용조(龍爪)라는 말이 들어간 것을 봐도 알 수 있는 것처럼 발톱파 교회의 세력이며, 즈워타 보르노시치 귀족제 공화국과 국경을 접하고 있는 북부에서 광대한 토지를 지배하고 있는, 사실상의 국가다.

국교는 당연히 발톱파이며, 다른 신앙은 인정하지 않는다. 같은 교회의 어금니파와의 관계는 좋다고 할 수 없다. 그래서 지금 얀 사제가 말한 대로 국경에서의 소규모 충돌은 일상다반사라고 할 수 있을 정도였다. 고향 근처의 마을에서 살고 있는 국민들은 정말 힘들겠지만.

얀 사제의 말에, 고아 얀은 허탈하다는 것처럼 표정이 사라졌다.

"그런, 가? 그럼, 내가 한 일은……."

그냥 헛걸음. 그 말 다음에 이어질 말을 차마 입에 담지 못하고 의자 위에서 엉덩이가 주르륵 미끄러지는 고아 얀에게 얀 사제가 달래는 것처럼 말했다.

"아닙니다. 분명히 이 나라는 항상 북쪽 국경에 병력을 배치하고 기사단을 경계하고 있습니다만, 만에 하나라는 것이 있습니다. 당신의 행위는 거룩한 것입니다."

경애하는 사제님의 위로도 고아 얀의 기분을 달래 주지는 못했다.

"응……. 그치만, 그렇다면 난 대체 뭘 위해서 열심히 한 거야……. 젠장! 겨우 기사단 놈들한테 한 방 먹여 주게 됐다고 생각했는데!"

고아 얀은 그 작은 주먹으로 고급 여관에 비치된 테이블을 쾅, 하고 때렸다. 탁자 위에 있는 찻잔이 흔들리고 허브티가 테이블 위로 쏟아졌다.

하지만 이 자리에 그런 무례한 행동을 나무랄 사람은 없다. 예의라는 말로 억누를 수 없을 정도로 고아 얀의 얼굴은 분노에 물들어 있었다.

"……당신의 화는 정당한 것입니다."

간신히, 얀 사제가 그런 말로 고아 얀을 달랬다.

고아 얀의 고향인 시헨테 라스 마을을 멸망시킨 것도 기사단이다.

이유는 시헨테 라스 마을이 성지와 너무 가깝기 때문에.

교회가 성지로 인정한 숲과 가장 가까운 마을. 그곳이 고아 얀의 고향 시헨테 라스 마을이었다.

즈워타 보르노시치 귀족제 공화국에서는 그곳을 성지 바깥으로 인식하고 있지만, 기사단을 그곳을 성지 안이라고 간주했다.

그 결과, 세 번에 걸쳐 퇴거 지시를 내렸으나 따르지 않았다는 이유로 기사단은 시헨테 라스 마을을 침공했다.

고아 얀에게 기사단은 가족의 원수이자 고향의 원수다. 기사단에 한 방 먹여 주겠다. 오로지 그 생각만으로 고아 소년이 목숨을 건 여행을 한 결과가 헛걸음이 되고 말았다.

허탈한 마음과 분노로만 끝난 것을 보면 고아 얀의 정신은 나이에 어울리지 않게 건전하다고 할 수 있다.

어떻게 이 고아 소년을 달래 줘야 좋을까. 이 자리는 그런 가슴 아프면서도 상냥한 분위기가 지배하고 있었다.

"그렇군. 그러면 괜찮겠네. 기사단 놈들이 이 포모제에 쳐들어와도 처음부터 준비가 다 돼 있으니까."

하지만 고아 얀이 허탈한 미소와 함께 토해낸 말 때문에 분위기가 돌변하고 말았다.

"……뭐?"

"포모제를 공격한다고? 누가?"

얀 사제는 얼빠진 사람처럼 입을 벌렸고, 용병 얀은 호위라는 입장도 잊고서 따지고 들었다.

그 정도로 의외의 말이라는 뜻인데, 정작 그 말을 입에 담은 당사자는 자신이 한 말의 의미를 이해하지 못했다.

아직도 허탈한 상태로, 기억에 있는 그대로 말했다.

"누구긴, 기사단이지. '배는 준비됐다. 이미 입법부에도 손을 써 뒀으니까, 일시적이라도 실효 지배만 성공하면 고토를 회복할 준비가 갖춰진다'고 했어."

"야, 꼬마. 자세히 말해 봐. 너, 그걸 어디서 들었어?"

무서운 표정을 지은 외눈 용병 얀의 박력에 고아 얀은 쩔쩔매면서도 얀 사제를 쳐다봤다

"어디긴, 내가 사는 버려진 마을 바깥에서 들었지. 거기에 반쯤 망가진 커다란 통이 있는데, 그 안에서 추위를 견디고 있어. 그런데 말발굽 소리가 들리기에 통의 갈라진 틈새로 내다봤더니, 높은 사람처럼 번쩍거리는 갑옷을 입은 기사 자식들이 몇 놈 있었어. 그놈들의 말을 전부 들은 건 아니지만, 방금 내가 했던 것 같은 말을 했었어."

"……."

"……."

얀 사제와 용병 얀은 잠시 고아 얀을 놔두고 자기들끼리 얼굴을 마주봤다.

"사제님, 이건……."

"사실이라면 정말 큰일입니다. 대응하는 수밖에 없겠군요."

교회의 성직자는 원칙적으로 국가 사이의 분쟁에 개입하지 않는다. 게다가 이번에는 공격하는 쪽이 형식상으로는 교회의 세력인 기사단이다.

정식 사제인 얀 사제가 개입하는 건 상당히 위험한 일이지만, 어금니파도 발톱파도 아닌 이단이라는 이유로 양쪽 교회의 윗선에서 미운털이 박혀 있는 얀 사제로서는 신앙의 자유가 보장된 즈워타 보르노시치 귀족제 공화국이 골수 발톱파인 기사단에게 패배하는 미래는 조금 받아들이기 힘들었다.

자세한 내용은 모르겠지만, 어쨌거나 이야기가 그다지 좋지 않은 쪽으로 흘러가고 있다는 사실을 이해한 젠지로도 침묵을 깨고 질문을 던졌다.

"얀 사제. 그건 이 포모제가 전쟁터가 된다는 뜻인가? 사제는 이 소년의 말에 신빙성이 있다고 인정한다는 것인가?"

젠지로의 말을 들은 얀 사제는 잠시 주저했지만, 이제 와서 입을 다물 수도 없다고 생각한 것 같다.

얀 사제는 고개를 한 번 끄덕이고, 입을 열었다.

"예. 젠지로 님은 모르실 수도 있습니다만, 지금으로부터 약 100년 전까지만 해도 이곳 포모제는 본토에서 떨어진 곳이지만 기사단이 자신들의 영토로서 통치했었습니다."

귀찮은 점은 기사단을 포모제에 받아들여 통치를 맡겼던 사람이 즈워타 보르노시치 귀족제 공화국의 전신인 '포즈난 왕국'의 당시 국왕이었다는 점이다. 그것이 지금으로부터 약 200년 전의 일이다.

그 이후로 기사단의 포모제 지배가 100년 이상 계속됐지만, 어느 날 포모제 주민들이 봉기하여 무력으로 기사단을 몰아내고 자치 도시를 선언했다. 그리고 겨우 2년 뒤에 자치 도시 포모제가 즈워타 보르노시치 귀족제 공화국에 편입을 신청하자마자 입법부가 바로 받아들인 일은 너무 노골적인 행위라고 할 수 있었다.

그 뒤로 100년이 더 지난 지금도 기사단은 즈워타 보르노시치 귀족제 공화국의 포모제 지배를 부당 행위라고 규탄하고 있으며, 틈만 나면 '고토 부활'을 외쳐 대고 있다.

그런 역사적 배경 때문에 포모제에 사는 귀족들 중에는 아직까지도 옛 지배자였던 기사단과 연줄이 닿아 있는 자들이 적지 않다.

또한 신앙의 자유를 인정한다고 해도, 발톱파 교회가 즈워타 보르노시치 귀족제 공화국 안에서 최대의 종교 단체라는 점 또한 사실이다.

당연히 입법부에 소속된 귀족들 중에도 발톱파가 다수 존재하고, 그런 사람들 중에는 기사단과 가깝게 지내는 자들도 당연히 존재한다.

젠지로에게 그런 사정을 간단히 설명한 얀 사제는 슬쩍 고아 얀 쪽을 돌아보았다.

"그러니까, 얀 군이 한 말에 상당히 현실성이 있다고 여겨집니다. 그리고 지금 말씀드린 지식은 이렇게 말씀드리기는 뭣합니다만, 귀족 집안의 아이라면 또 모를까 농촌에서 나고 자란 얀 군은 알 리가 없는 지식입니다."

그런데도 고아 얀의 입에서 현실적인 정보가 나왔다. 그래서 그 정보에 신빙성이 있다고 느껴지는 것이다.

무슨 말을 하려는 것인지는 젠지로도 이해할 수 있다.

하지만 만약에 대비해서, 보다 정확히 말하자면 자신의 바람이라고도 할 수 있는 질문을 했다.

"그렇다면 저 아이가 위장 정보를 가져왔을 가능성은? 아니, 더 확실하게 말해서 기사단이 보냈을 가능성은?"

"야, 날 뭘로 보는 거야! 할 말이 따로 있지, 내가 기사단 똘마니라는 거냐고?!"

이건 도저히 참을 수 없었던 모양이다. 분노와 굴욕 때문에 목까지 검붉게 물들어 버린 고아 얀이 덜컥, 하는 큰 소리를 내면서 벌떡 일어났다.

뒤에 대기하고 있는 호위 담당 기사 나탈리오 일행이 재빨리 움직이려고 했지만 고아 얀이 의자에서 일어났을 뿐, 그 이상의 행동은 하지 않을 거라고 생각한 젠지로는 오른손을 들어서 기사들을 제지했다.

"됐다. 얀…… 이라고 부르면 복잡해지는군. 소년 얀이여. 내가 너를 얕봐서 하는 말이 아니다. 그저 확인하는 중이다. 네가 어떤 인물인지 지금 시점에서는 도저히 짐작도 할 수 없기 때문이다."

"……쳇."

젠지로의 말을 듣고 고아 얀은 혀를 차면서도 다시 의자에 앉았다.

제대로 된 교육도 못 받은 고아라는 걸 믿을 수 없어 감탄할 정도로 말귀를 잘 알아듣고 감정도 잘 제어할 줄 알았다.

고아 얀이 어느 정도 진정되자 얀 사제가 조용한 목소리로 말했다.

"젠지로 님, 일단 그런 걱정은 필요 없을 것 같습니다. 왜냐하면 이 소년에게 위장 정보를 들려준다고 해도, 그에게는 그 정보를 이 나라의 상층부까지 전달할 수단이 없습니다. 이렇게 저를 찾아오기는 했습니다만, 딱 한 번 만났을 뿐인 소년이 사제를 찾아서 먼 길을 가는 일은 보통은 생각하지 못하겠죠. 또한 기사단이 보낸 자—간첩이라는 걱정은 완전히 잘못된 생각이라고 단언합니다. 무엇보다 저 자신부터가 원래는 옆 나라의 일개 사제에 불과하니까요. 제가 이 타이밍에 이 나라를 찾아온 일 자체가 우연인데다가 저밖에, 그것도 상당히 가느다란 연줄밖에 없는 소년을 거짓 정보를 전달하라고 보내다니, 너무나 비효율적인 짓입니다."

얀 사제의 설명은 납득할 수 있는 것이었다. 분명히 현재 상황에 이르기 위해서는 많은 우연을 겪어야 했다.

얀 사제가 겨우 한 번 만났을 뿐인 고아 소년을 기억하고 있을 가능성. 기억하고 있다고 해도 그 소년의 말을 들어 줄 가능성. 그리고 교회의 사제라는 지위에 있는 인간이 중립을 유지하지 않고 행동해 줄 가능성.

이론적으로 생각해 보면 누군가가 고의로 지금 이 상황을 유도했다고 생각하기는 힘들다.

그런 결론을 내린 젠지로는 고아 얀을 보면서 말했다.

"내가 잘못 생각했다. 정정하지."

마지막으로 사죄의 말도 하고 싶었지만, 왕족이라는 신분 때문에 그럴 수는 없다.

마음속으로는 애들 교육에 좋지 않겠다고 생각했지만, 고아 양은 차림새가 좋은 어른이 잘못을 인정하고 정정해 준 것만으로도 꽤나 속이 후련했던 것 같다.

"뭐, 알면 됐어."

씩 웃으면서 가슴을 활짝 펴는 모습은 골목대장을 넘어서 이미 어엿하게 한 사람 몫을 하는 어른처럼 보이기도 했다.

고아 양의 정보에 일정 수준 이상의 신빙성이 있다고 인정한 상태에서 얀 사제가 다시 입을 열었다.

"그렇다면 역시 가만히 있을 수는 없습니다. 제가 할 수 있는 일이라고는 포모제 후작에게 말을 전하는 것밖에 없습니다만."

'고토 부활'을 내세우는 기사단이 전격적인 실효 지배를 노리고 있는 이상, 포모제에 사는 귀족들 중에 내통자가 있음은 확정적이라고 생각해도 좋다.

하지만 다른 나라 사람인 얀 사제는 누구를 믿어도 되고 누가 수상한지를 알 수가 없었다.

다행이 포모제 후작 가문은 포모제가 즈워타 보르노시치 귀족제 공화국에 편입된 당시에 왕가에서 보낸, 왕가의 분가에 해당하는 가문이다.

그러니 포모제 후작 가문이 넘어갔을 리는 없겠지. 만에 하나 기사단의 손길이 거기까지 뻗어 있다면, 그때는 모든 저항이 헛된 일이 된다. 저항할 생각을 해도 소용없는 일이다.

"무리한 말을 하고 일찍 나온 입장이다 보니 조금 떨떠름하기는 합니다만, 포모제 후작의 저택으로 돌아가도록 하죠. 당신도 같이 가 주세요, 얀 군."

"예, 사제님!"

바로 자리에서 일어나는 얀 사제와 고아 얀을 말린 것은 외눈의 용병 얀의 한마디였다.

"잠깐 기다려 주십시오 사제님. 한 가지, 이 꼬마한테 확인할게 있습니다."

"꼬마 아니거든, 나도 얀이라는 이름이 있어."

반발하는 고아 얀에게 외눈 용병 얀은 "미안하게 됐다. 하지만 나도 사제님도 얀이니까 헷갈리게 돼서 말이야." 라고 사과하고는 질문을 던졌다.

"너, 이 정보를 언제 들었지? 그 차림새로 마차를 탔을 리는 없을 텐데. 여기까지 걸어오지 않았나?"

용병 얀의 말을 듣고서 앗, 하고 깜짝 놀란 사람은 질문을 받은 고아 얀이 아니라 옆에서 그 질문을 듣고 있던 얀 사제였다.

"마, 맞아. 걸어왔어. 그래서 엄청 고생했거든. 며칠 전에 들었냐고 하면……. 사, 사흘보다는 많아."

고아 얀의 대답은 지극히 자신이 없는, 애매한 것이었다.

생각해 보면 당연한 일이다. 북대륙에서도 톱 클래스의 교육 수준을 자랑하는 즈워타 보르노시치 귀족제 공화국이지만, 변경의 농촌에서 태어나 자라고 지금은 고아가 돼 버린 소년이 숫자를 세지 못하는 건 어쩔 수 없는 일이다.

그 대신 세상 물정에 익숙하고 행군에도 익숙한 외눈 용병 얀이 대답했다.

"넌 마을이 없어진 뒤에도 계속 그 근처에서 살았지? 그렇다면 '성역의 숲'에서 이 포모제까지의 여정을 대략적으로 생각해 보자. 어른 걸음이라면 기적적으로 단 한 번도 헤매거나 발을 멈추지 않았을 경우에 20일…… 보통은 그 두 배인 40일이라도 훌륭한 편이다. 이건 상당히 눈썰미가 좋고 몸놀림도 보통 사람이 아닌 경우의 얘기지. 빠르면 30일 전. 이 꼬마의 능력을 최대한 높이 친다면, 그 정도의 가능성은 있습니다."

예상을 뛰어넘는 큰 숫자에 얀 사제의 표정이 굳어졌다.

"얀 대장. 당신은 기사단이 언제쯤 포모제에 도착하리라 생각하십니까?"

"글쎄요……. 추측을 하려고 해도 정보가 너무나 부족합니다. 그러니까 추측이라기보다는 상상 수준의 이야기입니다만, 일단 기사단은 원래 뭍의 존재입니다. 특히 그 중추에 있는 놈들은 자신들이 기병이라는 걸 자랑스럽게 여기고 있죠. 그렇다면 배는 속도보다 적재량을 우선시할 수밖에 없습니다. 말은 덩치가 큰 데다가 먹이와 물도 엄청나게 필요할 테니까요. 하지만 '배는 준비 됐다'고 한다면, 행동을 시작할 때까지는 그리 오랜 시간이 걸리지 않을 겁니다. 배를 준비해 놓은 해변까지 육로로 가는 일이야 기사단이라면 일도 아니겠죠. 거기서부터는 배로 이동한다면, 최악의 예상이기는 합니다만 가장 빨리 달려왔을 때 30일 정도라고 할 수 있겠죠."

"알겠습니다. 하루만 늦어져도 치명적이겠군요."

고아 얀이 이야기를 듣고서 여기까지 오는 데 걸린 시간.

그 '배가 준비된' 날부터 기사단이 포모제까지 오는 데 필요한 시간.

양쪽을 비교했더니, 고아 얀이 기사단의 기습 전에 포모제까지 도착한 것 자체가 하나의 행운이라고 여겨졌다.

기사단이 오는 것은 열흘 뒤의 일일지도 모른다. 사흘 뒤의 일일지도 모른다. 어쩌면 당장 오늘일 수도 있다.

한마디로 하루만 늦어져도 치명적인 일이 벌어질 수 있는 상황이다.

"사제님. 사제님이 포모제 후작에게 알현을 신청했을 경우, 오늘 중에 만날 수 있겠습니까?"

외눈 용병 얀의 질문에 얀 사제는 고개를 저었다.

"무리겠죠. 사제라고는 해도 어차피 비주류인 몸이니까. 바쁘신 포모제 후작의 예정을 억지로 비울 수는 없습니다. '포모제가 위험하다'는 말을 전하면 어떻게든 될 가능성도 있습니다만, 조금 전에도 말씀드린 것처럼 포모제의 귀족 중에는 기사단과 가까운 이들도 뿌리 깊게 남아 있으니까요."

말을 전해 달라는 부탁을 들은 문지기, 또는 문지기로부터 그 말을 전해 들은 포모제 가문을 섬기는 집사. 그런 정보를 전달하는 중간에 있는 사람 중에 드러나지 않은 친 기사단 세력 귀족이 있는 경우, 정보가 중간에 차단당할 우려가 있다.

그렇게 되면 주객전도인 셈이다. 그렇다면 차라리 다른 사람에게 전해 달라고 부탁할 게 아니라, 제대로 된 절차를 거쳐서 알현을 신청하는 쪽이 좋다.

그게 최선의 방법이라면 그렇게 해야 한다. 하지만 그 이상의, 더 빠르고 확실하게 포모제 후작을 알현할 수 있는 방법이 있다면 그쪽을 모색하는 쪽이 더 좋겠지.

"젠지로 님."

그래서 젠지로는 얀 사제가 자신을 쳐다본 그 순간에 이미 그가 무슨 말을 하려는 것인지를 전부 알고 있었다.

"이렇게까지 신세를 진 입장이면서도 더욱 큰 후의를 바라는 것이 참으로 낯 두꺼운 행위라는 것은 잘 알고 있습니다만, 그대로 감히 부탁드리고자 합니다. 젠지로 님의 존함으로, 포모제 후작에게 알현을 신청해 주실 수 있으신지요?"

비공식이라고는 해도 왕족으로 대우받고 있는 젠지로의 제안이라면, 얀 사제보다는 훨씬 빠르게 후작을 만날 수 있을 것이다.

얀 사제의 의도는 이해할 수 있다. 하지만 그 제안을 그대로 받아들이기에는 조금 문제가 있다.

고아 얀과 얀 사제의 만남을 주선할 때까지는 대화의 내용을 몰랐기 때문에 '선의의 제3자'로 행세할 수 있었지만, '기사단이 쳐들어온다'는 정보를 시급히 전하는 일을 도와준다면 이것은 완전히 즈워타 보르노시치 귀족제 공화국 편을 들어서 기사단에 적대하는 행동이 된다.

젠지로의 입장과 신분을 생각해 보면, 독단적으로 결단하기에는 위험 부담이 큰 행동이다.

그래서 젠지로는 사전에 준비해 뒀던 말로 대답했다.

"그 건에 대해서는 나보다 적임인 자가 있다. 웁살라 왕국의 프레야 전하를 모시고 그분께 사정 설명을 드릴까 하는데, 괜찮겠나?"

젠지로의 제안은 당연하다는 것처럼 받아들여졌고, 프레야 공주를 이 방으로 불렀다.

프레야 공주도 처음에는 당혹스러워했지만, 상황을 이해하고는 바로 진지한 표정으로 고개를 끄덕였다.

"이건 분명히 젠지로 님보다 제가 대응해야 할 사태군요."

젠지로가 속해 있는 카파 왕국은 아직 즈워타 보르노시치 귀족제 공화국과 기사단 중 누구 편을 들어야 할지 결론을 내리지 못한 상태지만, 프레야 공주가 속한 웁살라 왕국으로서는 고민할 필요도 없는 문제다.

신앙의 자유를 인정하고 있는 즈워타 보르노시치 귀족제 공화국과 발톱파 외에는 인정하지 않는 기사단. 정령 신앙의 나라인 웁살라 왕국 입장에서 어느 쪽이 국제항 포모제의 주인이 되는 것이 더 좋은지는 굳이 생각할 필요도 없는 일이다.

본국에 있는 왕의 허가를 받을 필요도 없이, 바로 즈워타 보르노시치 귀족제 공화국에 협력할 수밖에 없는 입장이다. 오히려 이런 정보를 알고서도 아무 일도 안 하고 방관하면, 나중에 질책을 받고도 남을 것이다.

"알겠습니다. 제가 포모제 후작에게 긴급 면회를 신청하겠습니다. 동석하는 자는 사제님과 그쪽에 있는 소년이면 되겠습니까?"

"얀 대장도 동석할 수 있게 부탁드리겠습니다. 군사적인 견지에서 본 위협을 전하려면 저나 얀 군의 능력으로는 부족할 테니까요."

"알겠습니다. 그렇게 전하도록 하겠습니다. 그럼, 죄송하지만 먼저 실례하도록 하겠습니다."

"잘 부탁드리겠습니다."

"부, 부탁드립니다아."

정중하게 인사하는 얀 사제를 따라서 고아 얀도 황급히 인사를 했다.

사제와 소년을 보며, 은발의 공주는 "알겠습니다." 라고 살짝 장난스레 웃으면서 대답했다.

그리고 프레야 공주는 그대로 시선을 옆으로 옮겨서 젠지로 쪽을 봤다.

"젠지로 님. 저는 급한 말을 전하기 위해서 미리 사람을 보내지 않고 직접 포모제 후작을 만나러 갈 생각입니다만, 젠지로 님은 어떻게 하시겠습니까?"

프레야의 질문에 젠지로는 어깨를 살짝 으쓱거리고는,

"저는 여기 남겠습니다. 동행할 수는 없으니까요. 하지만 만에 하나를 위해 부선장을 불러서 만약의 경우를 위한 이동 수단을 준비해 두고 싶습니다만."

그렇게 말한 젠지로에게 프레야 공주는 진지한 표정으로 고개를 한 번 끄덕이고 대답했다.

"알겠습니다. 선원들에게는 제가 허가했다고 말씀하셔도 좋습니다."

"감사합니다, 프레야 전하."

여기서 말하는 부선장이란, 굳이 말할 필요도 없이 '황금나뭇 잎호'의 망누스 부선장을 말한다.

같은 북대륙의 움살라 왕국으로서는 이번 일이 개입할 수밖에 없는 큰일이지만, 남대륙의 카파 왕국 입장에서는 극단적으로 말하자면 남의 일이다.

최악의 경우에 이 포모제가 전쟁의 불길에 휩싸이게 된다면, 승패보다 중요한 것은 그 싸움에 휘말리기 전에 탈출하는 것이다.

그러기 위해서라도 이동 수단은 '황금나뭇잎호'는 만약의 경우에 당장이라도 움직일 수 있는 상태로 준비해 두는 쪽이 바람직하다.

휴가를 도중에 중단하게 된 선원들에게는 나중에 다른 방법으로 보상을 해야겠지.

그렇게 짧은 대화를 마치자 프레야 공주는 "그럼, 실례하겠습니다."라는 말을 남기고 방에서 나갔다.

방에 남은 젠지로는 갑자기 생각이 났다는 것처럼 얀 사제에게 물었다.

"실례되는 질문인데, 역시 얀 사제의 힘으로는 프레야 공주처럼 할 수는 없는 건가? 북대륙에서는 교회의 사제라는 것이 상당히 존경받는 자라고 들었다만."

본인이 말한 대로 실례가 될 만한 질문을 들은 얀 사제는 씁쓸하게 웃으면서도 솔직하게 대답했다.

"그것은 틀림없는 사실입니다. 어떠한 신분으로 태어났건 교회에서 사제 서품을 받으면 그에 상응하는 존경을 받습니다. 하지만 저는 조금 특별한 사정이 있어서 멸시받는 경우가 많습니다. 아, 포모제 후작은 저를 멸시하지 않는 훌륭한 분입니다."

"그렇다면 역시 어금니파도 발톱파도 아니라는 것이 문제인가?"

젠지로의 지식 속에서 제일 먼저 떠오른 것이었다. 설령 교회에서 정식 사제로 서품을 받았다고 해도, 실질적으로 이단 같은 존재라면 인정받지 못하는 것도 이해할 수 있다.

하지만 얀 사제의 대답은 젠지로가 예상했던 것과 조금 다른 내용이었다.

"뭐, 그런 이유 때문이라는 것도 부정할 수는 없습니다. 하지만 제 경우에는 그것뿐만이 아니라 태어나면서부터 '마력이 없다'는 문제가 있습니다만, 아무래도 그것 때문에 여러모로 멸시받는 경우가 있습니다."

"정말 한심하군요. 마력 유무와 인격에는 아무런 관계도 없는데 말입니다."

얀 사제의 말에 외눈 용병 얀이 분개했다는 듯 말했다.

그 말을 듣고 나니 젠지로는 처음 얀 사제를 만났을 때 느꼈던 위화감의 정체를 이해할 수 있었다.

듣고 보니 얀 사제의 몸에서는 마력이 전혀 느껴지지 않았다. 사람에 따라서는 극히 작은 마법도 제대로 발동하지 못할 정도로 보유 마력량이 적은 사람도 있긴 하지만, 그런 사람들은 '마력 시인 능력'을 가진 사람이라도 상당히 신경 써서 보지 않으면 마력을 알아볼 수 없다.

그래서 얀 사제도 본인의 말을 듣기 전까지는 마력이 적은 사람이라고만 생각했었다.

"마력이 없다고, 전혀?"

"예. 태어나면서부터, 전혀."

굳이 말할 필요도 없는 일이지만, 마력이 없는 사람은 마법을 쓸 수 없다. 지금에 와서는 젠지로도 전혀 의식하지 않게 됐지만, '언령'을 이용한 번역도 엄연한 마법의 일종이다.

당혹을 감추지 못한 채, 젠지로는 '일본어'로 얀 사제에게 물었다.

"나는 북대륙의 언어로 말하는 게 아니다만?"

"예, 게다가 남대륙의 말도 아니군요. 저는 이 체질 덕분에 예외적으로 여러 언어를 습득하고 있습니다만, 젠지로 님께서 사용하시는 언어는 제가 아는 언어들 중 어떤 것과도 공통점이 없습니다."

원래 가는 눈을 더 가늘게 뜬 얀 사제의 박력 앞에서, 젠지로는 말없이 입을 다물었다.

태어나면서부터 마력이 없고 '언령'조차도 작용하지 않는 불리한 상황임에도 '이 체질 덕분에 여러 언어를 익혔다'고 큰소리치는 정신력에 대해서는 그저 존경할 수밖에 없다.

단, 그렇게 존경하는 것과 지금 젠지로와 얀 사제의 대화가 성립되는 이유는 아무런 관계가 없다.

그런 젠지로의 생각을 눈치 챘겠지.

얀 사제는 사제복 위에서, 옷 속 가슴께에 걸고 있는 뭔가를 쥐더니,

"주류에서 크게 벗어나기는 했지만 저도 교회의 사제니까요. 그래서 그 은혜를 입을 수도 있습니다."

그렇게 말하고, 온화한 미소를 지었다.

◆

그리고 약 한 시간이 흘렀다.

'고대의 숲 정'에서 나간 프레야 공주와 호위 여전사 스카디는 당혹스러워하는 포모제 영주 저택의 집사를 밀쳐내고는 반쯤 억지로 포모제 후작과의 면담 자리를 만들었다.

처음에는 당혹스런 표정을 짓던 포모제 후작도, 프레야 공주로부터 고아 얀이 말한 '큰일'의 내용을 듣고는 얼굴에서 핏기가 가셨다.

"설마……! 하지만, 말이 되는 이야기야. 최소한 변경 마을에서 자란 소년이 지어낼 이야기는 아니군."

포모제 후작도 멋으로 이 즈워타 보르노시치 귀족제 공화국에서 손꼽히는 대귀족 노릇을 하고 있는 게 아니다.

충격에서 벗어나자마자 바로 현실적인 일을 생각하기 시작했다.

"귀중한 정보를 주셔서 감사합니다. 아무것도 모르고 맘 편하게 있었다가는 큰일이 날 뻔했습니다."

"아닙니다. 포모제가 어디에 속하는지는 제게도 결코 남의 일이 아니니까요."

"그리 말씀해 주시면 저희 나라의 정책이 잘못되지는 않았다고 생각하게 되는군요."

실제로 브워타 보르노시치 귀족제 공화국이 공식적으로 신앙의 자유를 주장하지 않았다면 프레야 공주와 젠지로는 '알아서 싸우든지'라는 태도로 재빨리 '황금나뭇잎호'를 타고 탈출했을 것이다. 그렇게 생각하면 신앙의 자유라는 사상이 포모제를 구해 줬다고 해도 과언이 아니다.

"제가 할 수 있는 일은 여기까지입니다. '황금나뭇잎호'는 출항 준비가 갖춰지는 대로 출발할 테니, 잘 부탁드리겠습니다."

프레야 공주의 조국인 움살라 왕국의 입장을 생각하면 국제항 포모제의 주인은 신앙의 자유를 보장하는 즈워타 보르노시치 귀족제 공화국 쪽이 발톱파 외에는 인정하지 않는 기사단보다 훨씬 바람직하다는 것은 명백한 이치다. 하지만 그러기 위해서 움살라 왕국의 왕족인 프레야 공주가 본국의 허가도 없이 공공연히 기사단에게 싸움을 걸 수는 없는 노릇이다.

"알겠습니다. 하지만 방위를 위해서 항구를 봉쇄할 가능성이 있습니다. 출발이 너무 늦어지면 출발을 불허할 가능성도 있으니, 그 점은 양해해 주시면 감사하겠습니다."

"알겠습니다. 그럼, 저는 이만 실례하겠습니다. 더 이상 자세한 이야기를 듣고 싶으시다면, 얀 사제를 부르는 쪽을 것을 권하겠습니다."

"그 정보를 가져왔다는 용감한 소년도 함께 있습니까?"

"예."

"알겠습니다. 바로 부르도록 하지요. 귀중한 정보를 주셔서 감사합니다."

"그럼, 후작의 건투를 위해 기도드리도록 하겠습니다."

그 말을 남기고 청은발의 왕녀는 영주 앞에서 물러났다.

남겨진 포모제 후작은 잠시 소파에 가만히 앉은 심호흡만 몇 번 하다가 마침내 조용히 눈을 뜨더니 큰 목소리로 외쳤다.

"누구 없느냐? 긴급사태다. 먼저 만사를 제치고 '고대의 숲 정'으로 사람을 보내라. 그리고 그곳에 묵고 계시는 얀 사제 일행을 모셔 오도록. 동행자의 신분은 따지지 마라. 모두 정중하게 모셔야 한다, 알겠나?"

"예, 알겠습니다."

대기하고 있던 집사가 빠릿빠릿하게 대답했다. 포모제 후작은 그 대답을 듣고 만족스레 고개를 끄덕였지만, 바로 뭔가를 생각해 내고서 다음 지시를 내렸다.

"그리고 왕도에도 소식을 전해라. 최악의 경우, 포모제는 항구도 성문도 전부 닫아 버리고 농성 태세에 들어간다. 그 때는 폐하께 입법부를 긴급 소집하시게 해서, 원군 출격 허가를 받아야만 한다."

"예, 바로 준비하겠습니다."

주인이 지시를 내리자, 포모제 영주 저택은 부산하게 움직이기 시작했다.

[제3장] **유익 기병**

프레야 공주가 포모제 영주 저택에 가서 충고를 전하고 '고대의 숲 정'으로 귀환하자, 그녀와 교대하는 것처럼 얀 사제 일행이 포모제 영주 저택으로 초대받았다.

그동안 젠지로는 '황금나뭇잎호'의 망누스 부선장을 불러서 급하게 포모제를 떠나게 될 가능성이 크다는 이야기를 전했다.

하지만 다음날이 돼서도 '황금나뭇잎호'의 선원들은 전부 모이지 않았다.

무리도 아닌 일이다. 백 일에 가까운 대항해를 마친 뒤에 천하의 대도시 포모제에서 보너스와 함께 휴가를 받았다. 실컷 쉬고 즐기고 싶은 선원들 입장에서는 가능한 상사가 찾지 못할 곳으로 도망치는 것은 당연한 일이다.

원리 이곳 포모제는 치안이 아주 좋은 무역항이라는 전제도 있기에, 상사들도 반쯤 암묵적인 양해와 함께 선원들의 휴식을 인정했다.

하지만 지금은 아무리 그런 사정을 늘어놓는다고 해도 당장이라도 전쟁터가 될 수 있는 항구에 프레야 공주와 젠지로라는 자국과 타국의 왕족이 발을 묶이게 된 이유가 선원들의 못난 짓 때문이라는 점에는 변함이 없다.

망누스 부선장은 원래부터 흉악한 얼굴이라고 표현해야 할 수 준인데, 지금은 너무 화가 나서 이를 다 드러내고 있는 탓에 정말 엄청난 얼굴이 되어 있다.

그렇게 식사를 제대로 맛볼 정신적 여유도 없는 와중에, 점심 식사를 마치고 방에서 대기하고 있던 젠지로는 밖에서 나는 시끄러운 소리를 들었다.

"뭔가 소란스러운 것 같은데?"

"정말이군요. 무슨 소리가 들립니다."

대답한 사람은 프레야 공주다.

행동이 늦어지지 않도록, 프레야 공주도 루크레치아도 지금은 젠지로의 방에서 대기하고 있다.

원래 왕후귀족이 묵는 것을 전제로 지어놓은 고급 여관의 최고급 방(로열 스위트룸)이다. 젠지로, 프레야 공주, 루크레치아가 제각기 시녀와 호위 기사, 병사들과 함께 모여 있어도 좁다는 느낌이 들지 않을 정도로 넓다.

"설마, 온 건가?"

"!!"

젠지로의 말에 루크레치아가 깜짝 놀라서 몸을 부르르 떨었다.

뭐가? 라고 묻는 사람은 없다. 굳이 질문할 필요도 없기 때문이다.

현재 상황에서 오는 것을 경계할 존재는 단 하나뿐이다.

기사단. 이곳 포모제에 대해 고토 수복을 하겠다며 기사단이 기습을 준비하고 있다. 적의 움직임은 파악하지 못했기에, 지금

이 순간에 포모제 성벽의 코앞까지 쳐들어와 있더라도 이상하지 않을 지경이다.

그렇게 생각하니 젠지로의 걱정도, 루크레치아의 반응도 너무 과하다고 할 수는 없었다.

하지만 젠지로 뒤쪽에 대기하고 있던 이네스는 냉정한 목소리로 젠지로의 걱정을 부정했다.

"아닙니다, 젠지로 님. 기습치고는 들려오는 목소리에 공포의 기색이 느껴지지 않습니다. 놀라서 당혹한 듯한 느낌이 절반, 그중 일부에는 환호성을 지르는 자도 있는 것 같습니다."

이네스가 그렇게 보고하는 사이에 기사 나탈리오는 부하 병사에게 나가서 조사하라고 명령했다.

"확인해 주게."

"예!"

힘차게 뛰쳐나간 병사는 바로 돌아왔고, 놀라움을 감추지 못한 큰 목소리로 젠지로에게 보고했다.

"젠지로 님! 창밖으로 하늘을 봐 주십시오. 영주 저택 상공입니다!"

"나탈리오?"

"잠시 기다려 주십시오. ……괜찮습니다, 이쪽으로 오십시오."

만약에 대비해서 나탈리오가 안전한지 확인한 뒤에, 젠지로도 창가로 다가갔다.

활짝 열린 창밖으로 몸을 내밀고 바깥을 봤다. 시선을 향한 곳은 병사가 말한 대로 영주 저택 상공 방향.

그랬더니 거기에는 세 개의 그림자가 빙글빙글 원을 그리면서 선회하고 있었다.

새라고 하기에는 모양이 이상하다. 무엇보다 크기가 이상하다. 여기서 영주 저택까지는 꽤 거리가 있다. 젠지로의 시력으로 그것이 새가 아니라도 알아볼 수 있다는 건, 크기가 상당히 크다는 뜻이다.

"저건…… 천마인가? 게다가 사람이 타고 있잖아?"

눈을 가늘게 떠서 간신히 그 실루엣을 파악하며 중얼거린 젠지로의 말을 듣고서 극적인 반응을 보인 사람은 은발의 왕녀―프레야 공주였다.

"?! 실례하겠습니다!"

예법이고 뭐고 내던진 것만 같은 신속한 동작으로 프레야 공주는 창밖으로 몸을 내밀고 있는 젠지로 앞으로 파고들었고, 젠지로의 가슴에 등을 기대고서 자신도 젠지로와 같은 방향을 바라봤다.

장식품이라고 해도 선장을 맡고 있는 프레야 공주의 시력은 젠지로와 비교할 수도 없다.

프레야 공주의 파란색 눈동자가 그것을 정확히 포착했다.

"세상에?! 저건, '유익 기병단(후사리아)'!"

상공에서 선회하면서 착륙 허가를 요청하고 있었겠지. 드디어 허가를 받았는지 세 개의 그림자―날개 달린 말 같은 생물에 타고 있는 기병 셋이 천천히 고도를 낮췄다.

그때였다.

"어라?"

선두의 천마에 타고 있던 기병이 말 위에서 뛰어내렸다. 힘든 훈련을 받은 공수부대원이나 소방관 중 고공 강하 대원이라고 해도 아무런 장비도 없이 뛰어내린다면 틀림없이 즉사할 고도다.

하지만 그 기병은 선회하면서 고도를 낮추고 있는 천마보다는 빠르지만, 자유 낙하라고 하기에는 너무나 말도 안 되는 속도로 천천히 강하했다.

"저건 바람 마법인가?"

젠지로가 자기가 가진 지식을 동원해서 지금 저 현상을 설명하려고 고개를 갸웃거렸지만, 프레야 공주는 입술까지 새파래져서 고개를 저었다.

"아닙니다. 저건 '비행마법'. 즈워타 보르노시치 귀족제 공화국 크라쿠프 왕가의 '혈통마법'입니다."

'비행마법'. 그 마법의 사용자가 누구인지는 굳이 물을 필요도 없다.

즈워타 보르노시치 귀족제 공화국과 기사단의 싸움에 말려들고 싶지 않다고 생각했기에 포모제 후작의 권유를 뿌리치고 영주 저택이 아니라 이 고급 여관에 머물고 있었는데, 왕족까지 나섰다면 영주 저택에 사람을 보낼 수밖에 없다.

"프레야 전하, 영주 저택에 사람을 보내서 상황을 파악하고 싶습니다만."

"예. 그래야 할 것 같군요."

젠지로와 프레야 공주가 진지한 얼굴로 그런 이야기를 주고받았다.

하지만 그런 대화는 소용없는 짓이었다.

젠지로와 프레야 공주가 짧은 논의 끝에 여전사 스카디를 대표로 삼아 영주 저택에 사람을 보내기로 결정했을 때, 이미 영주 저택에서 보낸 사람이 젠지로를 찾아왔기 때문이다.

"참으로 죄송하옵니다만, 젠지로 님과 프레야 전하께 다시 한 번 포모제 영주의 저택으로 왕림해 주십사, 라는 말을 전하러 왔습니다."

누가 부탁했는지 주어가 빠져 있다. 하지만 부탁한 사람이 누구인지는 구체적인 이름을 특정하지 않아도 명백했다.

조금 전에 비행마법으로 뛰어내린 '유익 기사'가 틀림없다.

젠지로한테는 거절할 이유가 없었다.

───────◆───────

마차를 이용해서 이동한 경험이 적은 젠지로도 알 수 있을 정도로 빠르게 달리는 마차를 타고서 다시 찾아온 포모제 영주 저택에서는 예상치 못한 일이 기다리고 있었다.

지난번과 마찬가지로 일단 게스트 룸으로 안내받을 테고, 그러

면 포모제 후작이 오고, 후작의 소개로 문제의 왕족과 대면할 것이다.

그렇게 막연하게 생각하던 젠지로의 예상은 영주 저택의 현관문이 열린 순간에 산산이 부서져 버렸다.

"잘 왔다, 내가 즈워타 보르노시치 귀족제 공화국 왕녀 안나. 안나 크라쿠프다. 두 사람의 이름을 듣고 싶다."

그렇게 큰, 그러면서도 신기하게 귀에 거슬리지는 않는 목소리로 말한 사람은 현관 중앙에 떡 버티고 서 있던 은색 갑옷을 입은 여기사였다.

나이는 스무 살 정도일까? 시선의 높이가 젠지로와 거의 비슷하니까 키는 170cm 전후라고 봐야겠지.

살짝 웨이브가 들어간 남색 머리카락. 한 눈에 봐도 의지가 강해보이는 이목구비가 선명한 얼굴.

입술연지라도 바른 건지 유난히 빨간 입술은 아까부터 커다란 미소를 짓고 있다.

젠지로는 깜짝 놀라서 바로 말이 나오질 않았다. 이것이 의도적인 기습이라면 틀림없이 상당히 효과적이었다.

뭐, 의도했다고 해도 그건 이 눈앞에 있는 남색 머리카락의 미녀—안나의 독단적인 판단이었겠지.

그렇지 않으면 포모제 후작이 일그러진 얼굴로 웃으면서 거의 뛰어오는 수준의 빠른 걸음으로 다가올 리가 없으니까.

자신보다 당황한 사람을 보면 오히려 진정된다는 말을 들은 적이 있는데, 아무래도 사실인 것 같다.

　포모제 후작의 모습을 슬쩍 본 젠지로는 일단 소리가 들리지 않게 심호흡을 하고는 억지로 미소를 지으면서 입을 열었다.

　"저는 남대륙 카파 왕국 국왕 아우라 1세의 반려, 젠지로 카파라고 합니다. 안나 전하."

　"웁살라 왕국 제1왕녀 프레야 웁살라입니다. 처음 뵙겠습니다, 안나 전하."

　젠지로와 프레야가 자기소개를 하자, 안나 왕녀는 하얀 치아를 드러내며 웃었다.

　"음, 젠지로 폐하와 프레야 전하인가. 비공식이라고 해도 이렇게 타국의 귀인을 맞이하게 되다니, 나도 이 나라의 왕족으로서 참으로 기쁘다. 특히 젠지로 폐하는 머나먼 남쪽 대륙에서 오셨으니까. 원래는 최대한 환대해서 우리나라가 얼마나 훌륭한지에 대해 폐하의 나라까지 널리 알리도록 하고 싶지만, 아시다시피 지금 이 도시는 조금 복잡한 상황이다. 폐하와, 전하께서는 당분간 불편한 일을 겪으시겠지만, 용서해 주시기를 바란다."

　그 말을 듣고 처음에는 프레야 공주, 조금 지나서 젠지로의 얼굴이 일그러졌다.

　'당분간 불편한 일을 겪을 것이다'. 그 말은 젠지로와 프레야 공주에게 '이번 일이 끝날 때까지 구속하겠다'고 한 것이나 마찬가지다.

　'황금나뭇잎호'의 선원들이 모이는 대로 재빨리 도망치는 것을 계획의 주축으로 생각하고 있던 젠지로와 프레야 공주 입장에서는 상당히 받아들이기 힘든 이야기다.

하지만 이런 일도 일어날 수 있다고 생각했던 일이고, 그 경우에는 자신들이 쓸 수 있는 방법이 없다는 것도 예상했었다.

젠지로와 프레야 공주가 포모제를 떠나려면 '황금나뭇잎호'를 타고 바다로 나가는 수밖에 없다. 하지만, 굳이 말할 필요도 없는 일이지만 포모제 항구는 포모제 후작의 뜻에 따라서 움직인다.

게다가 지금은 기사단이 바다 쪽에서 쳐들어올 수도 있다는 특대형 비보가 전해진 상황. '항구를 폐쇄한다'고 말하면 반론하기가 힘들다.

포모제항은 카파 왕국이 자랑하는 발렌티아항과 비교해도 훨씬 큰 항구다. 그런 항구를 폐쇄하고 방위 준비를 갖추려면 당연히 시간이 걸린다. 지금 당장 출항한다면 모를까, 아직까지 선원들이 다 돌아오지 않은 '황금나뭇잎호'가 출항할 때까지 기다려주지 않는 건, 당연하다면 당연한 일이다.

젠지로와 프레야 공주는 말없이 눈짓으로 서로의 뜻을 확인했다.

솔직히, 이 상황에서는 다른 선택지가 없다.

"그런가. 그럼, 신세를 지겠다."

받아들이겠다는 뜻을 전하면서도, 젠지로는 최소한의 항의를 한다는 뜻으로 존댓말을 그만뒀다.

상대가 자신을 왕녀라고 소개한 상태에서 젠지로를 폐하라고 불렀다. 그러니 하대하더라도 문제는 없다. 하지만 갑자기 말투를 바꾼 것을 통해서 '기분이 상했다'는 뜻이 전해졌을 것이다.

"음, 맡겨만 다오. 하지만 나도 여기서는 손님이다. 실제로는 포모제 후작에게 신세를 지는 셈이 되겠지."

안나 왕녀는 당당하게 웃어 보였다.

젠지로와 프레야 공주가 안내받은 손님방에는 예상대로 먼저 온 손님이 있었다.

"어라?"

"이거, 마음이 든든하다고 해야 하나?"

"아저씨?"

얀 사제, 외눈 용병 얀, 그리고 고아 얀까지 세 명이다.

얀 샤제 일행은 어제부터 포모제 영주 저택에서 신세를 지고 있었다. 고아 얀은 사태의 발단이라고도 할 수 있는 정보를 제공한 입장이고, 외눈 용병 얀은 실전 경험이 풍부한 야전 지휘관이다.

포모제 후작으로서도 그들을 거부할 이유가 없고, 얀 사제 쪽에서도 일단 벌어진 일인데 이제 와서 결과가 나오기도 전에 포모제를 떠날 생각이 없었다.

일단 고아 얀한테는 '정보는 잘 들었으니까, 위험해지기 전에 떠나는 게 어떤가?'라고 제안했지만, 기사단에게 한 방 먹이는 데 가장 집착하는 사람이 고아 얀이었다.

경애하는 얀 사제님이 설득했지만, 이것만은 고집스레 받아들이지 않았다. 사실 당연한 일이라고도 할 수 있다. 고아 얀에게 기사단이란 가족과 고향 마을을 섬멸하고 자신을 고아로 만든 원수 같은 존재니까.

그리고 고아 얀에게는 보다 현실적인 계산도 있었다. 지금 이 자리에서 도망쳐서 목숨을 부지해 봤자 어차피 고아의 몸이다 보니 언제 길에서 쓰러져 죽을지 모르는 일이다.

하지만 여기서 '쓸 만한 녀석'이라고 판단하게 만들 수만 있다면, 쓰레기를 뒤지고 날치기나 하면서 살아가는 것 외에 다른 삶의 가능성이 찾아올지도 모른다.

"응? 왜?"

"아무것도 아냐."

고아 얀이 노리는 것은 외눈 용병 얀. 얀 용병단이다. 얀 사제의 제자가 되면 최고겠지만, 아무래도 그게 너무 뻔뻔한 부탁이라는 정도는 알고 있다. 일이 잘 되면 용병단의 일원까지는 무리라도 심부름꾼으로라도 받아들일지도 모른다. 그런 꿍꿍이가 있는 것이다.

어쨌거나 그런 고아 얀의 꿍꿍이와 상관없이, 젠지로는 얀 사제에게 말을 걸었다.

"보다시피 우리도 이번 일에 깊이 관여하게 될 것 같다. 사제께서는 안나 전하와 이미 만났나?"

젠지로가 묻자 얀 사제는 부드러운 미소를 유지한 채로 고개를 저었다.

"아니요. 온 저택이 부산을 떤 덕분에 안나 전하께서 오셨다는 것은 알고 있습니다만, 아쉽게도 아직 뵙지는 못했습니다."

뭐, 당연히 그렇겠지. 안나 왕녀가 다른 유익 기병 두 명과 같이 도착한 뒤로 아직 한 시간도 지나지 않았다.

아마도 안나 왕녀는 포모제 영주 저택에 착륙하자마자 바로 젠지로와 프레야 공주를 데려오라고 지시를 내렸을 것이다.

그렇게 생각하면 꽤나 성격이 급한 사람처럼 보인다. 사실 지금의 포모제는 비상 사태. 예의나 상식보다 신속한 행동을 우선해야 한다고 냉정한 판단을 내렸을 가능성도 있지만.

어쨌거나 안나 왕녀와 본격적으로 대면하기 전에 이렇게 얀 사제를 만난 것은 잘 된 일이다.

"사제께서도 이미 알고 계실 것 같지만, 나는 이 북대륙의 사정에 대해 잘 알지 못한다. 안나 전하에 대해 아는 것이 있다면 가르쳐줬으면 싶다만."

얀 사제가 파티에서 말해 줬던 교회에 대한 설명은 아주 논리정연하고 이해하기 쉬웠다.

"그렇군요. 제게는 이웃 나라의 왕족이 되니까 그렇게까지 상세하게 알고 있는 건 아니고, 지금은 시간도 별로 없습니다. 개략적이고 간단한 설명이라도 괜찮으시겠습니까?"

"부탁하네."

프레야 공주도 안나 왕녀에 대해 어느 정도 알고 있는 것 같지만, 웁살라 왕국은 문화적으로도 지리적으로도 즈워타 보르노시치 귀족제 공화국과 거리가 멀다. 아마도 프레야 공주보다 얀 사제 쪽이 잘 알고 있겠지.

덕분에 젠지로는 안나 왕녀가 오기 전까지 즈워타 보르노시치 귀족제 공화국 내에서 왕족의 위치와 안나 왕녀 개인에 대한 최소한의 지식을 익힐 수 있었다.

"그럼 다시 한 번, 내 요청을 흔쾌히 받아들인 데 대해 감사한다. 부디 모두의 지혜와 힘을 빌려주길 바란다."

맞은편 소파에 앉은 안나 왕녀는 자리에 앉은 사람들의 얼굴을 천천히 둘러본 뒤에 당당한 목소리로 선언했다.

옆에 앉은 포모제 후작이 너무 황송해서 어쩔 줄 모르겠다는 태도를 보이고 있는 것이 인상적이다.

이 경우에 누가 상식적인지는 굳이 말할 필요도 없다.

타국 출신의 얀 사제. 출생이 어떻게 됐건 정해진 주거지가 없는 용병 얀. 공화국 출신이지만 의지할 곳 없는 고아인 얀 소년. 타국의 왕족인 프레야 공주. 그리고 국교조차 맺지 않은 먼 남쪽 대륙의 왕족인 젠지로.

하나같이 즈워타 보르노시치 귀족제 공화국의 국난에 맞설 의무가 없는 사람들이다.

그런 사람들을 반 강제로 모아 놓고 협력을 강요하는 주제에 '쾌히 받아 줘서 고맙다. 자, 힘과 지혜를 빌려 다오'라고 말하고 있다.

안나 왕녀라는 사람의 인품이 훤히 보인다.

현재 안나 왕녀는 갑옷을 벗기는 했지만, 갑옷 밑에 받쳐 입는 가죽옷 차림이다. 실용성을 중시한 검소한 가죽옷 차림인데도 고귀한 분위기가 감도는 걸 보면, 역시 왕족은 뭔가 다르다고 해야겠지.

"이제 와서 굳이 설명할 필요도 없겠지만, 현재 이 포모제에는 생각지도 못했던 위기가 닥쳐오고 있다."

안나 왕녀는 그렇게 말을 꺼냈다. 이 자리에 있는 모든 사람들이 이미 알고 있는 일이겠지만, 그래도 다시 한 번 확인하는 의미로 상황을 설명했다.

"사태는 거기 있는 소년이 우연히 기사단의 대화를 우연히 들은 것에서 시작됐다. 기사단이 쳐들어온다. 뭐, 그것 자체는 우리 나라에서는 그다지 고맙지 않은 일상다반사지만, 그 대상이 이곳 포모제라면 이야기가 조금 달라진다. 국경을 맞대고 있는 북쪽은 수비가 견고하지만, 이곳 포모제는 그렇다고 말하기 힘들다."

포모제는 무역으로 번성한 국제항이다. 방위력을 높이는 행위와 폭넓게 개방된 무역 도시라는 두 가지 조건은 양립하기가 힘들다.

무엇보다 기사단의 영지에서 포모제까지의 거리를 고려하면 기사단 입장에서도 이번 기습은 상당히 위험한 도박이다. 이런 상식을 벗어난 행위에 대해서까지 방위 체제를 마련하다 보면 돈과 사람이 한도 없이 필요할 것이다.

"그리고 소년의 이야기를, 확실하다고 할 정도는 아니지만 상당한 정확도로 뒷받침하는 정보가 들어왔다. 그렇지? 포모제 후작?"

말을 던지자, 포모제 후작은 약간 파랗게 질린 얼굴로 입을 열었다.

"예. 어제 늦게 북쪽에서 온 쾌속 상선이 중간에 복수의 대형 선을 앞질렀다고 증언했습니다. 흘수선을 보면 배가 상당히 무거운 것 같고 속도도 상당히 느리다고 했습니다만, 그래도 사흘 안에는 여기까지 도착하겠지요. 물론 그 배가 포모제로 향하는 것이라면 말이지만."

마지막에 그런 희망적 관측을 덧붙이기는 했지만, 말하는 본인도 그럴 리가 없음을 알고 있는 것 같다.

포모제 후작의 말을 듣고 안나 왕녀가 주먹을 꽉 쥐었다.

"기사단 놈들은 고토 수복이라는 헛소리를 하고 있는데, 포모제는 건국 때부터 우리 나라의 영토다. 부당한 요구에는 단호한 의지를 보여야만 한다!"

안나 왕녀의 말도 틀린 것은 아니다. 포모제는 즈워타 보르노시치 귀족제 공화국의 전신인 포즈난 왕국의 건국 때부터 이 나라의 영토였다.

하지만 지금으로부터 약 200년 전, 당시의 포즈난 왕국 국왕이 포모제를 정식으로 기사단에 양도했다. 그리고 지금으로부터 약 100년 전, 즈워타 보르노시치 귀족제 공화국이 모략을 꾸미며서 포모제가 기사단으로부터 독립하게 했고, 그 직후에 즈워타 보르노시치 귀족제 공화국에 편입을 요청했다는 사실처럼 자신들에게 불리한 이야기는 완전히 무시하고 있지만.

"기사단의 주장에 일말의 정당성도 없다는 것은 명명백백한 사실. 우리나라의 귀족들 중에도 아직까지 과거의 과오를 벗어나지 못한 자들이 존재하는 것 또한 사실이다."

여기서 말하는 '과거의 과오'란, 당시의 국왕의 기사단에 포모제의 지배권을 양도한 일을 말한다.

100년에 가까운 기사단의 지배는 포모제의 지배층에 혈연의 혼재라는 상처를 남겼다.

몇 대 앞의 조상이 기사단의 유력자였던 자, 기사단의 현재 유력자와 성이 같은 사람 등등, 잠재적인 친 기사단 귀족이 아직까지 많이 남아 있다는 것은 공공연한 비밀이다.

또한 실질적으로 즈워타 보르노시치 귀족제 공화국을 움직이고 있는 입법부에 소속된 귀족들 중에도 기사단과 같은 신앙을 지닌 발톱파가 가장 큰 세력이다.

그동안은 기습에 의한 함락을 통한 단기적 실효 지배, 그리고 정식 영토로 양도받는다는 시나리오는 망상에 가까운 것이었지만, 그 일이 이 포모제를 대상으로 실현할 수 있는 준비가 갖춰져 있다.

"따라서, 일시적이라도 놈들에게 이 포모제를 빼앗겨서는 안 된다. 무슨 일이 있어도 막아내야만 한다."

안나 왕녀의 말에 가장 강하게 동의를 표한 사람은 왕녀 옆에 앉아 있는 포모제 후작이었다.

포모제 후작은 이번 일의 당사자다. 기사단의 비원인가 하는 것이 달성되기라도 하면 최소한 집과 신분은 잃게 될 테고, 그리고 높은 확률로 목숨도 잃게 될 것이다.

"솔직히, 완전한 형태로 기습을 당하면 위험할 뻔 했습니다."

이마의 땀을 닦는 포모제 후작에게 안나 왕녀가 거창한 동작으로 동의를 표했다.

"그러게 말이다. 무사히 끝나면 최고 공로자는 거기 있는 소년이 될 것이다. 무사히 기사단을 격퇴하면 상을 주도록 하겠다."

"아, 예, 예에!"

고아 얀을 보던 시선을 되돌리고, 안나 왕녀는 굳은 표정으로 이야기를 계속했다.

"이제부터는 정보가 너무나 적다. 하지만 정보를 수집하기에는 시간이 너무나 적고. 포모제를 방위하기 위해서는 어떻게 해야 좋을지, 기탄없는 의견을 들려줬으면 한다."

그렇게 말하면서, 안나 왕녀는 제일 먼저 외눈 용병 얀 쪽을 바라보았다.

용병 얀도 그게 무슨 뜻인지 알았기에, 당당하게 입을 열었다.

"그럼, 제가 먼저 이야기하겠습니다. 용병이다 보니 전투에 관한 이야기를 할 때에는 예의에 어긋나는 표현을 할 수도 있습니다만, 너그러이 용서해 주신다면 감사하겠습니다. 먼저 기사단 놈들이 어지간히 자신이 있거나 대책 없는 멍청이가 아닌 한, 배를 타고 직접 포모제 항구로 쳐들어올 가능성은 없다고 봐도 될 것입니다."

이 자리에서 그 발언을 의외라고 생각한 사람은 젠지로뿐이었다. 다른 사람들은 당연한 사실이라고 받아들이는 가운데 그 일에 대해 묻는 건 용기가 필요한 일이지만, 괜히 여기서 아는 척하고 넘어가 버리면 이 뒤에 나올 이야기는 이해할 수 없게 된다.

"그런 것인가?"

단적으로 묻는 젠지로에게, 외눈 용병 얀은 최소한 겉으로는 바보처럼 여기는 기색을 드러내지 않으며 알기 쉽게 설명해 줬다.

　"그렇습니다. 배를 타고 적국 항구에 접근하는 것은 상당히 배짱이 필요한 선택지입니다. 숫자가 적기는 하지만, 세상에는 전투 중에도 마법을 사용할 수 있는 대마법사라는 것이 존재하니까요. '큰 파도'나 '화염 폭풍'을 사용하는 자가 기다리고 있다면 큰 손해. 운이 없으면 그 자리에서 결판이 나 버릴 수도 있습니다."

　"아, 그렇군. 마법 때문인가."

　그 존재를 떠올린 젠지로는 간단히 이해했다.

　여전사 스카디처럼 백병전 중에 마법을 사용하는 말도 안 되는 배짱을 지닌 사람은 이 대륙에도 몇 명 안 된다는 것 같지만, 충분한 거리가 있는 곳에서 큰 마법을 한 발 정도 날릴 수 있는 마법사는 그럭저럭 있다고 한다.

　"예. 대국 즈워타 보르노시치 귀족제 공화국에서도 손꼽히는 대귀족인 포모제 후작의 영지니까, 기사단도 그 정도 마법사가 있을지도 모른다고 생각하고 있겠죠."

　"그렇다면 포모제에서 충분히 떨어진 지점에 상륙한 뒤 거기서부터 육로로 기습을 가한다는 뜻이군."

　"그럴 가능성이 큽니다."

　외눈 용병 얀과 안나 왕녀는 당당하게 전술에 대해 논하고 있는데, 젠지로는 얼굴이 찌푸려지지 않게 버티는 게 고작이었다.

　이건 정말 제대로 말려들었다. 젠지로와 프레야 공주가 이 자리에 있을 이유는 거의 없을 텐데. 정보 누설이라는 관점에서 생각해 보면 악수(惡手)라고 할 수도 있다.

그런데도 억지로 붙잡고, 영주 저택으로 초대하고, 이런 군사회의 자리까지 참석시키다니, 솔직히 말해서 의도를 모르겠다.

만약의 경우 '황금나뭇잎호'를 보조 전력으로서 기대하고 있는 걸까?

지금 이 북대륙에 있는 젠지로는 열 명도 안 되는 기사, 병사, 시녀만을 거느린 '자칭 왕족'에 불과하다.

권위라는 의미에서도, 물리적인 힘이라는 의미에서도 저항은 무의미한 정도가 아니라 유해한 행동이다.

정식으로 국교를 맺은 웁살라 왕국의 왕녀인 프레야 공주는 공화국도 어느 정도 배려가 필요할 테니, 의지하려고 든다면 그쪽에 의지하겠지.

어쨌거나 지금은 그냥 휩쓸려 가는 수밖에 없다. 그렇게 결심하고 젠지로는 조용히 관찰했다.

"얀이여, 상륙 지점을 예상할 수 있겠나?"

"필기를 해도 되는 지도와 필기구를 준비해 주시겠습니까?"

"포모제 후작, 괜찮겠나?"

"어쩔 수 없군요."

용병이나 다른 나라 왕족 앞에서 지도를 펼치는 일은 영주 귀족으로서는 그다지 내키지 않는 행위겠지.

그래도 목숨을 부지하기 위해서는 어쩔 수 없는 일이기에 포모제 후작은 부하에게 명령해서 커다란 지도를 가지고 오게 했다.

"조잡한 지도입니다만, 이 정도면 되겠습니까?"

"예, 문제없군요. 고맙습니다."

조잡한 지도라고 했지만, 젠지로가 봤을 때 최소한 카파 왕국에는 이만큼 제대로 된 지도가 존재하지 않았다. 물론 젠지로가 지구에서 보던 지도와 비교하면 훨씬 조잡하지만.

젠지로의 안색이 살짝 달라졌음 눈치 챈 모양이다. 안나 왕녀가 자랑스럽게 가슴을 활짝 펴더니,

"우리나라가 자랑하는 유익 기병단의 성과 중 하나다. 다른 나라에는 뒤지지 않는다고 자부하고 있다."

그렇게 자랑했다.

듣고 보니 당연한 활용 방법이다. 기껏 하늘을 날아다닐 수 있는 존재가 있으니까, 상공에서 정보를 수집하는 데 쓰는 것은 당연한 일이다.

'좋겠다. 유익 기병과 디지털 카메라가 있으면 인터넷에 있는 항공 사진 지도를 흉내 낼 수 있을 텐데.'

거기까지 생각했을 때, 문득 떠오른 것이 있었다.

"안나 전하? 정보가 부족하고 시간이 없다고 하셨는데, 유익 기병을 정찰하러 보낸다는 선택지는 없는 것인가? 짧은 시간 동안에 유익한 정보를 모을 수 있을 것 같네만."

안나 왕녀 자신이 정찰하러 나서는 것은 말도 안 되는 일이지만, 세 기의 유익 기병 중에 나머지 사람들이 있다.

젠지로의 제안에 안나 왕녀는 살짝 어깨를 으쓱거리고는,

"최악의 경우에는 그럴 필요가 있겠지만, 가능한 사용하고 싶지 않은 수단이다."

그렇게 대답했다.

최악의 경우라니? 젠지로가 그 의도를 파악하기 위해서 고개를 갸웃거리는 사이에 마침내 외눈 용병 얀이 결론을 내렸는지, 지도 한쪽에 커다란 동그라미를 그렸다.

"설령 내통이 약속된 기습이라고 해도, 포모제를 함락하고 싶다면 전력 면에서 기병은 천, 보병이라면 2천은 필요할 겁니다. 기습은 속도가 생명이고, 놈들은 기사단이라는 사실에 긍지를 지니고 있지요. 그렇다면 기병 1천일 가능성이 큽니다. 하지만 말은 사람과 비교도 할 수 없을 만큼 덩치가 큰데다 무겁고, 먹이와 물도 엄청나게 필요합니다. 물은 '담수화' 마법으로 어떻게든 할 수 있겠지만 그래도 배가 느려지는 건 어쩔 수 없고, 사람은 몰라도 말은 상륙하자마자 바로 싸우게 하기가 힘듭니다. 그리고 모든 병력을 기병으로만 구성한다면, 상륙한 이후의 이동 속도를 기대할수 있죠. 그렇다면 상륙 지점은 포모제에서 어느 정도 떨어져도 괜찮습니다. ……그런 점들을 종합적으로 고려해 보면, 상륙 지점은 대략 여기가 아닐까 싶습니다."

젠지로한테는 외눈 용병 얀이 그린 동그라미가 꽤나 크게 보였지만, 안나 왕녀와 포모제 후작의 감탄한 표정을 보면 일반적인 수준보다는 꽤 작게 그린 것 같다.

"이렇게까지 좁힐 수 있는 것인가. 용병 얀이여. 이것의 신빙성에 대해 어느 정도 자신하고 있나?"

"글쎄요? 기사단이 바다를 이용해서 포모제를 공격한다. 그 대전제가 달라지지 않는다면 90% 이상은 맞을 거라 생각합니다."

"흐음…… 용병 안이여. 그대, 내게 고용될 생각은 없는가? 일군의 지휘관 수준의 대우로 맞이해 주겠다."

안나 왕녀의 제안을 들은 외눈 용병은 사제 쪽을 슬쩍 봤다.

"그렇게까지 인정해 주시니 감사할 따름입니다만, 선약이 있습니다."

딱 잘라서 거절했지만 안나 왕녀는 물러나지 않았다.

"그건 알고 있다. 하지만, 어쨌거나 얀 사제는 교회의 정식 사제다. 얀 사제에게 고용된 채로 기사단과 싸우게 되면 사제에게도 귀찮은 일이 생길지도 모른다. 변명거리를 만들기 위해서라도, 일시적으로 내게 고용되는 쪽이 좋을 것 같다고 생각한다만. 아, 물론 나와의 계약이 끝나면 곧바로 원래 고용주에게 돌아가도 상관없다."

"음……."

그렇게까지 말하니 용병 얀도 말문이 막혔다.

용병 얀에게 중요한 존재는 얀 사제다. 비주류파라서 발톱파한테서도 어금니파한테서도 미움을 받고 있는 입장인데, 자신 때문에 공격받게 된다면 가슴이 아프다.

그렇다면 여기서 손을 떼는 것이 제일 좋을 것이 좋을 것 같기도 한데, 그것 또한 판단을 내리기가 힘들다. 신앙의 자유를 보장해 주는 즈워타 보르노시치 귀족제 공화국이 뼛속까지 발톱파인 기사단에게 제압당하면 이 북대륙에서 얀 사제가 활동할 수 있는 범위가 좁아지게 된다.

공화국의 승리를 위해, 지금 자신이 할 수 있는 일이 있다면 뭐든지 해야 한다.

그렇게 생각해 보면 안나 왕녀의 제안도 고려할 가치가 있다.

"사제님."

"당신에게 맡기겠습니다, 얀 대장. 저는 군사에 관한 일에 문외한이니까요."

좋게 말하자면 전폭적인 신뢰, 나쁘게 말하자면 완전히 내던져 버린 것 같은 얀 사제의 말에 외눈 용병 얀은 하나밖에 없는 눈을 감고서 잠시 생각한 뒤에 결론을 내렸다.

"알겠습니다. 그럼 현시간부로 사제님과의 계약을 일시적으로 해지하겠습니다. 안나 전하, 계약 내용은 어찌 되는지요?"

"음. 일단은 군사 고문으로서 지금처럼 의견을 구하겠다. 또한 이번 기사단의 침략에 대한 지휘관을 맡기고 싶다. 그 외의 시간에는 지금까지처럼 얀 사제의 호위를 맡아도 상관없다."

안나 왕녀가 제안한 조건은 용병 안의 심정을 배려한 것이었다.

"그렇다면 문제는 없겠군요. 단지,"

"알고 있다. 계약이 완료된 이후의 행동은 속박하지 않겠다고 약속한다. 그대 정도 되는 무인이니 아깝기도 하지만."

"영광스런 말이군요. 사제님이 안 계셨다면 당신께 충성을 맹세했을지도 모릅니다."

"호오, 만나는 순서가 늦어졌다는 것인가."

"아닙니다, 순서가 아니라 '사제님이 안 계셨다면'입니다. 설령 전하와 먼저 만났다 해도, 사제님과 만나게 되면 사제님 쪽으로 흘러가게 되었겠죠."

"호오……."

"얀 대장, 그 이야기는 이제 그만 하십시오."

이상할 정도로 추켜올리자, 얀 사제가 견디기 힘들다는 것처럼 쓸쓸하게 웃었다.

안나 왕녀도 지금 이 자리에서 더 이상 추궁해 봤자 분위기만 이상해지리라는 것을 깨달았겠지.

"뭐, 좋다. 지금은 실무적인 이야기를 진행하자. 포모제 정규 군은 포모제의 수비에서 뺄 수 없다는 것이 후작의 의견이다. 그렇다면 아군에서 공격에 참가할 수 있는 병력은 포모제 후작이 고용한 용병과 시내에 모여 있는 용병 등이 된다. 숫자는 최대한 그러모아서 1천 1백에서 2백 정도. 그들을 내가 일시적으로 고용해서 네게 맡기겠다. 대부분이 보병이고 평균 숙련도도 기사단과 비교하면 한 두 레벨 정도 떨어질 것이다. 솔직히 묻겠다, 얀 용병 대장. 너는 이 조건하에서, 아군이 먼저 공격에 나서서 기사단을 요격할 수 있다고 생각하나?"

외눈 용병 얀의 예상이 맞다면 적은 기병이 1천. 숫자는 이쪽이 약간 더 많지만 보병 위주의 용병이고, 제대로 단합도 안 되는데다가 개개인의 숙련도도 떨어진다. 안나 왕녀의 주문은 굳이 말할 필요도 없이 상당히 힘든 것이었지만, 용병 얀은 잠시 생각한 뒤에 조건부로나마 고개를 끄덕였다.

"예. 승리 조건이 기사단의 섬멸이 아니라 기사단이 포모제 침공을 포기하게 만드는 것이라면, 불가능하지는 않을 겁니다. 뭐, 승패란 적과 아군이 있어야 정해지는 것이니, 저쪽에 알려지지 않은 훌륭한 지휘관이 있을 경우에는 결과를 보장할 수 없습니다. 그 애송이 야노슈 같은 놈이 숨어있을 가능성도 있으니까요."

자기 입으로 말해 놓고도 예전의 씁쓸한 기억이 떠오른 것인지, 외눈 용병 얀은 마지막 부분을 내뱉은 것처럼 말했다.

"그런가. 그렇다면 당장, 그렇게 생각하고 시급히 움직여 주겠나? 나중에 지불할 돈으로 병사들의 사기와 태도를 살 수 있다면 알아서 잘 계약해 봐라. 지불은 내가 책임지고 처리하겠다."

"알겠습니다. 그럼, 시간이 없으니 이만 실례하겠습니다. 포모제 후작, 귀하께서 고용한 용병들과의 만남을 주선해 주셨으면 합니다만."

"알았다, 바로 준비하지. 전하, 저는 이만 실례하겠습니다."

외눈 용병 얀과 포모제 후작이 서둘러 방에서 나갔다.

"그럼 저도 이만. 얀 군, 짧은 시간이지만 부탁한 대로 글자를 가르쳐 드리겠습니다."

"고맙습니다, 사제님."

이어서 얀 사제와 고아 얀도 나갔다.

남은 사람은 안나 왕녀와 프레야 공주, 그리고 젠지로.

빠르게 흘러가는 상황. 그 상황에 휩쓸리고 있을 뿐인 젠지로는 말로 표현할 수 없는 불쾌한 느낌에 사로잡혔다. 최악의 경우에는 자신의 신변 안전과도 관계된 문제인데도 스스로 상황을 움직일 수 없다는 무력감 때문일까.

젠지로는 스스로에게 물었지만, 막연하게나마 그게 아니라는 기분이 들었다. 보다 근본적인, 정보와 상황이 뭔가 어긋난 것 같은, 그것을 그대로 넘어가 버리면 뭔가 불이익이 발생할 것 같은 예감이다.

회사원 시절에 거래처의 '거짓말은 하지 않았지만 상대가 착각하게 만드는 화술'에 넘어갔을 때의 일이 생각났다.

"음, 무슨 일이 있는가, 젠지로 폐하?"

"아니, 아무것도."

새빨간 입술로 빙긋 웃는 표정을 짓고 있는 안나 왕녀를 보고 있으니, 마음속의 경보가 더욱 거세게 울렸다.

"이미 눈치를 챘을지도 모르겠지만, 내가 싸움에서는 무력한 겁쟁이라서 말이지. 지금 이 상황을 약간 두려워하고 있다."

의심하는 걸 들키지 않게, 일부러 한심한 심정을 털어놓았다.

그 고백을 들은 안나 왕녀는 그 진한 남색 두 눈을 크게 뜨면서 놀라움을 드러냈지만, 바로 웃는 얼굴로 돌아가서 붙임성 있는 목소리로 말했다.

"그런가. 아니, 솔직하게 그렇게 말하는 것만으로도 충분히 용기가 있다고 생각한다. 아쉽게도 세상에는 자신이 겁쟁이라는 것을 인정하지 않은 인간이 더 많지. 허나, 안심하게나. 기습만 당하지 않는다면 포모제의 수비는 견고하다. 제아무리 기사단이라고 해도, 천 기 정도의 기병으로는 기습이 아니게 된 시점에서 이미 성공할 가능성이 사라져 버린다. 젠지로 폐하의 신변 안전은 보장하겠다."

안나 왕녀의 설명은 상당히 이해하기 쉬웠다.

하긴, 바다 쪽을 제외한 부분을 튼튼한 성벽이 둘러싸고 있는 포모제를 함락시키는 것은 간단한 일이 아닐 것이다.

게다가 속도를 중시하는 기병으로 기습을 가하려고 한다면 더더욱 그렇고. 아마도 공성용 병기는 거의 가지고 오지 않았을 것이다. 믿을 것은 포모제 내부에 있는 친 기사단 세력의 내통일 것이다. 그들이 안쪽에서 문을 열어 주지 않는 한, 기병에게 성벽을 뛰어넘을 수단은 없다.

기습이 있을 것이다. 친 기사단의 내통을 경계해야 한다. 그런 말을 듣고서도 내통자들을 제압하지 못한다면, 포모제 후작은 그 자리에 앉을 자격이 없는 무능한 인간이다.

그래서 적의 기습이 더 이상 기습이 아니게 된 시점에서 결정적인 패배는 사라져 버렸다는 안나 왕녀의 말도 근거 없는 말은 아니다.

그래도 포모제 후작과 안나 왕녀가 안색이 달라져 가며 대처하고 있는 것은, 기사단의 패배는 결정된 일이라고 해도 그것이 포모제 방위의 성공을 의미하는 것이 아니기 때문이다.

포모제는 국제항. 무역으로 번성한 대도시다. 그런 포모제로서는 설령 방위에 성공한다고 해도 적군이 성벽까지 쳐들어왔다는 것 자체가 무시할 수 없는 큰 타격이 될 수 있다.

포모제는 항구와 도시를 둘러싼 성벽도 훌륭하지만, 동시에 무역 도시답게 평소의 출입 편의를 우선한 커다란 문도 잔뜩 설치돼 있다.

방위 태세를 취하고 모든 문과 항구를 닫아 경제 유통을 차단하는 행위 자체가 큰 타격이 되고, 무엇보다 성벽까지 '공격당했다'는 사실이 무역 도시에게는 크나큰 상처가 된다.

무역 도시에는 입지 조건과 도로, 설비 등도 중요하지만, 역시 가장 중요한 것은 안전. 그것보다 중요한 것은 없을 것이다.

아무리 수송에 최적화된 입지라고 해도, 안전이 보장되지 않는 거점은 상인들도 피해서 간다.

그래서 무역 도시 포모제로서는 아무리 짧은 기간이라고 해도 '공성전을 했다'는 사실 자체를 최대한 피하고 싶은 상황이다.

그렇게 생각하면 포모제 후작이 최악의 경우에 대비해서 포모제의 수비를 굳히는 한편으로, 외눈 용병 얀에게 공격부대를 주어 출격시키려는 것도 이해할 수 있는 일이다.

생각대로 멀리 떨어진 곳에서 격퇴할 수 있다면 무역 도시로서의 피해를 최소한으로 억누를 수 있으니까.

전쟁의 승리 조건과 패배 조건은 게임과 스포츠처럼 양쪽 진영 모두에게 똑같은 것이 아니다.

서로 다른 승리 조건, 패배 조건을 설정한 경우, 드물기는 하지만 양쪽 모두 패배, 그리고 더 드문 일이지만 양쪽 모두 승리하는 일도 있을 수 있다.

승리 조건과 패배 조건은 양측이 서로 다르다.

"아, 그렇구나."

각 진영의 승리 조건과 패배 조건. 그 부분을 떠올린 젠지로는 자기도 모르게 그런 소리를 내고 말았다.

"호오? 뭐가 말인가, 젠지로 폐하?"

흥미롭게 묻는 안나 왕녀를 보자 젠지로는 잠시 실수했다고 후회했지만, 생각해 보니 오히려 잘 된 일이라고 할 수 있었다.

"아니, 조금 착각하고 있었다는 것을 알았다."

"착각인가. 그거 흥미롭군. 부디 알려 줬으면 싶다."

예상대로 물고 늘어졌지만, 젠지로는 최대한 완곡하게 거절했다.

"아니, 정말로 대단한 것이 아니다. 그리고 그것이 맞는다는 보장도 없고."

"그렇게까지 말하니 더 신경이 쓰이는군. 이 타이밍에서 말했다는 것은 이번 기사단의 침공과 관련이 있는 이야기라는 뜻이 아닌가? 그렇다면 꼭 들려주시기를 청하는 바이다. 이 일에 결판이 날 때까지 우리는 한 배를 탄 처지가 아닌가."

억지로 붙잡아 놓고는 한 배를 탄 처지라니, 상당히 얼굴이 두껍다는 생각이 들었지만, 지금의 젠지로에게는 차라리 잘 된 일이다.

"호오, 한 배를 탄 사이. 그렇게까지 생각하는 것인가. 그렇다면 나도 숨김없이 말하도록 하지. 단, 그 전에 먼저 나의 질문에도 숨김없이 대답해 줬으면 싶군. 아무래도 우리는 한 배를 탄 사이니까."

"으음."

분위기가 조금 달라졌다는 사실을 민감하게 눈치 챈 안나 왕녀가 태세를 바로잡기 전에 젠지로가 선제공격을 날렸다.

"안나 전하. 당신의 목적을 들려줬으면 싶군. 당신은 무엇을 위해, 굳이 천마까지 타고 이 포모제로 온 것인가?"

그 질문은 경계하고 있던 안나 왕녀에게는 김빠지는 질문이었
겠지.

일단 깜짝 놀란 표정을 보여준 뒤에, 평소처럼 입을 옆으로 크
게 벌리는 미소를 짓고 거창한 몸짓과 함께 대답했다.

"그야 당연히, 이 포모제를 기사단의 마수로부터 지키기 위해
서가 아닌가. 자명한 이치가 아니겠나?"

하지만 그런 안나 왕녀의 말을 젠지로가 일축해 버렸다.

"그래, 나도 계속 그렇게 착각하고 있었다. 실제로 포모제 후작
은 방위를 위해 움직이는 중이고. 허나, 안나 전하. 당신은 아니
다. 안나 전하에게 이 포모제는 '이미 지켜지고 있다'."

"……."

젠지로의 말에, 안나 왕녀는 더욱 짙은 미소를 지은 채 침묵을
유지했다.

상대가 아무 말도 하지 않는 이상은 자신이 더 설명하는 수밖
에 없겠지.

"전하 자신이 말한 일이다. '기습이 아니게 된 시점에서 성공할
가능성은 없다'고. 그 말은 왕궁에 기별이 들어간 시점에서 포모
제의 방위는 성공했다는 뜻이 된다. 그럼에도 전하는 무엇을 위해
이 포모제까지 왔나?"

"아?"

계속 옆에서 이야기를 듣고 있던 프레야 공주도 젠지로의 지적

을 듣고서야 비로소 이상한 점을 눈치 챘는지, 살짝 놀라는 소리를 냈다.

"분명 기사단의 기습으로부터 포모제를 지킨다는 최소한의 목표는 기습을 눈치 챈 시점에서 거의 성공했다고 할 수 있다. 하지만, 결국 아군이 공격에 나선다는 결론을 내린 사실에서도 알 수 있다시피, 포모제의 무역 도시로서의 기능까지 지키기 위해서는 그것만으로는 부족하지."

"포모제 후작에게는 그렇지. 허나, 안나 전하에게도 그럴까? 포모제가 공화국 최대의 무역 도시이기는 하지만, 공화국은 강대하다. 유일무이한 항구일 리도 없겠고. 그렇다면 기사단이 포모제를 실효 지배하는 상황을 피할 수만 있다면 나라로서는 방위에 성공했다고 할 수 있다. 적어도 왕국이 겨우 두 명만을 데리고 현지에 달려올 정도의 위기는 아니라고 생각하는데."

"그건 오해다. 분명히 우리나라의 국제 무역항이 포모제 하나뿐인 것은 아니지만, 포모제가 특별한 곳인 것 또한 사실이다. 그런 곳의 방위를 위해서라면 왕족이 직접 달려오는 것도 이상한 일은 아니다. 무엇보다 이 나라에서 왕족의 지위는 젠지로 폐하가 생각하는 만큼 무거운 것이 아니다. 다른 나라 분들은 조금 이해하기 힘들지도 모르겠군."

"'군림하지만 통치하지 않는다'는 것 말인가. 설령 왕의 권한이 낮다고 해도, 권위 있는 왕족을 소중히 지키는 것은 당연한 일이라도 생각한다만. 뭐, 그건 일단 넘어가도록 하자. 그렇다면, 그 방위를 위한 전력이 겨우 유익 기병 3기뿐이라는 점이 이상해진다. 국가 차원의 긴급 결의, 이 나라의 경우에는 입법부인가. 정식 결의라고 생각한다면 좀 더 제대로 된 전력을 보냈을 텐데? 지상 전력을 보내면 제 때 도착하지 못할 수도 있겠지만 유익 기병이라면 문제없겠지."

천마는 즈워타 보르노시치 귀족제 공화국에서도 귀중한 존재라고 들었지만, 아무리 그래도 총 합계가 한 자리 숫자인 것은 아니다. 사전에 얀 사제에게 들은 정보가 맞다면 최소한 백, 유력한 예상으로 3백에서 5백이라고 한다.

"천마는 귀중한 존재이며 그 천마를 몰 수 있는 유익 기병은 더욱 귀중하지. 함부로 움직일 수 있는 존재가 아니다."

"모순되는군. 유익 기병단은 전력, 그것도 엄청나게 높은 기동성을 지닌 전력이다. 유사시에 즉각 대응하는 데 사용할 수 없다면 아무 소용없는 일이다. 비장의 무기를 그냥 창고에서 썩히는 것이나 마찬가지지."

"…………."

결국 변명거리가 떨어진 상황에서, 젠지로가 거듭해서 물었다.

"안나 전하의 목적을 듣고 싶다. 포모제를 보다 완전한 형태로 방위하고 기사단의 기습에 맞서 승리를 거둔다. 그것이 안나 전하의 목적이라는 점을 의심하는 건 아니다. 하지만 그것은 어디까지나 도출하고 싶은 결과일 뿐이고, 목적 그 자체는 아니겠지. 포모제의 방위, 또는 기사단과의 전투에서 승리했다는 실적을 이용해서 안나 전하 당신은 무엇을 하려는 것인가?"

지금에 와서 생각해 보면 얀 사제에게 외눈 용병 얀의 고용을 양도하라고 했던 것도 조금 억지스런 구석이 있었다. 포모제 후작이 고용한 용병들을 안나 왕녀가 다시 고용한 것도 그렇고.

그런 귀찮은 일을 하느니 처음부터 포모제 후작이 용병 얀을 고용하고, 자신이 고용한 용병대를 이끌게 해서 공격대로 삼으면 된다. 하지만 현실은 지휘관인 외눈 용병 얀도 그 부하인 용병들도, 공격에 나서는 병력은 전부 안나 왕녀에게 일시적으로 고용되는 입장이 됐다.

공격에 나서는 것이 결정된 외눈 용병 얀은 현재 왕녀의 휘하에 있다.

이번 일이 꿍꿍이대로 진행된다면, 안나 왕녀에게는 '기사단의 습격으로부터 포모제를 지켜냈다'는 실적이 부여된다.

안나 왕녀가 원하는 것은 그 실적이다. 젠지로가 지적하자, 남색 머리카락의 왕녀는 결국 포기했다는 것처럼 씁쓸한 미소를 지었다.

"이거 참, 아주 호된 추궁이군. 아무리 설전이라고 해도, 여자는 봐줘야 하는 것이 아닌가 싶은데."

"그런 일반론을 정말로 당신에게 적용해도 되는 것인가? 아니면 당신의 목적에 필요한 것인가?"

"……거기까지 간파하고 있다면, 이 추궁 자체가 불필요한 것이 아닌가?"

약간 원망하는 느낌이 섞인 목소리로 말하는 안나 왕녀에게, 젠지로는 쉬지 않고 계속 몰아붙였다.

"그래서 대단한 일은 아니라고 했다만. 여기까지 왔으니 한 배

에 탄 처지가 아닌가? 그리고, 나를 여기에 붙잡아 놓은 이유와
도 관련이 있을 것 같다는 인상도 받았다."

"…………."

"…………."

잠시 침묵의 시간이 흘렀다.

마침내, 안나 왕녀는 체념한 것처럼 크게 한숨을 쉬었다.

"훌륭하십니다. 제 목적은 폐하께서 생각하신 대로 '다음 왕이
되는 것'. 이번 일은 그 목표를 달성하는 데 필요한 실적을 쌓기
위한 것입니다."

"'국왕 자유선거'인가."

"예."

젠지로의 말에, 안나 왕녀는 투명한 미소를 지으면서 살짝 고
개를 끄덕였다.

'국왕 자유선거'. 그것은 젠지로가 알고 있는 범위 안에서는 이
세계 전체에서도 이곳 즈워타 보르노시치 귀족제 공화국에만 존
재하는 시스템이다.

원로원의 관리하에 온 나라의 모든 귀족 계급들이 모여 평등
하게 한 표씩을 행사하는 선거를 통해서 다음 왕을 선택하는 것
이다.

선거라고는 하지만, 실제로 다음 국왕에 입후보할 수 있는 사

람은 다른 나라에서 말하는 왕세자—왕위 계승권 제1위에 해당하는 자뿐이고, 귀족 전체가 다음 왕을 승인하는 것 이상의 의미는 없지만, 아무래도 이 왕녀는 그 방식에 조금 커다란 돌을 하나 던지려는 것 같다.

그렇게 되면 젠지로를 부자연스럽게 구속한 이유도 추측할 수 있게 된다.

젠지로의 직함은 '카파 왕국 여왕 아우라 1세의 반려'다. 바다 건너편에서는 실권을 지닌 여왕이 다스리는 왕국이 존재한다고 증명하는 산증인이다.

즈워타 보르노시치 귀족제 공화국은 자유와 평들을 가치 있는 것이라 여기는 사상을 축으로 삼아서 대국의 지위를 쌓아 올렸다고 자부하고 있다.

그렇기 때문에 '형식상으로' 왕족이기만 하면 여자라고 해도 평등하게 국왕 자유선거에 출마할 권리가 주어진다. 하지만 현실적으로는 오랫동안 이어져 온 풍습과 관습이라는 높은 벽이 존재한다.

실제로 안나 왕녀가 출마한다고 해도 표를 받기는커녕, 처음부터 진심으로 출마한 것이라고 생각하지도 않으리라는 것이 안나 자신의 냉정한 자기 평가다.

"그래서 나는 실적을 원하고 있다. 일단은 '아깝다. 안나 왕녀가 여자만 아니었다면'이라고 말해 줄 것 같은 인간을 목표로 삼고 있다. 어머님의 반대를 무릅쓰고 유익 기병 자격을 취득한 것도 그 일환이다. 뭐, 다행스럽게도 나는 '비행마법'에 관해 높은 소양이 있었던 덕분에 유익 기병 자격도 비교적 간단하게 취득할 수 있었지만."

당연하다면 당연한 일인데, 만약의 경우에는 자기 힘으로 하늘을 날 수 있는 '비행마법' 사용자는 유익 기병이 되면 상당히 유리해진다.

다른 사람들은 무슨 일이 있어도 천마에서 떨어지지 않도록 훈련을 받지만, '비행마법'을 사용할 수 있는 크라쿠프 왕가의 사람은 천마의 승마 훈련 이상으로, 재빨리 '비행마법'을 사용할 수 있도록 하는 훈련을 받는다.

긴장한 상태에서도 재빨리 마법을 사용하는 것은 상당히 난이도가 높은 일인데, 크라쿠프 왕가 사람이 유익 기병이 되려면 '비행마법' 중에서도 가장 간단한 '낙하 제어'를 순식간에 사용할 수 있어야 한다는 것 같다.

구체적으로는 왕궁에서 제일 높은 층의 한 쪽에 난간을 떼어낸 발코니가 있고, 눈을 가린 채로 그곳에 세운 뒤에 갑자기 밀어서 떨어트리는 것이다. 아래쪽은 깊은 인공 연못이라서 떨어진다고 해도 목숨이 위험해지지는 않지만, 몸이 수면에 닿기 전에 '낙하 제어'를 발동하는 것이 합격 조건이라고 한다.

참도로 안나 왕녀는 '낙하 제어'는 물론이고 '부유'와 '비행', 게다가 '비상'까지 쓸 수 있다는 것 같다.

그 이야기를 들은 젠지로가 재빨리 '마도구로 만들고 싶다'고 생각한 것은 프란체스코 왕자의 영향일까.

"이번 일을 통해서 실적을 쌓아 '국왕 자유선거'에 출마한다. 그리고 나를 증인으로 삼아 다른 나라에는 실권을 지닌 여왕이 존재한다는 사실을 알린다. 그렇게 해서 공화국에서 여자가 왕으로 즉위하는 데 대한 고정관념을 조금이라도 완화한다. 그래서 포모제에 귀족들을 초청해서 행하는 '공식 전승 파티' 때까지 날 붙잡아 두려고 한다, 맞나?"

젠지로의 말을 들은 안나 왕녀는 눈이 휘둥그레지더니 짝짝짝 손뼉을 쳤다.

"훌륭하군. 잘도 거기까지 간파했군. 젠지로 폐하의 혜안에는 그저 감탄할 뿐이다."

장난스런 태도로 넘어가려 하고 있지만, 정말로 놀란 것인지도 모른다.

남색 머리카락의 왕녀는 얼굴에 짓고 있던 미소를 순식간에 지워 버리더니, 그 진한 남색 눈동자에 이상할 정도의 힘을 담아서 젠지로를 쳐다봤다.

"젠지로 폐하. 어떠신가? 잠시 시간을 내 주셔서, 부디 '전승 파티' 때까지 머물러 주셨으면 싶은데?"

"음. 즈워타 보르노시치 귀족제 공화국의 전승 파티에 관심이 없다고 한다면 거짓말이 되겠지. 하지만 나도 목적이 있어서 바다를 건너온 몸이다."

"프레야 공주와의 관계에 대해서는 우리나라에서 축복의 말을 선사하는 것도 가능하다만?"

안나 왕녀의 말에 이번에는 젠지로가 잠깐 놀란 기색을 드러냈다. 당연한 일이지만, 북대륙에 온 뒤로는 프레야 공주와의 관계에 대해 단 한 번도 입에 담은 적이 없다.

하지만 조금만 생각해 보면, 어느 정도 눈치가 있는 사람이라면 바로 알아차릴 수도 있는 일이다.

다른 왕가의 남자와 여자가 같은 배를 타고서 머나먼 남대륙에서 여자의 모국인 북대륙 북부까지, 사이좋게 함께 가고 있다. 게다가 남자도 여자도 결혼 적령기라고 할 수 있는 나이.

그리고 단 둘이 있을 때의 분위기를 잘 살펴보면 어떤 관계인지도 간파할 수 있다.

대국 즈워타 보르노시치 귀족제 공화국의 축복 정도 되면 프레야 공주의 부친인 웁살라 국왕에 대한 압박도 되겠지만, 아무리 생각해도 그런 짓은 양국의 결혼 외교에 대한 제3국의 간섭이라는 악수가 될 뿐이다.

웁살라 국왕의 젠지로에 대한 생각을, 처음부터 마이너스로 만들어 버리는 방법이다.

"그만두게. 그런 것은 결과가 나온 뒤에 하는 말이다."

고개를 저은 젠지로를 보고, 안나 왕녀는 새빨간 입술을 옆으로 크게 벌리면서 웃었다.

"그런가. 강요는 하지 않겠다. 헌데, 그러면 일이 곤란해지는군. 어떻게든 폐하가 참가했으면 싶은데, 어떤 방법으로 보답해야 좋을까?"

"나는 아직 참가한다는 말을 하지도 않았고, 무엇보다 아직 이기지도 않았는데 전승 파티를 걱정하는 것은 너무 성급한 일이 아닌가?"

"뭐, 전투에 있어서는 더 이상 내가 나설 일은 없다. 이제는 용병대장께서 좋은 소식을 가지고 오기를 기다릴 뿐. 그렇다면 이기는 것을 전제로 사후 처리를 준비해 두는 것이 용병대장에 대한 신뢰의 증거라고 할 수 있겠지."

그렇게 말하고, 안나 왕녀는 남색 머리카락을 흔들면서 웃었다.

젠지로는 더 이상 할 일이 없다는 안나 왕녀의 말이 약간 마음에 걸렸다.

"같이 온 두 명의 유익 기병은? 둘만 가지고는 전투력에서는 도움이 안 되겠지만, 정찰 자원이라는 점에서는 상당히 유효하겠지. 적의 위치를 특정하는 것부터 시작해야만 하니까, 쓸 방법은 얼마든지 있지 않겠나?"

"최악의 경우에는 그럴 수밖에 없겠지만, 그건 정말로 최후의 수단이다. 용병대장이 제안한다면 내가 말을 전할 수도 있지만, 가능하다면 내보내고 싶지 않다."

최악, 최후의 수단, 생각해 보니 아까도 비슷한 말을 했었다.

굳이 따지자면 단순한 호기심 때문에, 젠지로는 안나에게 물었다.

"그건 어째서지?"

"어려운 이유는 아니다, 젠지로 폐하. 현재 우리가 기사단에 대해 유리한 점 중에 하나는 '아군은 상대가 기습을 준비한다는 것을 알고 있다. 하지만 상대는 아군이 기습을 눈치챘다는 것을 모른다'는 점이다. 분명히 유익 기병은 이 세계에서 최강에 가까운 정찰병이 될 수 있지. 하지만 반대로 생각해 보면 '적에게 들키지 않고 적을 발견하는' 능력에서는 가장 약하다고 평가할 수밖에 없다."

"아, 그렇군."

듣고 보니 간단한 이야기다.

저 높은 상공을 자유자재로 비행하는 유익 기병의 눈을 피하는 것은 사실상 불가능에 가까운 일이다. 한두 명이라면 모를까 천 단위의 군대가 유익 기병에게 발견되지 않을 가능성은 없다고 단정해도 되겠지.

하지만 발견이라는 점만 따지면 그 반대의 경우도 생긴다. 상공에서 날아다니는 유익 기병이 천 명이 넘는 군대 전원의 눈을 피하는 것도 생각하기 힘든 일이다.

즉 유익 기병을 정찰하러 보내면 상당히 높은 확률로 기사단이 지금 어디 있는지 판명할 수 있는 대신에, 공격해 오는 기사단 쪽에도 유익 기병을 발견했다는 정보를 주게 된다.

한마디로 기습을 감행하려고 오는 기사단에게 들키지 않고, 되레 기습을 가하겠다는 것이다.

"너무 욕심이 많은 건 아닌가?"

"글쎄? 그 부분은 용병대장에게 맡기는 수밖에 없다. 내가 할 수 있는 일은 성공했을 때 돈을 지불하는 것, 실패했을 때 책임을 뒤집어쓰는 것뿐이다."

그렇게 말하고, 남색 머리카락의 왕녀는 기가 세 보이는 미소를 지었다.

◆

젠지로와의 대화에 만족했는지, 안나 왕녀는 기분 좋게 방에서 나갔다.

젠지로와 프레야 공주는 아직 방으로 안내받지 않았기 때문에, 그대로 응접실에 남겨지고 말했다. 이것은 평소라면 큰 불찰이라고 할 수 있는 일이지만, 지금 같은 상황에서 완벽한 대응은 힘들 것이다.

포모제 영주 저택에서 일하는 사람들 입장에서 생각해 보면, 아침 댓바람부터 갑자기 자국의 왕녀님이 찾아왔고, 그러더니 그 왕녀님이 다른 나라의 왕녀님과 국서를 불러오라는 지시를 내렸다.

게다가 바로 기사단을 요격하기 위해서 외눈 용병 얀과 포모제 후작이 고용했던 용병들을 만나게 하고, 신속하게 행군 준비까지 해야만 했다.

그 사람들은 지금쯤 지옥처럼 바쁜 상황에 처해 있을 것이다.

그렇게 생각해 보면 잠시 기다리게 했다고 큰소리를 치는 것도 점잖지 못한 일이다.

젠지로가 한숨처럼 큰 숨을 한 번 내쉬었더니, 옆자리에 앉아 있던 은색 머리카락의 공주가 걱정을 담은 목소리로 말을 걸었다.

"젠지로 님, 많이 피곤하신가요?"

"괜찮습니다, 프레야 전하. 걱정해 주셔서 감사합니다."

웃어 보이면서 대답했지만, 사실은 상당히 피곤했다. 물론 그 것은 물리적인 피로가 아니라 정신적인 피로다.

안나 왕녀가 아무리 논리정연하게 이 도시가 함락당하지 않는 이유를 설명해 줬어도, 젠지로는 지금 자신이 있는 곳이 가까운 시일 내에 전쟁터가 될 지도 모른다는 말을 듣고도 당당하게 있 을 만큼 배짱이 두둑한 인물이 아니었다.

'황금나뭇잎호'를 이용한 대륙 간 항해도 목숨을 건 일이었지 만, 자연을 상대로 목숨을 거는 것과 살의를 지닌 인간을 상대로 목숨을 거는 것은 인상이 전혀 다른 일이다.

솔직히 말해서 기분이 나쁘다. 처음부터 자각하고 있었지만 전 쟁, 전투 행위에서 자신은 그냥 짐 덩어리일 뿐이라고 젠지로는 다시 한 번 확신했다.

"안나 전하의 말씀을 들어 보니 전승 파티 때까지 저희를 해방 시켜 주지 않을 것 같군요. 젠지로 님은 그렇게 해도 문제없으시 겠습니까?"

솔직하게 걱정해 주는 은발의 공주에게, 젠지로도 솔직하게 대 답했다.

"솔직히 말하자면 그다지 좋다고 할 수는 없겠죠. 제가 아우라 폐하께 받은 외교 허가는 웁살라 왕국과의 우호에 관한 일뿐입니 다. 하지만 즈워타 보르노시치 귀족제 공화국과 기사단을 비교해 보면 카파 왕국이 어느 쪽의 손을 잡게 될지는 자명한 이치니까, 개인적인 우호의 범위라면 그렇게까지 신경질적으로 생각할 필요는 없다고 봅니다."

신앙의 자유를 인정하는 즈워타 보르노시치 귀족제 공화국과 발톱파 외에는 인정하지 않는 기사단. 정령 신앙을 믿는 카파 왕국이 외교에서 누구의 손을 잡을지, 솔직히 말해서 선택의 여지가 없다고 할 수 있다.

그렇다고 해서 선택의 여지가 거의 없는 상황이기는 해도 일단은 복수의 선택지가 있는 이상, 최종적으로 선택하는 사람은 젠지로가 아니라 여왕 아우라여야만 한다.

그래서 젠지로는 어디까지나 정식으로 국교를 수립할 권리가 없다는 점을 주장하면서 출석해야 하겠지만, 아마도 문제는 없을 거라고 생각하고 있다.

아무래도 안나 왕녀는 자신이 여왕이 되기 위해서 여왕이 있는 나라의 왕족인 젠지로를 어필하려고 한다. 국서 젠지로가 여왕 아우라의 명령에 얌전히 따르는 모습을 보여주는 것은, 안나 왕녀의 생각과 이해가 일치한다고 할 수 있다.

프레야 공주는 젠지로의 말을 자기 머릿속에서 천천히 되새겼다.

"……그렇다면 지난번에 포모제 후작이 주최했던 파티 때와 마찬가지로 주빈은 제가, 젠지로 님은 '우연히 이 자리에 함께 하게 된 국교가 없는 나라의 왕족'이라는 입장이면 괜찮으시겠습니까?"

차이는 비공식이라고는 해도 젠지로가 '남대륙의 왕족'으로 소개되는 것 정도다.

"예, 그렇게 부탁드리겠습니다."

완전히, 외눈 용병 얀의 군사 작전이 성공하는 것을 전제로 이야기하고 있는데, 솔직히 젠지로가 안나 왕녀는 아니지만, 실패했을 때의 일을 생각해 봤자 소용없는 것도 사실이다.

용병대장 얀의 예상이 맞는다면 해상에서 항구를 봉쇄하는 일은 없을 것이다. 얀의 용병대가 작전에 실패해서 기사단이 포모제의 성벽까지 쳐들어왔을 경우에는 해상 전력이 없다는 사실을 확인한 뒤에 항구 봉쇄를 풀어 달라고 해서 '황금나뭇잎호'를 타고 재빨리 떠나면 그만이다.

아무래도 그 정도 상황까지 간다면 안나 왕녀도 탈출 수단을 보유하고 있는 젠지로 일행을 억지로 붙잡지는 않을 것이다.

젠지로 일행의 입장만 생각해 보면 외눈 용병 얀의 작전이 실패하는 쪽이 더 고마운 일이라고 할 수도 있다.

"그런데, 정말로 얀 용병대장의 작전이 성공할까?"

군사에 관해서는 아는 게 하나도 없는 젠지로는 고개를 갸웃거렸다.

"모르겠습니다. 하지만 기본적으로 용병이라는 인종은 정규군에 비해서 숙련도가 떨어지는 경향이 있습니다만, 유명한 용병 중에 일부는 그런 상식을 깨는 자들이 있다고 들었습니다."

"얀 용병대장이 그 일부에 해당된다고?"

젠지로가 묻자, 프레야 공주는 망설이지 않고 고개를 끄덕였다.

"그건 틀림없을 것 같습니다. 그 이름이 웁살라 왕국까지 전해지지는 않았기에 저는 잘 모릅니다만, 안나 전하는 처음부터 얀 용병대장에 대해 알고 계셨습니다. 게다가 갑자기 새로 들어온 자에게 포모제 후작이 고용한 용병부대의 지휘까지 맡겼다는 것은, 그 이름만으로도 용병들이 잘 따를 것이라고 생각했기 때문이겠죠."

"그렇군요, 유명한 인물이겠군요."

젠지로는 턱에 손을 대고서 잠시 생각했다.

"……프레야 전하."

"예, 무슨 일이신지요 젠지로 님."

젠지로의 표정을 보고 뭔가 큰 제안을 할 거라고 예상한 프레야 공주는 자세를 바로잡고 젠지로의 다음 말을 기다렸다.

"'황금나뭇잎호'의 전투원 중에 몇 명 정도 얀 용병대장이 이끄는 부대에 참가시킬 수 있을까요?"

그것은 전투 행위에 관여하는 것을 싫어하는 젠지로의 말치고는 상당히 이례적인 것이었다.

프레야 공주는 깜짝 놀랐지만, 그래도 바로 생각하고 결론을 내렸다.

"예. '황금나뭇잎호'의 선원들은 제 부하니까, 문제는 없습니다."

참고로 젠지로의 부하들을 보내는 것은 말도 안 되는 일이다. 애당초 인원 자체가 호위에 필요한 최소 인원이기도 하지만, 그보다 정치적으로 위험하기 때문이다. 카파 왕국 사람이 다른 나라들 사이의 분쟁에 개입해서는 안 된다.

한편, 웁살라 왕국으로서는 아무 문제도 없는 일이다. 아무래도 대놓고 웁살라 왕국의 깃발을 펄럭이면서 참가할 수는 없지만, '지금은 배가 항구에 정박해서 휴가 중이라 용돈을 벌기 위해서 용병 모집에 참가했다'는 뻔뻔한 변명을 해도 통한다.

원래 그 '북방 기사단'의 설립 이유 때문에, 웁살라 왕국을 비롯한 북대륙 북부의 정령 신앙을 가진 국가들은 기사단과 적대하고 있다. 이 정도는 흔히 있는 일이다. 물론 몇 명 정도의 소수만 보내야 하지만.

프레야 공주의 대답에 젠지로는 조금 안심한 것처럼, 그러면서도 감출 수 없는 죄악감을 보이면서 계속해서 말했다.

"다행이다. 그렇다면 한두 명이면 되니까, 믿을 수 있는 사람을 보냈으면 좋겠군요."

"그렇다면, 얀 용병대장에게 정체가 들키지 않도록 몰래, 라는 뜻인가요?"

"아닙니다. 정체는 들켜도 상관없습니다. 하지만, 믿을 수 있는 사람이 기사단과 얀 대장의 싸우는 모습을 보고, 나중에 보고해 줬으면 싶을 뿐입니다."

"젠지로 님, 그게 대체……?"

자신의 명령으로 사람을 전쟁터에 보낸다. 그것도 반드시 개입할 필요가 없을 것 같은 전쟁터에. 젠지로의 행동치고는 너무나 위화감이 들었다.

젠지로는 진지한 얼굴로, 계속 뒤로 미뤄 두고 있었던 질문을
던졌다.

"프레야 전하. 전하는 '화약'이라는 것을 아십니까?"

[막간] **외눈 용병의 싸움**

다음날.

얀 대장은 예정대로 1200명의 병사들을 이끌고 출발했다. 그리고 그대로 가도를 따라 북상했다.

가도를 따라 하루 종일 전진했고, 해가 진 뒤에는 보초를 세우고 야영을 했다. 다음날, 얀 대장이 이끄는 용병대는 다시 행군을 개시했다.

용병이라고 해도 수준은 제각각인데, 그래도 즈워타 보르노시치 귀족제 공화국에서도 손꼽히는 대귀족인 포모제 후작이 고용한 만큼, 용병들은 비교적 수준이 높았다.

하지만 아무리 그래도 기사단에 필적할 정도는 아니다.

"그렇다면, 너무 높은 수준의 능력을 바라면 되레 큰 코 다칠 수가 있겠군. 숲속의 좁은 가도에서 매복할 수만 있다면 좋겠지만, 시야를 확보할 수 없는 숲속에서 급히 편성한 부대를 지휘할 수도 없는 오릇이니까."

외눈 용병 얀은 행군하는 중에 다리를 움직이면서도 계속 생각을 했다. 용병 부대 대부분은 도보지만, 말도 몇 마리 정도 데리고 오기는 했다.

특히 후방에 대기하고 있는 준마 세 마리는 만약의 경우를 위한 비장의 카드다. 승마술에 자신이 있는 자들을 태웠고, 그들에게는 무슨 일이 있어도 전투에 참가하지 말라고 당부했다.

그들의 역할은 단 하나. 얀 용병대가 작전을 완수하지 못했을 경우, 한시라도 빨리 포모제로 돌아가서 그 사실을 보고하는 것이다.

외눈 용병 얀은 그들이 자신의 역할을 수행하는 경우를 두 종류로 상정했다.

하나는 얀 용병대가 기사단에 패배한 경우. 이쪽은 좋다. 솔직히 현실적으로 일어날 수 있는 가능성이라고 용병대장인 얀 자신도 상정하고 있다. 이런 데서 목숨을 버릴 생각이 없는 외눈 용병 얀은 승산이 없다 싶으면 차라리 기사단에게 길을 내주는 것도 생각하고 있다.

문제는 또 하나. 얀 용병대가 기사단과 접촉하지 못한 경우다.

즉 용병대장 얀의 예측이 근본적으로 빗나갔거나 아까운 수준까지 맞았다고 해도, 어디선가 길이 엇갈려서 상대를 발견하지 못한 경우다.

그 경우에는 한시라도 빨리 포모제에 소식을 전해야만 한다.

"아무래도 정보가 너무 적고, 준비할 시간도 너무 없어. 상당한 부분에서 내 예상이 맞았다는 걸 전제로 움직여야 하는데 말이야. 헛수고를 해도 그 왕녀님이 용서해 주시려나?"

힘든 상황이라고 투덜거린 용병대장 얀은, 우울한 기분을 토해내려는 것처럼 크게 심호흡을 했다.

외눈 용병 얀은 숲의 가도를 빠져나온 초원에서 가도를 등지는 형태로 진을 치기로 했다. 용병대의 숙련도가 충분하다면 숲속에 숨어서 가도를 달려가는 기병에게 기습 공격을 걸겠지만, 숲의 크기와 이끌고 있는 용병의 숫자, 그리고 용병들의 숙련도를 생각하면 들키지 않고 병사들을 숨겨 둘 자신이 없다.

기습에 실패해서 숲속에서 난전이라도 벌어지면 최악이다. 숲속에서는 기병이 자랑하는 돌격을 사용할 수는 없지만, 기사단의 기사와 아군의 용병들을 비교하면 개개인의 기량도 무장의 수준도 틀림없이 상대가 더 뛰어나다. 어설프게 난전이 벌어진다면 평범한 패주보다 더 큰 피해를 입을 수도 있다.

대장 클래스 용병 중에 한 사람이 '하다못해 저쪽에 있는 약간 높은 언덕 위에 진을 치는 게 어떤가?'라고 말했지만, 그 의견도 각하했다.

가도에서 떨어진 곳에 진을 쳤다가 상대가 무시하고 지나가기라도 하면 그것만큼 얼빠진 짓도 없다.

기병의 이동 속도는 위협적이다. 외눈 용병 얀의 판단으로도 기사단이 아군을 무시하고 지나갈 거라고 생각했는데, 그런 적의 옆구리를 치려면 아마도 전군이 전력질주로 언덕에서 뛰어 내려가야 할 것이다.

그렇게 뛰어가는 중에는 세세한 지휘가 불가능하다. 만일 무시하고 지나가는 것은 속임수고, 도중에 방향을 바꿔서 아군의 정면으로 돌진하기라도 하면 일격에 괴멸당할 수도 있다.

그래서 외눈 용병 얀은 불리한 상황을 감수하고, 숲을 등진 초원의 평지에 진을 쳤다.

"좋았어. 자, 다들 땅을 판다. 아니, 그게 아니라, 진지를 구축하는 게 아니야. 그럴 시간 없다고. 솔직히 진지를 구축하고 틀어박힐 만큼 식량을 준비하도 않았으니까. 땅을 헤집어서 말들의 발이 걸려서 제대로 뛰지 못하게 만들라는 얘기다. 그리고 숲에서 적당한 굵기의 나뭇가지를 잘라다가 땅바닥에 박아서 세우고 밧줄을 쳐 놔라. 뭐, 아무것도 안 하는 것보다는 도움이 되겠지."

방어 진지라고 하기에는 너무나 조잡하지만, 아무것도 안 하는 것보다는 낫다.

"이봐 얀. 정말로 이렇게 탁 트인 데서 기사단 놈들과 맞서 싸울 셈이야?"

"아무리 그래도 너무 무모하지 않아?"

잘 아는 용병이 작은 소리로 물었다.

"괜찮아. 이게 피해가 가장 적고, 스폰서의 주문도 충족시킬 수 있는 방법이라고."

"그게 정말이냐?"

"너만 믿는다."

반신반의하면서도 외눈 용병 얀의 말에 따르는 이유는 지금까지 얀이 올렸던 실적을 알고 있기 때문이다.

"그래, 나만 믿으라고."

오른손 엄지를 척 세워 보이는 얀에게, 잘 아는 용병 두 사람은 씩 웃으면서 도발했다.

"실패하면 어쩔 건데?"

"미안하다는 말 가지고는 안 될 텐데."

"알았어, 그 때는 술집에서 코가 비뚤어지도록 술을 먹여주지."

"너, 분명히 약속했다?"

"꼭이다?"

"단, 살아서 돌아갔을 경우에만."

"당연하지."

"죽은 놈이 술을 어떻게 마시냐?"

외눈 용병 얀은 젊은 용병들의 긴장을 풀어주기 위해 일부러 주위에 들릴 정도로 크게 우스갯소리를 주고받았다.

지평선 너머에서 땅이 울리는 듯한 소리가 들려온 것은, 얀 일행이 최소한의 준비를 마친 직후의 일이었다.

"온다! 전원 전투태세!"

얀 대장의 호령에 용병대원들이 전투태세를 갖췄다.

마침내, 그들이 모습을 드러냈다.

기사단.

여기서는 그 전모를 파악할 수 없지만, 아무리 적게 잡아도 천 기는 족히 넘는 기병이 다가온다. 돌격이 아닌 행군이기 때문에 그렇게 빠른 속도는 아니지만, 보병의 행군과는 비교도 안 될 만큼 빠르다.

말은 크다. 특히 기사단의 말은 장비를 완전히 갖춘 기사를 태우고 달리는 것을 전제로 엄선한 대형마다. 그런 말들이 중후하고 번쩍이는 전신 갑옷을 걸친 기사들을 태우고 천 마리 이상이 동시에 자신들을 향해 다가오고 있는 것이다.

보병이 아무리 밀집 대형을 짠다고 해도, 다가오는 기병의 박력에 대항하기란 어렵다.

하지만 기사단은 용병대와의 거리가 어느 정도 가까워지자 부자연스럽게 정지했다.

"뭐야?"

"멈췄잖아?"

의문의 목소리를 내는 용병들에게, 외눈 용병 얀이 씩 웃으면서 말했다.

"흥, 저놈들 입장에서는 우리가 여기 있다는 자체가 예상치 못한 일이니까."

대담하게 웃으면서, 외눈 용병은 마음속에서 빌었다.

'돌아가라, 제발, 그냥 돌아가라.'

지금 기사단이 보인 반응은 용병대장 얀이 일부러 이렇게 눈에 띄는 곳에 진을 친 이유 중 하나다.

이렇게 기다리고 있으면 기사단은 자신들의 기습이 들켰다는 사실을 알아차리게 된다. 그렇다면 포모제를 함락할 가능성이 거의 없다는 것도 눈치 챘을 것이다.

이대로 포기하고 돌아가 주는 것이 외눈 용병 얀이 상정한 전개 중에서는 최고의 결과다.

'뭐, 왕녀님은 우리가 한바탕 싸워서 이기는 걸 바라시는 듯하지만.'

한 눈에 봐도 공적에 굶주려 있는 왕녀님의 사정 따위, 궁극적으로는 알 바 아니다.

용병에게 중요한 것은 무엇보다 살아남는 것, 그 다음으로 수지 맞는 장사를 하는 것이다. 여유가 있다면야 스폰서님의 비위도 맞춰 드리겠지만, 기사단의 기병대를 상대로 거의 같은 숫자의 보병대가 정면으로, 그것도 초원에서 상대하는 일은 솔직히 받는 돈에 비해 밑지는 장사다.

설령 직접 싸우지 않더라도 이대로 철수하게 만들기만 한다면, '얀 용병대가 기사단을 격퇴했다'고 말해도 거짓말은 아니겠지.

그러니까, 돌아가라. 제발 돌아가라.

외눈 용병 얀의 그런 바람은, 아쉽게도 이뤄지지 않았다.

"젠장, 저 자식들 진형을 재편하기 시작했다."

"그러게, 완전히 싸울 생각이네. 어쩔 거야, 얀?"

투덜거리는 용병들에게, 대장인 얀은 혀를 차고 싶은 기분을 꾹 참고서 누가 봐도 담대한 미소를 지으며 지시를 내렸다.

"괜찮아, 아직 내가 상정한 범위 안이야. 궁병대, 화살을 메겨. '피리' 부대도 앞으로."

지시를 내리며, 외눈 용병 얀은 생각했다.

기사단은 적군의 존재를 알아차리고 정지했다. 그 뒤에 공격적인 진형을 짜기 시작했는데, 멈춰 있던 시간은 결코 짧지 않았다.

그렇다면 기사단의 지휘관은 바보가 아니다. 이미 이번 기습이 실패했다는 정도는 자각하고 있다.

그렇다면, 이 공격은 그렇게까지 진심이 아닐 가능성이 크다. 한 번 붙어 봐서 돌파할 수 있을 것 같다면 돌파한다. 그렇지 않으면 포기하고 물러나고. 아마도 그 정도일 거라고 외눈 용병 얀은 추측했다.

첫 돌격만 버티면 승산은 있을 것이다.

그런 생각을 하는 사이에, 제대로 공격 태세를 갖춘 기사단이 돌격 준비에 들어갔다.

"온다, 정신 바짝 차려라!"

외눈 용병 얀이 무서울 만큼 큰 목소리로 명령을 날렸지만, 천명의 기병들은 그 큰 목소리조차도 산들바람처럼 들릴 정도로 함성을 지르고 말굽 소리를 크게 울리면서 용병대가 꾸린 진형을 향해 달려왔다.

"기합에서 지지 마라, 너희도 소리 질러!"

대장 얀이 질타하자, 용병들도 질 수 없다는 듯이 큰 소리를 질렀다. 기사단처럼 일제히 지르는 소리가 아니라 될 대로 되라는 것처럼 지르는 소리, 고함 소리, 그리고 일부 우는 소리도 섞여 있었지만, 뱃속 깊은 곳에서 우러나오는 소리를 지르면 어느 정도 긴장도 풀리고 각오도 다질 수 있다.

'아직이다, 아직이야, 아직…… 좋았어!'

"궁병, 쏴라!"

외눈 용병 얀은 곧장 달려오는 기병들을 하나뿐인 눈으로 노려보다가, 가장 적합한 타이밍을 노려서 활을 든 용병들에게 지시를

내렸다. 정확히 말하자면 진짜 타이밍보다 조금 이른 지시지만,
이 용병들의 숙련도를 생각하면 이게 가장 적합한 타이밍이다.

"으아아아!"

"받아라!"

"아, 젠장!"

예상대로, 대장 얀이 '쏴라'고 말한 타이밍에서 화살을 날린 자
는 궁병 전체 중에서 30% 정도. 대장 얀의 말에 의하면 '질질 흘
리는 소변 줄기처럼' 그 뒤로도 화살들이 제멋대로 날아갔다.

이런 걸 '일제 사격'이라고 부르면 적룡왕국의 장궁부대에서 항
의문이 날아오는 게 아닌가 싶을 정도로 숙련도가 떨어지는 사격
이다. 하지만, 그래도 화살이 비처럼 날아오는 속으로 뛰어들면,
완전히 장비를 갖춘 기사단이라고 해도 멀쩡할 수는 없다.

금속제 갑옷에 화살이 박혔고, 운이 없는 사람은 말등이나 목
에 화살을 맞고 탈락하기도 했다.

사실 그 정도로 탈락한 병력은 열 기도 안 됐고, 탈락한 기사
도 교육받은 대로 쓰러지기 전에 진로를 옆으로 비켜서 뒤따라오
는 기마의 진로를 터 준 뒤에야 쓰러지는 것은 역시나 기사단이라
고 인정할 수밖에 없는 숙련된 행동이었다.

기사단의 이동은 빠르다. 숙련도가 낮은 궁병한테는 두 번째
사격을 날릴 기회가 오지 않을 정도로.

"기병, 너희들은 이제 됐다. 돌아가서 이 상황을 보고해 줘."

"무운을 빕니다!"

"그래, 뒷일은 잘 부탁한다!"

"성은 맡겨만 달라고!"

지휘관인 얀의 지시를 받고, 비장의 기병 3기가 먼저 철수했다. 세 명이 타고 있는 말은 포모제 후작이 제공한 준마다. 기수는 용병 중에서도 승마술이 뛰어난 자들이고, 갑옷도 제대로 챙겨 입지 않은 경장이다.

이 타이밍에서 이탈한다면, 이 직후에 용병대가 패배하는 최악의 사태가 벌어진다고 해도 기사단에게 따라잡힐 걱정은 없다.

귀중한 전령용 기병을 세 기나 한꺼번에 돌려보내는 건 전장의 상식에서 벗어나는 행동이지만, 외눈 용병 얀이 지금부터 벌이려는 짓에는 아군 말이 방해되기 때문에 어쩔 수 없는 일이다.

기병 셋이 뒤쪽으로 멀어져 가는 소리를 듣고 있는 사이에, 기사단이 사전에 해 뒀던 최소한의 준비—땅을 거칠게 만들고, 작은 구멍을 파고, 나무 말뚝을 박고 밧줄을 쳐 둔 위치에 도달했다. 아주 조금이기는 하지만, 기사단의 돌격 속도가 느려졌다.

용병대장 얀이 생각한 승부 포인트는, 바로 지금이었다.

"지금이다. '피리' 부대, 불어!"

비장의 카드인 '피리' 부대에게 지시를 날렸다. 숫자는 서른 명 정도. 궁병대에 비하면 숫자는 압도적으로 적지만, 그 대신에 전원이 얀의 직속 부하다. 이제 와서 명령을 제대로 처리하지 못하는 일은 없다.

이것이야말로 진정한 일제 사격.

탕! 지금까지 들어 본 적 없는 폭음이 30개나 동시에 울렸고, 생나무를 태우는 것 같은 새하얀 연기가 전선을 감쌌다.

동시에, 선두에서 달리던 기사단 중에 몇 기가 갑자기 넘어져버렸다.

하지만 그보다 큰 문제는 처음 듣는 폭음 때문에 말들이 날뛰기 시작한 것이었다.

"뭐, 뭐냐?!"

"워, 워워!"

"으어어어?!"

실제로 부상당한 기사는 조금 전의 화살 공격 때와 별 차이가 없지만, 폭음 때문에 말들이 소리를 지으면서 날뛰기 시작하자 기사들은 말을 제어하기 바쁜 상황에 빠져 버렸다.

게다가 숫자 자체는 한 손으로 헤아릴 수 있는 정도지만, 영문도 모른 채 쓰러져 버린 기마가 존재한다는 점이 혼란에 박차를 가했다.

용병들도 똑같이 '피리' 소리를 들었지만, 사전에 얀 대장이 '엄청나게 큰 소리가 들리고 연기가 잔뜩 날 테니까 각오해 둬'라는 말을 들은 만큼, 기사들보다는 빨리 정신을 차렸다.

무엇보다, 지금만은 말을 타지 않았다는 점이 유리하게 작용했다.

"지금이다, 전원 돌격!"

외눈 용병 얀은 그렇게 소리치고, 본보기를 보이려는 것처럼 스스로 선두에 서서 연기를 헤치며 기사단을 향해 달려들었다.

"대장님을 따르자!"

바로 그 뒤를 따르는 자들이 '피리'를 허리춤에 차고 옆에 세워 뒀던 창을 잡은 얀의 직속 부하 용병들이라는 사실이, 다른 용병들도 난생 처음 본 '피리' 소리 때문에 상당히 오랫동안 넋이 나가 있었다는 증거일 것이다.

"그, 그래."

"젠장, 뭐야 저 연기는? 아직도 귀가 울리네."

하지만 그래도 시간이 충분할 만큼, 기사단의 상황은 끔찍했다.

"야, 저거 봐라. 기사님들은 우리보다 난리가 난 것 같은데."

"한마디로 좋은 기회라는 얘기지."

"쳇, 이번에도 얀한테 술은 못 얻어먹겠네."

손쓸 도리도 없이 날뛰는 말에 매달려 있는 기사들을 향해, 정신을 차린 용병들이 덤벼들었다.

좋건 나쁘건, 강한 자에게는 약하지만 약한 자에게는 엄청나게 강한 것이 용병이라는 생물의 일반적인 습성이다.

"좋았어어어, 가자!"

"야 이 자식들아, 이거나 먹어라!"

"말은 다치게 하지 마라, 비싸게 팔리니까!"

이 시점에서 승부는 난 것이라고 할 수 있었다.

[제4장] 승리를 기다리는 시간

　시간은 며칠 전으로 거슬러 올라간다.

　안나 왕녀가 나간 포모제 영주 저택의 한 방에서 젠지로는 프레야 공주에게 계속 의문으로 품고 있던 것에 대해 물었다.

　"'화약' 말입니까? 일단, 존재 자체는 알고 있습니다만?"

　당혹스러워하면서도 대답하는 프레야 공주의 말을 듣자 젠지로의 표정이 더욱 굳어졌다.

　언령이 당연하다는 듯 작동했다. 아무래도 '화약'이란 북대륙에서는 어느 정도 알려진 존재인 것 같다.

　"그렇습니까. 그렇다면 거듭해서 여쭙고 싶습니다. 실은……."

　그렇게 말하고, 젠지로는 외눈 용병 얀과 처음 만났을 때 있었던 일에 대해 말했다.

　용병 얀의 몸에서 어렴풋이 화약 냄새가 났다는 것.

　역전의 용병에게서 화약 냄새가 감돌고 있으니 화약을 무기로 사용하는 모양이라고 짐작했다는 것.

　"프레야 전하는 짐작 가는 일이 있으십니까?"

　젠지로의 말을 듣고 프레야 공주는 입가에 손을 대고서 잠시 생각했다.

　"그렇군요. 저도 자세히는 모릅니다만, 화약을 전장에서 도움이 되는 쪽으로 사용하고자 하는 움직임은 예전부터 몇 번이나 있었다는 것 같습니다. 작은 성공을 거둔 사례도 있다는 듯합니다만, 예외 없이 호된 꼴을 당한 뒤에 좌절했다고 들었습니다."

"그 말씀은?"

"항구 방위 이야기를 하던 때도 나왔던 마법이 존재하기 때문입니다. 화약을 무기로 다루려면 아무래도 화약을 일시적으로 어딘가에 보관해야만 하겠죠. 하지만 마법으로 원거리에서 불을 붙일 수 있다면, 아군이 피해를 입을 뿐이겠죠."

"아……."

또 마법이다. 생각해 보면 너무나 단순한 이야기다.

현대의 고성능 폭약이나 포탄, 미사일 같은 것들은 제대로 된 절차를 거치지 않으면 해머로 세게 때리건, 모닥불 속에 집어넣건 어지간한 일로는 폭발하지 않는다고 들었다.

하지만 흑색화약은 얘기가 다르다. 불꽃만 한 번 튀어도 대폭발한다.

예를 들어서 대포로 적이 농성하고 있는 성벽을 공격하려고 해도, 이 시대 대포의 명중률은 굳이 말할 필요도 없다. 하지만 마법사가 사용하는 마법은 기본적으로 시야만 확보되면 정지된 목표에 대해서는 절대로 빗나가지 않는다.

전장이라는 극도의 긴장 상태를 강요당하는 공간에서 아무리 먼 거리라고 해도 마법을 성공시킬 수 있는 사람은 극히 일부의 대마법사뿐이기 때문에 일반적으로는 전장에 마법사를 투입하는 경우가 적다고 하지만, 상대가 화약을 잔뜩 끌어안고 있는 상태라면 이야기가 달라진다.

화약이 있는 장소에 '발화'나 '광역 화염' 등의 마법을 발동시키기만 하면 단번에 큰 대미지를 기대할 수 있다.

"혹시 젠지로 님이 얀 용병대에 사람을 보내려고 하시는 것도, 그런 이유 때문이십니까?"

프레야 공주의 말에, 젠지로는 약간 떨떠름한 기분을 맛보면서 긍정했다.

"예. 그런데 말씀을 듣고 나니, 굳이 그럴 필요는 없을지도 모르겠군요."

아직 '황금나뭇잎호'의 선원에게 명령을 내리기 전이다. 전장이라는 위험지대에 그런 애매한 예감을 근거삼아 사람을 보내서는 안 될지도 모른다.

그렇게 말하는 젠지로의 말을 듣고, 프레야 공주는 조금 진지한 얼굴로 생각한 뒤에 고개를 저었다.

"아뇨, 그렇다면 꼭 사람을 보내야 한다고 봅니다. 조금 전에 말씀드린 대로, 화약을 전투에 사용한다는 발상 자체는 오래 전부터 있었습니다. 젠지로 님께서 얀 대장의 몸에서 화약 냄새를 맡으셨다는 것은, 그가 그것을 사용할 생각이 있다는 뜻입니다. 기사단에도 마법을 사용하는 자들이 다수 있다고 들었습니다만, 이번 싸움은 기습에 대한 기습. 화약에 대한 대책을 마련하지 못했다고 생각한다면……."

"얀 용병대장의 책략이 성공할지도 모른다는, 그런 말씀이십니까?"

"반대로 기사단이 그 자리에서 대책을 마련했을 경우에는 제 꾀에 제가 넘어가는 결과가 벌어질지도 모릅니다. 어느 쪽이건 예상을 뛰어넘는 큰 승리, 또는 큰 패배가 될 가능성이 있습니다. 독자적으로 전황을 지켜볼 사람을 보낼 필요가 있다고 생각됩니다."

"괜찮겠습니까?"

딱 잘라서 말하는 프레야 공주와 대조적으로, 먼저 말을 꺼낸 젠지로가 되레 망설이고 있다.

큰 승리라면 모를까, 큰 패배의 경우에는 젠지로가 보낸 전투원이 전사할 확률이 크게 증가한다. 젠지로의 감각으로는 '역시 그만두자'는 결론 쪽으로 기울었다.

하지만, 그런 젠지로의 약한 마음을 민감하게 느꼈는지 프레야 공주가 일부러 확실하게 말했다.

"네. 지금은 다소의 위험을 무릅쓰더라도 사람을 보내야 할 상황입니다."

'황금나뭇잎호' 소속 전투원과 알고 지낸 시간이 젠지로와는 비교도 안 될 정도로 길고 깊을 텐데, 이런 각오를 할 수 있다는 건 역시 타고난 왕족이기 때문이겠지.

역시나 곳곳에서 인스턴트 왕족인 젠지로와의 차이가 나타난다. 하지만 자신이 제안한 일을 프레야 공주가 이렇게까지 확실하게 '하겠다'고 했으니, 젠지로도 이제 와서 억지로 말을 거둘 수는 없다.

"알겠습니다, 잘 부탁드리겠습니다."

"예, 맡겨만 주세요."

프레야 공주가 웃는 얼굴로 쾌히 받아들였다.

◆

젠지로와 프레야 공주가 요격 부대에 사람을 보내기로 결정했을 무렵, 포모제 영주 저택의 다른 방에서는 즈워타 보르노시치 귀족제 공화국 왕녀 안나가 사람들 앞에서는 보여주지 않는 굳은 표정을 짓고 있었다.

"웁살라 왕국 왕족 가까이에, 카파 왕국이 있다는 말이지."

"…………."

"…………."

포모제 후작이 내준 이 방에 있는 사람은 안나 왕녀 자신과 왕녀가 왕도에서 데리고 온 유익 기사 두 명까지, 총 세 명뿐이다.

"웁살라 왕국이 독자적인 대륙 간 무역에 나서고 있다는 이야기는 들은 적이 있지만, 설마 갑자기 우리도 아직 손대지 못한 거물과 손을 잡았을 줄이야."

남대륙 사람들은 북대륙에 대해 거의 무지한 상태지만, 북대륙 사람들은 의외로 남대륙에 대한 지식을 지니고 있다.

이 지식 격차는 대륙 간 무역이 '북대륙의 무역선이 남대륙으로 가는' 일방통행에서 유래하는 것이다.

무역이 가장 왕성한 나라들은 거리를 봐도 당연한 일이지만, 북대륙 남부 국가들과 남대륙 북부 국가들이다.

즈워타 보르노시치 귀족제 공화국은 북대륙에서는 중서부라고 불리는 지역에 위치하고 있는데, 대국인데다 포모제라는 뛰어난 국제 무역항을 지니고 있는 관계상, 대륙 간 무역에서도 큰 역할을 하고 있다.

그런 즈워타 보르노시치 귀족제 공화국의 왕족인 안나 왕녀는, 카파 왕국이라는 국명을 들어 본 적이 있었다.

"카파 왕국은 남대륙 중서부에서는 손꼽히는 대국이라고 들었는데, 왠지 인상이 애매한 분이었다."

얼마 전까지만 해도 남대륙에서는 대륙 전체가 말려들 정도의 큰 전쟁이 있었다고 들었다. 카파 왕국은 그런 와중에서도 대국의 지위를 지켜낸 승전국이다. 그런 나라의 왕족인데도 안나 왕녀는 젠지로에게서 전쟁에 익숙한 분위기를 전혀 느끼지 못했다.

"남대륙은 마법 분명에서 앞서는 땅. 그런 반면에 기술과 사상, 제도에 관해서는 우리가 앞선다고 생각했었는데……"

어떤 의미에서는 '얕보고 있었다'고 해도 좋다.

그런 남대륙의 왕족이 이 북대륙에서도 다른 나라들은 쉽사리 이해하지 못하는, 즈워타 보르노시치 귀족제 공화국의 통치 시스템에 대해 이해하는 모습을 보였다.

"자신의 존재를 과장하기 위해서 아는 척했을 뿐이라고 생각했었는데, 아니었다. '군림하지만 통치하지는 않는다'고까지 했으니까."

안나 왕녀의 말에, 지금까지 말없이 듣고만 있던 유익 기병 중에 한 사람이 움찔 반응했다.

"그것은 아주 최근에, 우리나라의 왕도에 있는 대학에서 제언했던 말이라고 기억하고 있습니다만?"

"그렇다. 우리나라의 귀족 중에서도 지방에 있는 자들은 아직 알지도 못할 말이다. 어쩌면 포모제 후작도 모를 수 있다. 그런 말이 남대륙 왕족의 입에서 나왔다. 솔직히, 표정을 관리하기가 너무나 힘들었다."

최근에 제언됐다는 것은 당연히 '하나의 문장으로'라는 의미다. 개념 자체는 한참 전부터 존재하고 있었다. 국정의 반을 관장하는 입법부, 그 입법부를 소집하는 왕, 왕을 선택하는 '국왕 자유선거'를 주관하는 원로원.

그런 왕의 존재방식을 '군림하지만 통치하지는 않는다'고, 단적으로 표현했을 뿐이지만, 그 문장 자체는 아직 즈워타 보르노시치 귀족제 공화국의 귀족 사이에서도 익숙한 표현이 아니다.

그런데, 머나먼 남대륙 중에서도 국교도 없는, 건네 들은 정보밖에 없었던 나라의 왕족의 입에서 그 말이 나왔으니 충격은 엄청났다.

"카파 왕국이 예전부터 저희의 정보를 수집하고 있었다는 말씀이십니까?"

유익 기병의 말에 안나 왕녀는 묵직하게 고개를 끄덕였다.

"음, 그렇게 생각하는 것이 타당하겠지. 읍살라 왕국은 북대륙에서도 북부의 나라. 한편으로 카파 왕국은 남대륙 중서부의 나

라. 그렇기에 양쪽 모두 지금까지 대륙 간 무역에서 이름이 들려오는 존재가 아니었지만, 신형 외항선의 등장과 대륙 간 항해 기술이 발달하면서 놈들에게도 독자적인 대륙 간 무역이 가능해졌다. 하지만 보급도 없이 웁살라 왕국에서 카파 왕국을 왕복하는 것은 난이도가 높지. 게다가 북대륙 남부 국가들은 교회의 세력하. 정령 신앙인 웁살라 왕국이나 남대륙의 카파 왕국에게는 그다지 다가가고 싶지 않은 존재다."

"그래서 신앙의 자유를 인정하는 저희 즈워타 보르노시치 귀족제 공화국에게 눈독을 들이고 정보를 캐고 있었다. 만약의 경우를 위한 기항지로서. ……그렇군요, 앞뒤가 맞습니다."

유익 기병이 맞장구를 치자, 안나 왕녀는 만족스레 고개를 끄덕였다.

분명히 앞뒤는 맞는다. 아쉽게도 사실과는 동떨어져 있지만.

"뭔가 문제가 있을 경우에 대피하도록 하기 위해서지. 장차적으로는 우리와의 무역도 상정하고 있을지도 모른다."

"카파 왕국이 웁살라 왕국과 즈워타 보르노시치 귀족제 공화국을 저울질하고 있다는 말씀이십니까?"

그렇게 말하는 유익 기병의 목소리에 숨길 수 없는 불쾌감이 스미어 나오는 것은 역시나 남대륙을 개척되지 않은 땅, 교회의 가르침으로 표현하자면 유형지(流刑地)라고 얕보는 감정이 바탕에 깔려 있기 때문일 것이다.

안나 왕녀는 손을 살랑살랑 흔들고는,

"너무 그러지 마라. 나라와 나라간의 관계란 따지고 보면 전부 그런 것이다. 이쪽과 어울리는 쪽이 유리하다, 저쪽이 조건이 좋다, 하면서. 젠지로 폐하와 프레야 전하의 관계를 보면, 카파 왕국과 웁살라 왕국의 대륙 간 무역은 성공할 가능성이 크다. 웁살라 왕국이 기술력 하나는 확실하니까."

"그렇다면, 우리나라에는 위협이 되지 않겠습니까?"

그렇게 물은 유익 기병에게 안나 왕녀는 짙은 미소를 지어 보이며 고개를 끄덕였다.

"그래, 된다. 최소한 장래에는 그렇게 될 가능성이 크다. 현시점에서 우리나라는 카파 왕국과의 직접적인 거래가 없다. 남대륙의 다른 나라와 무역을 하고 있을 뿐이다. 게다가 그것은 민간 레벨의 사소한 수준. 덕분에 설탕이나 향신료의 판매 시세가 말도 안 되는 금액으로 굳어져 버렸다. 그에 비해 웁살라 왕국 쪽은 왕녀님 본인이 직접 나선 것을 보면, 국가 간의 정식 무역을 목표로 삼고 있겠지. 순수한 국력만 따지자면 우리나라와 웁살라 왕국 중에서 우리가 훨씬 강하지만, 저쪽은 무역을 국가가 주도하는 반면 우리는 민간에서 각자 알아서 하고 있으니, 아무래도 승산이 없다. 대규모 수송은 판매 가격을 낮춘다. 웁살라 왕국을 경유해서 카파 왕국산 설탕이나 향신료가 싼 가격으로 북대륙 전체에 공급되면, 우리나라의 해상무역 상인들은 웃을 수 없는 사태가 벌어지겠지."

"그것이, 전하께서 준비하신 '변명'이십니까?"

지금까지 계속 침묵을 지키고 있던, 또 한 사람의 유익 기병이 약간 질렸다는 투로 말했다.

똑같은 갑옷과 투구를 입기 때문에 외모만 봐서는 판단할 수 없었지만, 목소리를 들어보면 상당히 나이든 남자인 것 같다.

"변명이라니, 듣기에 좋지가 않군요. 입법부를 구슬리기 위한 설득용 소재라고 해 주십시오, 스승님."

"듣기 좋지 않다는 것을 따지자면, 구슬린다는 표현도 그만둬야 할 것 같습니다만, 전하."

스승이라고 부른 유익 기병의 잔소리에 안나 왕녀가 어깨를 살짝 으쓱거렸다.

"알고 있습니다. 놈들 앞에서는 이런 경솔한 발언은 하지 않습니다. 하지만, 실제로 해군력 증강과 그 지휘권을 왕가에서 가져오는 데 있어서 아주 좋은 구실이 된다는 것 또한 사실입니다."

즈워타 보르노시치 귀족제 공화국과 읍살라 왕국은 육로로 이동하려면 중간에 다른 나라들이 있고 거리가 멀지만, 해로로 이동하면 의외로 가깝다.

읍살라 왕국의 해상 전력과 해상 무역이 충실해지면 그만큼 즈워타 보르노시치 귀족제 공화국에는 위협이 되리라는 것은 엄연한 사실이다.

하지만 안나 왕녀의 목적은 실제 위협에 대비하는 것이 아니다. 위협에 대비한다는 주장을 통해 자국의 해상 전력을 강화하고, 그 전력을 왕가 직속으로 편입하려는 것이다.

"왕가의 권한이 적은 것이, 그리도 불만이십니까?"

"불만은 아닙니다. 불안할 뿐입니다. 우리나라의 정치 형태가 갖는 이점은 이해하고 있다고 생각합니다. 수많은 귀족들이 국정에 영향력을 지니고 있다는 것을 실감할 수 있기 때문에 의욕이 상승하고, 그 영향으로 귀족들의 교육 수준도 향상됩니다. 그 결과, 뛰어난 인재들이 많이 배출되지요. 이점은 참으로 많습니다. 하지만, 아무래도 예상치 못한 사태에 대한 즉각 대응력이 떨어집니다. 조선 기술과 항해 기술. 지금, 바다는 엄청난 속도로 진보하고 있습니다. 바다가 좁아지고 있다고 해도 될 정도로. 그렇기에 바다에 관한 국책 사업만이라도 소수의 판단으로 즉각 대응할 수 있게 정비하고 싶습니다."

절실하게, 그러면서도 강한 의지를 담아서 말하는 안나 왕녀의 이야기를 유익 기병 두 사람은 조용히 듣고 있었다.

"안나 님께서 이 나라의 미래를 걱정하고 본인이 옳다고 생각하시는 방향으로 움직이려고 노력하신다는 점은 이해할 수 있습니다. 하지만 어쨌거나, 최소한 안나 님이 왕이 되셔야만 실행의 실마리라도 잡을 수 있습니다."

"그건 알고 있습니다."

스승이라고 부르는 유익 기병의 말에 안나 왕녀는 턱을 괸 채로 한숨을 쉬었다.

현재 안나 왕녀는 그저 왕가의 일원일 뿐이다. 최소한 왕위를 계승하고 왕가의 대표가 되어야만, 입법부에 왕의 결정권을 늘려달라는 교섭이라도 할 수 있다.

"아버님이나 오라버니의 눈이 육지만을 보고 있다는 것은 주지의 사실. 포모제 후작에게는 그리 달갑지 않은 일이겠죠. 공화국의 미래는 바다에 있다는 내 주장은 포모제 후작과 일치합니다. 내가 확고한 실적을 쌓으면 최소한 포모제 후작의 지지는 얻을 수 있지 않을까, 그렇게 생각하고 있습니다."

포모제 후작은 입법부에서 독자적인 파벌을 형성할 정도의 대귀족이다. 그의 지지를 얻으면 안나 왕녀는 '왕이 된다'는 야망을 향해서 크게 다가갈 수 있다.

"그리고 포모제 후작의 지지를 얻어서 왕이 된다면, 해군을 증강하고 왕가의 지휘하에 두겠다는 것입니까. 포모제항의 소유자이자 현재 공화국 최대의 해군을 보유하고 있는 포모제 후작한테는 참으로 안된 일이군요."

"……왕가 직속으로 삼는 것은 어디까지나 증강한 만큼의 해군 전력과 무역선뿐입니다. 현재 포모제 후작이 보유하고 있는 권익에 손을 대려는 것이 아닙니다."

"상대적으로, 이 나라의 해상 권익에서 포모제 후작 가문의 영향력이 저하되는 것은 피할 수 없다는 의미에서 본다면 마찬가지가 아닌가, 감히 그런 생각이 드는군요."

스승이라 부르는 유익 기병의 지적에, 안나 왕녀는 말없이 눈을 돌렸다.

◆

외눈 용병 얀이 이끄는 용병 부대가 포모제를 떠난 뒤로 며칠 동안. 기분 나쁜 정적이 포모제 시내를 지배하고 있었다.

항구는 배의 출입이 제한되고, 출입구는 포모제 후작이 소유한 군선들이 교대로 감시했다. 도시의 출입문도 마찬가지라서, 평소의 두 배나 되는 병사들이 문을 방위했고, 출입 검사에 걸리는 시간과 수고는 배 이상으로 늘었다.

포모제 후작의 공식 발표에서는 '포모제에 국가 지명수배자가 숨어 있을 가능성이 있다고' 했지만, 눈치 빠른 자들은 그 발표에 의문을 품었다.

나름대로 숨겼지만 성문 위로 투석기와 대형 쇠뇌의 화살들을 옮기는 모습을 본 자도 있고, 문에 배치된 병사들이 계속 문 바깥쪽을 신경 쓰는 태도를 보였기 때문이다.

무엇보다, 며칠 전에 북문을 통해서 천 명이 넘는 용병들이 완전무장한 상태로 출진했다. 그것도 '포모제 주변에 숨어 있는 국가 지명수배자를 수색하기 위해서'라고 했지만, 아무래도 무리가 있다.

아무리 숨기려고 해도, 이런 분위기는 완전히 감출 수 있는 것이 아니다.

누군가가 이 포모제를 침공한다. 포모제 시내에는 도저히 감출 수 없는 수준의 불온한 소문이 돌고 있었다.

그렇게 시내 전체가 그다지 좋지 않은 분위기에 지배당하는 가운데, 이번 일의 발단이 된 고아 소년 얀은 계속 포모제 영주 저택에서 손님 대접을 받으며 머물고 있었다.

시골 마을 출신에 고아 신세인 소년에게는 그야말로 별천지 같은 사치스런 공간인데, 그렇기 때문에 상당히 불편했다.

식사하는 방법, 복도를 이동하는 방법, 문 여닫기, 소파에 앉는 방법, 그리고 다른 사람을 대하는 대화 방법과 몸놀림 등등.

뭔가를 할 때마다 저택의 고용인들이 무표정한 얼굴이 되는 것을 보면, 자신이 여기서 얼마나 동떨어진 존재인지를 어쩔 수 없이 느끼게 된다.

입으로는 '손님'이라고 하지만, 태도와 표정에서는 자신을 꺼리고 얕보고 있다.

부드러운 침구를 내주고, 깔끔한 옷을 입혀 주고, 맛있는 식사를 주고 있지만, 그런 모멸하는 분위기 때문에 굶주림과 때로 찌들어 있던 길바닥 생활로 돌아가고 싶어질 지경이었다.

그 결과, 고아 얀은 자신을 함부로 대하지 않는 얀 사제에게 달라붙어 있게 됐다.

"사제님, 저는 언제까지 여기 있어야 할까요?"

소파에 살짝 걸터앉아서 두 발을 덜렁덜렁 흔들면서, 고아 얀이 벌써 몇 번째인지도 모를 불평을 던졌다.

고아 얀이 이 저택에서 불편해하고 있음을 알고 있는 얀 사제는 최대한 온화한 말투로 대답했다.

"일단 얀 대장의 결과가 나올 때까지는 있어야겠죠. 그런데 얀 군. 여기서 나간다고 해도, 갈 곳은 있습니까?"

"그건…… 없긴 한데요. 뭐, 어떻게든 되겠지. 지금까지도 그랬으니까."

고아 얀으로서는 외눈 용병 얀을 따라가서 자신이 쓸 만하다는 점을 어필하고 싶었지만, '방해만 된다'는 한마디와 함께 여기에 두고 가 버렸다.

뭐, 이번 작전은 행군 속도가 중요하기 때문에 얀 대장의 말에 반론할 수가 없었다.

고아 얀이 나이에 비해 눈썰미가 좋고 배짱도 있는 아이이기는 하지만, 장거리를 걸어가는 능력은 역시 제 나이에 맞는 수준밖에 안 된다.

"그렇군요."

얀 사제는 고향의 대학에서 학부장을 맡고 있는 몸이다. 평민들의 기준으로 말하자면 부유층이라고 할 수 있는 수입이 있기는 하지만, 그렇다고 해서 함부로 다른 사람의 인생을 떠맡을 정도로 여유가 있는 것은 아니다.

교회의 사제에게는 자비로운 마음도 중요하지만, 공평함 또한 잊어서는 안 된다.

고아에게 일시적인 자비를 베푸는 일이야 문제가 없지만, 그 고아의 인생을 통째로 떠맡으려면 뭔가 이유가 필요하다. 그렇지 않으면 이 사람 저 사람이 계속 자기 인생도 맡아 달라고 쳐들어오게 되고, 얀 사제가 버티지 못하게 된다.

그래서 얀 사제는 어디까지나 조언하는 형태로, 고아 얀을 이끌었다.

"그러고 보니, 안나 전하께서 어떤 형태로든 포상하겠다고 하셨는데, 뭘 부탁드릴지는 결정했나요?"

얀 사제의 말을 들은 고아 얀이 눈을 반짝거렸나 싶더니, 오히려 상당히 닳고 닳은 사람 같은 말로 대답했다.

"아니, 딱히 바라는 건 없어요. 솔직히 그냥 거절할까도 싶고. 처음에는 돈이나 쓰기 좋은 단검 같은, 나 같은 어린애도 쓸 수 있는 무기를 달라고 할까도 싶었지만, 역시 필요 없는 것 같아서요. 나 같은 고아 꼬마가 돈이나 비싸 보이는 물건을 가지고 있으면, 되레 힘든 꼴을 당할 것 같거든요."

절절한 실감이 담긴 고아 얀의 말에, 얀 사제는 입술을 살짝 깨물었다.

고아 얀의 말은 사실이다. 고아가 어울리지 않는 돈이나 돈으로 바꿀 수 있는 비싼 물건을 가지고 있어 봤자 괜히 이상한 일에 엮여서 빼앗길 것이 뻔하다. 게다가 아이들이 쓸 수 있는 무기를 가지고 있으면 지금까지는 '미움 받고 있다' 수준에 그쳤던 세간의 압박이 '위험을 제거한다' 수준까지 올라가게 될 우려가 있다.

하지만 그렇기 때문에, 얀 사제는 제안했다. 시골 마을에서 자라고 고아로서 살아 온 소년은 떠올리지도 못할 가능성을.

"그렇다면, 아무도 빼앗지 못하는 것을 부탁하는 건 어떻겠습니까?"

"아무도 빼앗지 못하는 것?"

그런 게 있나? 기대 반 의심 반으로 묻는 고아 얀에게, 얀 사제는 엄밀히 말하자면 거짓말이라고 자각하면서도, 일부러 당당하게 대답했다.

"예. 그것은 기술, 또는 지식입니다."

"기술이랑 지식?"

"그렇습니다. 자신의 몸, 또는 머릿속에 들어가는 것. 이것만은 그 누구에게도 빼앗길 걱정이 없습니다."

이 세상에는 그 기술을 위험시하거나 지식을 질투해서 목숨을 빼앗아 버리는 경우도 존재하지만, 그래도 비율을 따져 보면 기술이나 지식 덕분에 도움을 받는 경우가 압도적으로 많으니까, 그런 사실은 굳이 말하지 않았다.

"기술이나 지식이라니, 그딴 게……."

아무리 타고난 머리가 좋아도 경험이 부족한 탓에 시야가 좁은 고아 얀에게, 얀 사제는 알기 쉽도록 실제 사례를 들면서 타일렀다.

"예를 들자면, 당신은 말을 탈 줄 모릅니다. 만약 당신이 누구보다 마술(馬術) 실력이 뛰어나다면, 얀 대장이 당신을 전력으로 고용했을지도 모르겠군요."

"?!"

그 말을 듣자 고아 얀은 극적인 반응을 보였다.

"지식도 마찬가지입니다. 당신은 숫자를 셋까지밖에 못 셉니다. 만약 숫자를 제대로 셀 줄 알았다면, 기사단의 이야기를 들은 것이 며칠 전인지, 정확히 보고했을지도 모릅니다. 그 경우에는 얀 대장이 좀 더 확신을 갖고 작전을 짤 수 있었겠죠."

"그런, 가?"

"그리고 당신은 정말 머리가 좋습니다. 기사단의 이야기를 아주 잘 정리해서 보고해 줬을 정도로. 하지만 실제로 기사단의 이야기는 훨씬 길지 않았습니까? 그 내용을 한 마디도 빠짐없이 정확히 전달할 수 있었다면, 거기에 보다 많은 정보가 포함돼 있었을지도 모릅니다."

"그, 그런 걸 어떻게 다 기억해요?"

"예, 맞습니다. 하지만 들은 직후였다면 전부까지는 아니더라도, 지금보다는 훨씬 많이 기억하지 않았습니까? 여기에는 기술은 물론이고 글을 쓰기 위한 도구도 필요하니까 조금 비겁하다고 할 수도 있지만, 만약 당신이 글을 쓸 줄 알고 거기에 뭔가 글을 적을 수 있는 도구가 있었다면, 당신은 보다 정확하고 유익한 정보를 전달할 수 있었을지도 모릅니다."

"…………."

진지한 표정으로 자신의 말에 귀를 기울이는 고아 얀의 모습에서 의욕을 느낀 얀 사제는, 항상 얼굴에 드리우고 있던 미소를 지워 버리고 진지한 표정으로 소년의 말을 기다렸다.

"사제님."

"예."

"제가, 기술이랑 지식을 배우면 그 애꾸눈 아저씨처럼 될 수 있을까요? 사제님처럼 될 수 있을까요?"

"모르겠습니다. 저는 군사에 관해서는 문외한이기 때문에 어디까지나 전해 들은 지식일 뿐이지만, 얀 대장 정도의 장수는 용병은 물론이고 정규군에서도 보기 힘들다는 것 같습니다. 자랑하는 것 같아서 좀 그렇습니다만, 저도 대학의 용학부에서 학부장을 맡고 있는 몸입니다. 당연한 이야기입니다만, 대부분의 용병은 얀 대장처럼 큰 작전에서 지휘를 맡지도 않고 대학에서 학부장이라는 지위에 있는 사람은 한 손으로 꼽을 수 있을 정도밖에 안 됩니다. 그 사실만 봐도, 모든 이가 얀 대장이나 저처럼 될 수 있는 게 아니라는 것은 알 수 있다고 생각합니다."

얀 사제는 그렇게, 정직하게 대답했다.

어린 나이에 비관적인 가치관이 몸에 배어 있는 고아 소년에게 근거 없는 희망은 거짓말로 들릴 뿐이다. 그래서 사실은 있는 그대로 전하고, 그러면서 현실적인 희망을 보여주는 것이다.

"하지만, 확실하게 말할 수 있는 것은, 어떠한 기술 또는 지식을 진지하게 습득한 당신은, 습득하지 않은 당신보다 유리한 미래를 불러들일 수 있습니다."

"유리한 미래?"

"보다 좋은 미래라고 해도 좋을지도 모르겠군요. 물론 기술과 지식이 있으면 반드시 좋은 미래가 기다리는 것도 아니고, 그것이 없다고 반드시 나쁜 미래가 결정되는 것도 아닙니다만."

"응, 그렇구나."

희망을 보여주면서도 있는 그대로의 현실도 전해 주는 얀 사제의 말은 고아 얀에게는 이해하기 쉬운 것이었다.

아직 결단을 내리지 못한 고아 얀에게, 얀 사제가 마지막으로 다짐하는 것처럼 말했다.

"만약 하겠다는 결단을 내리겠다면, 빠르면 빠를수록 좋습니다. 당신의 나이는, 귀족 계급이나 자산가 계급의 아이들이라면 간단한 글씨 정도는 읽고 쓸 수 있고 어지간한 계산도 할 수 있는 나이입니다. 게다가 기사 가문에서 태어난 아이들이라면 이미 조랑말로 승마를 경험했고, 최소한의 무기 다루는 방법도 익혔습니다."

"그건……."

이제 와서 따라잡을 수 있을까? 어두운 표정을 짓는 고아 얀에게, 얀 사제가 이번에는 일부러 밝은 표정을 지으면서 말했다.

"괜찮습니다. 열심히 노력하면 따라잡을 수 있고, 앞지를 수도 있습니다. 저도 고아는 아니었지만 가난한 집안에 태어나서 당신 나이 때는 아직 읽고 쓰기에 계산도 못 했었습니다. 하지만, 지금은 어지간한 귀족 계급 사람들보다 더 뛰어나게 할 수 있다고 자부합니다. 물론, 정말 열심히 노력했기 때문이죠."

지금이라도 따라잡을 수 있다. 자신이 그 견본이라고 말하는 얀 사제의 웃는 얼굴을 보고, 고아 얀은 마침내 결단했다.

"알았어요. 나, 왕녀님한테 상으로 기술과 지식을 달라고 부탁할게요."

"예, 그게 좋을 것 같습니다."

자신의 미래를 포기하려던 소년이 미래의 자신에게 희망과 욕망을 품게 됐다. 얀 사제는 그것이 기뻤다.

"단, 부탁드리기 전에 어떤 기술과 지식이 필요한지, 목표로 삼을 방향은 정해 두는 쪽이 좋을지도 모르겠습니다. 물론 꿈을 크게 갖고 여러 방면으로 손을 뻗는 것도 나쁜 일은 아니지만, 처음에는 뭔가 한 가지 분야에서 한 사람 몫을 할 수 있는 상태를 목표로 삼으세요. 그렇게 하면 그것이 자신의 축이 됩니다."

"음~ 그렇다면 난 역시 싸울 수 있는 사람이 되고 싶어요."

"싸울 수 있는 사람, 이라고 해도 범위가 꽤 넓습니다. 일개 병사, 용병으로서 싸운다면 또 모를까, 얀 대장처럼 부대를 이끌고 싶다면 몸을 움직이는 만큼 머리도 잘 써야 합니다."

"으, 그럼 처음에는 병사가 좋겠네요."

고아 얀과 얀 사제가 가벼운 말투로 그런 이야기를 하는데, 갑자기 벽이 흔들릴 정도로 엄청난 목소리가 들려왔다.

"사제님?!"

얼굴이 새파랗게 질려서 소파에서 벌떡 일어나는 고아 얀에게, 얀 사제는 냉정한 목소리로 소년의 상상을 부정했다.

"아뇨, 그게 아닙니다. 습격은 아닙니다. 오히려, 환호성이군요."

"환호성? 그럼!"

기대하며 웃는 표정을 짓는 고아 얀에게, 얀 사제도 웃는 얼굴로 말했다.

"예. 아마도 얀 대장의 부대가 돌아왔겠죠. 좋은 소식을 가지고서."

———◆———

외눈 용병 얀이 이끄는 용병대의 귀환은 기사단 격퇴라는 가장 좋은 소식을 가져왔다.

사전에 준비를 해 뒀기 때문에 얀 대장의 보고를 받은 북문 책임자는 바로 포모제 영주 저택으로 전갈을 보냈다.

그 결과, 문이 열릴 때까지 조금 기다리기는 했지만, 포모제 후작과 안나 왕녀가 용병대를 어지간한 영웅이라도 되는 양 맞이했다.

일부러 사람들 눈에 띄도록, 용병들은 포모제 시내를 한 바퀴 빙 돌아서 영주 저택으로 안내받았다. 완전무장한 상태인데다 피와 흙 얼룩이 잔뜩 묻은 용병들이 천명도 넘게 걸어 다니고 있다. 깜짝 놀라는 주민도 있었지만, 낯익은 포모제 후작과 천마에 탄 안나 왕녀가 선도하는 덕분에 그런 반응도 최소한으로 줄일 수 있었다.

포모제 후작과 안나 왕녀가 한눈에 봐도 전투를 치른 직후인 용병들은 선도하며 걸어갔다. 그 모습을 보고 관심을 갖지 않는 사람은 없다. 게다가 최근 며칠 동안은 부자연스런 항구 봉쇄와 포모제 시내의 출입 제한 때문에 불온한 소문이 돌고 있었다. 딱히 금지하지도 않았기에, 구경꾼들이 용병대 뒤를 따라갔다.

포모제 후작과 안나 왕녀를 선두로 용병대, 구경꾼들 순서로 길게 줄을 지은 행렬은 마침내 포모제 영주 저택 안으로 빨려 들어갔다.

영주 저택의 안뜰을 개방하고, 거기서 안나 왕녀가 지금까지 있었던 일에 대해 연설을 했다.

비열한 기사단이 이 포모제에 대한 기습 공격을 꾸몄던 것.

그리고 그것을, 용기 있는 소년의 증언을 통해서 사전에 알아차렸다는 것.

하지만 어디까지나 한 소년의 증언에 불과하고 증거가 없었기 때문에 공적으로 발표할 수 없었다는 것(이 때, 왕녀 옆에 서 있는 포모제 후작은 주민들에게 거짓말을 한 데 대해 사죄를 했다).

하지만 그 미확인 정보를 바탕으로 비밀리에 병력을 움직였더니 기사단의 기습은 사실이었고, 그 부대는 안나 왕녀가 고용한 용병대가 무사히 격퇴했다.

"이들이 바로 기사단을 격퇴하고 포모제를 수호한 영웅들이다!"

안나 왕녀가 말하자 모여 있던 포모제 주민들이 환호성과 박수, 그리고 무엇보다 너무나 밝게 웃는 얼굴을 영웅들에게 보냈다.

그 모습을 젠지로는 포모제 영주 저택 안에서 보고 있었다.

"이거 참 훌륭한 연설이군요."

"왕족으로서 본받아야 하려나요."

젠지로가 말하자, 옆에 서 있던 프레야 공주도 씁쓸하게 웃었다.

실제로 안나 왕녀의 연설이 훌륭했다는 것은 틀림없는 사실이다.

성량, 발음, 그리고 알기 쉽고 인상적인 이야기 진행 능력.

안나 왕녀는 연설을 하나의 기술로서 습득한 게 아닐까. 젠지로는 그렇게 추측했다.

"어떤 의미에서 보면, 이것도 즈워타 보르노시치 귀족제 공화국의 선진적 제도의 부산물이려나."

젠지로는 혼자서 중얼거린 말이었지만, 바로 옆에 있던 프레야 공주는 그 말을 놓치지 않고 들었다.

"'국왕 자유선거'의 부산물이라는 말씀이십니까? 선거에서 승리하기 위해서는 연설로 마음을 거머쥐는 것이 필요하다고요?"

그 말을 들었다는 데 조금 놀라기는 했지만, 그렇다고 딱히 숨길 일도 아니었기에 솔직하게 대답했다.

"뭐, 그런 측면도 있을지도 모르겠지만, 제가 특히 신경 쓰이는 것은 보다 근본적인 문제입니다. 지식 계급의 층이 너무 두터워진 폐해라고나 할까요."

'국왕 자유선거'라는 하지만, 지금까지는 다른 나라에 비유하자면 왕세자에 해당하는 사람이 혼자서 입후보하고, 국내의 귀족 모두가 이를 승인하는 이상의 의미가 없었다고 한다. 그래서 선거에서 이기기 위해 연설로 유권자의 마음을 사로잡는다는 알기 쉬운 방향의 진화는 없었던 게 아닐까. 젠지로는 그렇게 추측했다.

문제는 오히려 국민의 10% 이상이라고 하는 귀족층과 그들의 교육 수준이다. 그리고 많은 귀족들을 상대할 필요가 있기에, 이 나라에서는 필연적으로 중산 계급도 교육 수준이 높아졌다.

그 결과, 교양이 있고 머리가 좋은 국민, 노골적으로 말하자면 '속이기 힘든 국민'이 늘어나는 것이다.

그런 국민들에게 호소하기 위해서는 어느 정도 앞뒤가 맞는 이야기, 설득력이 있는 이야기가 필요해진다. 그런 점에서 귀족, 왕족에게 연설이라는 스킬이 중요해진 것 같다고 추측했다.

물론 근거는 전혀 없고, 사실을 알아보기 위해서 공화국의 역사를 공부할 시간도 없기 때문에, 진상은 결국 밝혀지지 않겠지만.

그런 문제에 대해 자세히 이야기를 하려면, 그 전제가 되는 지식이 다수 필요해진다. 같은 북대륙에 있는 나라라고 해도 프레야 공주의 윰살라 왕국은 국정 부문에 있어서는 단순한 왕정이라는 것 같아서, 젠지로로서는 설명하기가 힘들었다.

"그러고 보니, 이 자리에서 논공행상 발표 같은 것도 할까요?"

아직도 뜨겁게 달아오르고 있는 사람들의 환호성을 들으며, 젠지로는 갑자기 생각났다는 것처럼 물었다.

"그런 일은 없습니다. 현시점에서 알고 있는 것은 승리했다는 큰 틀뿐이니까요. 누가 어떤 활약을 했는지, 그 자세한 내용을 여러 사람에게 확인한 뒤에야 포상의 내용을 정할 수 있습니다."

"아, 듣고 보니 그렇겠군요."

옛날 일본의 전국시대에서 말하던 '쿠비짓켄(首實驗)'이라는, 싸움터에서 벤 적의 수급이 진짜인지 확인하던 일과 마찬가지다. 용병에게 있어 포상은 금전적인 의미에서는 물론이고 나중에 취직할 곳을 찾을 때도 도움이 되기 때문에, 포상을 제대로 하지 않으면 용병들 사이에서 안 좋은 소문이 퍼지게 되기에 나중에 용병들을 모아야 할 때 지장이 생긴다고 한다.

특히 이번에는 국내에서의 방위전이라는 임무상 용병들의 재미 중 하나인 약탈을 저지를 수가 없었기 때문에, 그들에 대한 보수를 확실하게 지불하지 않았다가는 불평불만이 터져 나올 것이다.

마침내, 안나 왕녀는 포모제 영주 저택의 고용인들에게 지시를 내렸고, 용병들에게 뭔가를 나눠주기 시작했다.

"저건 뭘까요?"

"포상의 선금, 이려나요? 큰 승리를 거뒀을 때는, 전투에 참가한 자들 모두에게 일정한 포상을 주는 경우도 있으니까요."

조금 전에 했던 말과 상반되는 상황을 설명하려는 것처럼, 프레야 공주는 잠시 생각한 뒤에 그렇게 대답했다.

"그렇군요, 그런 일도 있나요."

실제로 프레야 공주의 예상이 맞았다.

안나 왕녀가 나눠준 것은 보너스라고 할 수 있는 것인데, 간단히 말하자면 나무로 만든 표였다.

거기에는 안나 왕녀의 서명과 크라쿠프 왕가의 문장, 그리고 오늘과 내일 날짜가 소인(燒印)으로 새겨져 있다.

이 나무 표를 보여주면 오늘과 내일 이틀 동안, 포모제에 있는 가게에서 뭔가를 사면 그 대금은 전부 안나 왕녀가 지불한다는 것을 뜻하는 물건이다.

사실 사용할 수 있는 곳은 주점, 음식점, 여관, 창관처럼 손에 남지 않는 물건들을 취급하는 점포들뿐이다. 그렇지 않으면 못된 꾀를 부리는 자가 무기나 보석, 고급 가구 등을 잔뜩 구입해서 나중에 매각하는 짓을 저지를 수도 있다.

안나 왕녀로서는 고육지책이었다. 아무래도 안나 왕녀는 천마를 타고, 말 그대로 몸 하나만 가지고 이곳까지 날아왔다. 그러다 보니 용병들에게 지불할 자금 같은 것은 가지고 오지 않았다.

다행히 안나 왕녀는 신분이 확실한데다 상인들의 평판도 나쁘지 않았기 때문에, 각 상점은 안나 왕녀가 대신 지불한다는 조건을 받아들여 줬다.

하지만 이번 일을 안나 왕녀 개인의 공으로 삼겠다는 꿍꿍이가 있는 이상, 왕가의 재정에서 지불할 수는 없다. 전부 안나 왕녀 개인의 돈으로 처리해야만 한다.

안나 왕녀는 왕위를 노리겠다고 결정한 이후 몇 가지 전망이 있는 사업이나 장인에게 투자를 하거나 '어용' 간판을 내려주기도 하면서 열심히 금전을 마련해 왔다. 덕분에 같은 세대의 여성 왕족들과 비교하면 주머니 사정이 상당히 좋은 편이기는 하지만, 아무리 그래도 천 명이 넘는 용병들에게 정당한 보수는 물론이고 특별 보너스까지 지불하는 건 적잖은 부담이 된다.

그런 안나 왕녀의 사정을 젠지로가 알 리가 없다.

"아무래도 끝난 것 같군요."

"그런 것 같습니다."

안나 왕녀가 해산을 선언하자, 용병들도 구경꾼들도 삼삼오오 흩어졌다.

바로 용병들에게 말을 건 사람은 아마도 단골 주점이나 여관 사람이겠지. 오늘과 내일 이틀뿐이라는 시간 제한은 있지만, 금액 제한은 없는 외상 표를 손에 넣었다.

대낮이라고 술을 사양할 만큼 행실이 좋은 사람은 용병들 중에서는 소수파다.

　더 얘기하자면 금액에는 제한이 없지만, 포모제에 있는 술, 음식, 그리고 창부의 숫자에는 한도가 있다. 천 수백 명이나 되는 용병 전부가 전부 충분히 욕망을 채울 수 있다는 보장은 없다.

　경험이 있는 숙련된 용병들은 그런 점을 제일 잘 알고 있기 때문에, 탐욕스럽게 술과 여자를 확보하기 위해 뛰어갔다.

　무사히 승리를 거둔 외눈 용병 얀이 이끄는 부대는 해산했다. 바꿔 말하자면 용병대에 파견했던 '황금나뭇잎호'의 전투원도 임무를 마쳤다는 뜻이 된다.

　무사히, 큰 부상도 없이 돌아온 전투원 세 명은 젠지로와 프레야 공주 앞에서 자신들이 참가했던 전투의 전말에 대해 가능한 자세하게 설명했다.

　실내에는 젠지로 일행밖에 없었지만, 이곳은 포모제 영주 저택의 게스트 룸이다. 일단은 정찰 같은 짓을 한 데다가 그 보고를 여기서 받는 것도 뭔가 아닌 것 같다는 생각도 들지만, 전투원 세 명은 정체도 감추지 않고 당당하게 공격대에 참가하기를 희망했고, 아무런 문제 없이 승낙을 받았다. 그러니 굳이 신경 쓸 필요도 없겠지.

　"……그렇게 해서, 최종적으로 기사단 놈들은 꽁지가 빠져라 도망쳤습니다."

　"저희는 공주님의 명령도 있어서 최대한 후방에서 대기할 수 있는 궁병을 맡았기 때문에, 직접 기사단의 기병과 창칼을 주고 받지는 않았습니다."

"그래서 셋 다 전과는 하나도 없습니다. 좀 아깝게 됐습니다."

"수고했습니다. 아무리 그래도 당신들이 안나 전하께서 주신 표를 쓰게 할 수는 없으니까, 제가 사들이도록 하겠습니다. 젠지로 님, 그래도 되겠습니까?"

프레야 공주가 젠지로에게 그렇게 물은 것은, 이번 의뢰가 기본적으로 젠지로가 주도한 일이었기 때문이다. 그래서 지불도 젠지로가 하게 된다.

"예, 문제없습니다. 지불은 공화국 은화로 하면 되겠나? 공화국에 체재하는 기간이 길지는 않지만, 아쉽게도 내가 웁살라 왕국의 화폐를 가지고 있지 않아서 말이야."

만약의 경우에는 프레야 공주에게 카파 왕국의 은화와 웁살라 왕국의 은화를 환전해 달라고 부탁하면 되지만, 젠지로는 혹시나 싶어서 그렇게 물었다.

세 명은 그 곰처럼 투박한 털북숭이 얼굴에 흉악한 미소를 짓고는,

"예, 문제 없슴다."

"솔직히 그쪽이 더 좋습니다."

"공화국 은화는 웁살라에서도 사용할 수 있으니까요. 오히려 웁살라 은화보다 공화국 은화로 지불하는 쪽이 언니들도 좋아할…… 아, 죄송합니다."

프레야 공주가 도끼눈을 뜨고 노려보고 있다는 걸 눈치 챈 선

원은 그 커다란 몸을 움츠리면서 사과했다.

통화의 힘은 대략 그 나라의 경제력에 비례한다. 자국의, 그것도 왕족을 섬긴다고도 할 수 있는 국영선의 선원이 '다른 나라 화폐가 더 좋다'고 말하는 것은, 아무리 사실이라고 해도 그다지 듣기 좋은 일은 아니다.

일단 보수 이야기는 거기서 끝내고, 젠지로는 자신이 알고 싶었던 것에 대해 자세히 물었다.

"그렇다면, 승리의 원인이 된 것은 역시 그 폭음과 하얀 연기를 내뿜는 무기였다는 건가?"

지금껏 본 적 없는 진지한 표정을 보이는 젠지로의 긴장감이 전해진 것인지, 전투원 세 명도 굳은 표정으로 긍정했다.

"예, 그건 틀림없습니다."

"거인(이미르)이 방귀라도 뀐 게 아닌가 싶을 정도로 큰 소리와 냄새가 나는 연기에 기사단의 말들이 일제히 벌떡 일어섰습니다."

"동시에 기마가 몇 기 정도 쓰러진 것 같은데, 솔직히 저희도 놀라고 정신이 없었던 탓에 정확히 기억하지는 못합니다."

폭음과 연기, 그리고 냄새. 젠지로도 어렴풋한 기억밖에는 없지만, 아무리 생각해도 '총'이다. 프레야 공주도 전투원 세 명도 그 존재는 모르고 있었던 것 같은데, 다른 나라에서는 얼마나 퍼져 있는 걸까?

"그 공격을 담당한 건 얀 대장 직속 용병들이라고 했지? 다른 용병이나 상대 '기사'들의 반응은 기억하고 있나? 그 공격을 본 적이 있는 것처럼 반응한 자는 있었고?"

젠지로가 묻자, 세 사람은 서로 얼굴을 마주봤다.

"그건……."

"없었, 지?"

"맞아, 이놈이고 저놈이고 하나같이 넋이 나간 얼굴이었지. 뭐…… 우리도 그랬지만."

아는 사람은 없었던 것 같다. 전투원들의 이야기를 듣자 젠지로는 살짝 마음이 놓였다.

그렇다면 최신 무기였거나 어떤 이유 때문에 널리 퍼지지 않은 마이너한 무기라는 듯이다.

혹시나 싶어서, 다시 한 번 물었다.

"돌아오는 중에, 그 무기에 대한 이야기를 한 사람은 없었나?"

"물론 있었죠. 아무래도 싸움에서 이기도록 한 고마운 무기니까. 용병대장하고 개인적으로 친한 용병들 중에 몇 명은 계속 자기들한테 팔아라, 아니면 어디서 파는지라도 알려달라고 말했었습니다."

"그렇군. 실물은 봤나?"

계속 묻는 젠지로에게, 전투원 한 명이 생각하면서 대답했다.

"아뇨, 평소에는 가죽 주머니에 넣어 두는 것 같았습니다. 전투 중에 슬쩍 본 정도로는, 까맣고 기다란 막대처럼 생긴 것 같았는데…… 죄송합니다, 아무래도 전투 중이다보니 제대로 보질 못했습니다."

"아니, 사과할 일은 아니야. 오히려 갑작스런 임무, 전장이라는 힘든 환경 속에서 이만한 정보를 수집하다니, 정말 잘 했다."

"예이, 정말 감사합니다."

젠지로의 치하에 전투원들은 이를 드러낸 곰 같은 얼굴로 웃었다.

그런 젠지로의 태도에 조금이라도 보답하려고 한 것인지, 다른 전투원이 갑자기 생각났다는 것처럼 덧붙였다.

"그러고 보니까, 얀이라는 용병대장은 그 부대를 '피리' 부대라고 불렀습니다."

"'피리'인가."

무슨 뜻일까? 충격의 폭음을 연주에 비유했다는 뜻일까? 어쩌면 기다란 금속 통이라는 모양이 피리처럼 생겼다고 생각했기 때문인지도 모른다.

어쨌거나 30개라는 숫자와 실전에서 전과를 올릴 만큼 능숙하게 사용하는 용병이 다수 있다는 것은 가슴이 무거워지는 사실이다.

"잘은 모르겠지만, 뭔가 힌트가 될지도 모르겠군. 아무튼 잘 했다. 그럼, 포상을 내리겠다. 안나 왕녀께서 주신 표의 매입도 겸하는 것이니까, 그것과 교환하겠다."

젠지로가 그렇게 말하자, 옆에서 대기하고 있던 시녀 이네스가 어느 샌가 준비해 둔 은화 주머니 세 개를 가지고 왔다.

젠지로가 직접 건네준 묵직한 자루를 전투원 세 명은 기뻐하며 받아들었다.

"헤헤, 고맙습다."

"우와, 엄청 많이 들었잖아."

"으히히, 젠지로 님, 사랑합니다요."

예의 없이 그 자리에서 자루를 열어 보고 환호성을 지르는 세 사람의 모습을 보고서 젠지로는 씁쓸하게 웃었고, 프레야 공주는 창피하다는 것처럼 고개를 숙였다.

능력을 중시해서 예법 문제는 어느 정도 눈감아 준다고 해도, 역시 자기 부하가 다른 사람 앞에서 너무 예의 없는 짓을 저지르면 상사로서 창피해질 만도 하겠지.

이런 상태가 계속되면 프레야 공주가 너무 불쌍해진다. 그렇게 생각한 젠지로는 전투원 세 명에게 방에서 나가도 좋다고 허락했다.

"물러나도 좋다."

"예이, 실례하겠슴다."

"정말 고맙습니다."

"우히히, 가자!"

곰 같은 체격을 봐서는 상상도 할 수 없을 만큼 가벼운 발걸음으로 방에서 나가려고 하는 세 사람에게, 프레야 공주가 급하게 한 마디를 던졌다.

"오늘 내일은 번화가에 안나 전하의 표를 가진 용병들이 넘쳐 날 겁니다. 마시지 마라, 놀지 말라는 말은 하지 않겠지만, 그들과의 사이에서 문제는 일으키지 마세요. 아시겠죠?"

"옛!"

"알겠습니다!"

"괜찮습니다, 그딴 놈들한테는 안 지니까요!"
힘차게, 약간 불온한 소리를 하면서, 세 사람이 방에서 나갔다.
"아, 진짜."
프레야 공주의 한숨을 듣자 젠지로는 자기도 모르게 웃으면서
위로하는 말을 했다.
"저 사람들은 좋건 나쁘건 익숙해 보이니까, 큰일은 벌어지지
않을 것 같습니다만?"
"저도 그렇게 생각하고는 있습니다만, 만에 하나라는 게 있으
니까요……."
프레야 공주는 떨떠름한 표정으로 한숨을 한 번 크게 내쉬었
고, 그걸로 기분전환이 됐는지 다시 웃는 얼굴로 돌아왔다.
"그런데, 젠지로 님의 혜안에는 그저 감탄할 따름입니다. 그렇
게 적은 단서를 근거로 이런 결과를 이끌어내시다니."
"아뇨, 거의 우연 같은 일입니다. 그런 평가는 너무 과분하
군요."
젠지로의 말은 겸손에서 나온 것이 아니라 있는 그대로의 사실
일 뿐이었다.
이번에는 우연히 유익한 정보를 수집할 수 있었지만, 그냥 괜한
걱정이 이렇게 유익한 결과를 불러오는 것은 백 번에 한 번 있을
까 말까 한 일이겠지.
"그렇다고 해도 이번에는 정말 큰 도움을 받았습니다. 이런 정

보를 신속하게 본국에 전할 수 있다는 것은 정말 중요한 일입니다."

프레야 공주의 말을 듣고 젠지로가 조언을 구했다.

"그렇다면, 프레야 전하도 이번에 얀 용병대장이 사용한 무기를 운용하는 것이 일정 이상의 위협이 되리라고 생각하시는 겁니까?"

젠지로의 말에 프레야 공주는 바로 고개를 끄덕였다.

"그야 물론이죠. 기사단의 기병을 격퇴할 수 있는 무기라면, 그야말로 전장에서 병과의 가치 자체를 크게 바꿔 버릴 수도 있습니다."

"이번에 요격에 성공한 것은 기사단이 그 무기의 존재를 몰랐고 처음 봤다는 점이 큰 이유였다고 생각합니다만."

처음 보는 무기, 전술적 측면에서는 그것만으로도 일종의 기습이 된다. 그 성과가 앞으로도 계속될 거라고 생각할 수도 있지만, 사실은 금세 효과가 떨어진다.

젠지로의 그런 말을 인정하면서도, 프레야 공주는 그게 전부가 아니라고 반론했다.

"원래 말은 상당히 섬세한 생물입니다. 그렇게 큰 소리와 이상한 냄새라면 두 번째 이후에도 효과를 기대할 수 있다고 봅니다."

"하지만 동물도 익숙해지는 습성이 있지 않습니까. 실제로 훈련받지 않은 말은 병사들이 지르는 함성만으로도 공황 상태에 빠진다고 합니다. 하지만 훈련받은 군마는 그런 전장에서도 용맹 과감하게 싸우고. 그렇다면, 언젠가는 총성…… 그 신병기의 폭음에도 꿈쩍하지 않도록 훈련된 군마가 나타나지 않을까요."

"나타날까요?"

"나타날 거라 생각합니다."

젠지로의 지식은 어렴풋하고 애매한 것이지만, 총이 전장의 주역이 된 이후에도 군마가 전선에서 완전히 모습을 감추지는 않았다고 알고 있다.

그보다도, 젠지로한테는 더 신경 쓰이는 점이 있었다.

"지금까지는 화약을 사용한 무기가 마법 때문에 큰 코를 다치고 사라졌다고 들었는데, 이번 무기도 같은 결과를 맞이하리라고 생각하십니까?"

젠지로가 묻자 프레야 공주는 잠시 진지한 얼굴로 생각에 잠겼지만, 마침내 고개를 저었다.

"모르겠습니다. 그럴 가능성도 있다고 봅니다만, 지금까지와는 조건이 다르니까요. 지금까지 등장했던 화약을 사용하는 무기들은 대부분이 공성, 또는 수성에 사용하는 크고 무거운 무기였다고 합니다. 그렇기에 실력 있는 마법사가 화약을 노려서 불을 붙이는 것도 용이한 일이었고, 불이 붙었을 때의 효과도 상당히 컸습니다. 하지만 겨우 30개 정도, 그리고 보병이 들고서 운반할 수 있는 물건이라면 이야기가 달라질 거라 생각합니다."

조금 비인도적으로 표현하자면 비용 대비 효과라는 문제도 나오게 된다.

전장에서 마법을 사용할 수 있는 인재는 국가적으로도 희소한 대마법사로 한정된다.

공성 대포를 날려 버리기 위해서라면 그 희소한 마법사를 어느 정도 위험에 노출시킬 가치가 있을 것이다. 또한 한 번 쏘는 데 몇 분이나 걸리는 대포가 몇 문 정도라면, 마법사가 목숨을 잃을 가능성도 그다지 높지는 않다.

하지만 보병 수십 명이 개별적으로 들 수 있는 총이면 얘기가 전혀 달라진다. 개인이 휴대하는 총의 경우, 소유하고 있는 화약에 불을 붙인다고 해도 반드시 사망할 만큼의 피해를 불러온다는 보장이 없다. 또한 숫자가 너무 많기 때문에 마법 한 번으로 모든 총에 불을 붙일 수 있다는 보장도 없고.

만에 하나, 공격을 피한 병사가 있다면 그때는 오히려 마법사가 위험에 노출된다.

물론 귀중한 마법사에게는 호위를 붙이겠지만, 총의 경우에는 호위 옆으로 빠져나가서 마법사에게 명중할 가능성도 있다.

수십 자루의 총과 병사들에게 대미지를 주기 위해서 귀중한 마법사를 그런 위험에 노출시킬 가치가 있을까? 그렇게 생각하면 젠지로의 어설픈 계산으로도 비용 대비 효과가 낮다는 점을 이해할 수 있다.

거기까지 생각했을 때, 젠지로는 생각이 미쳤다.

"그렇구나. 비용 대비 효과가 너무 낮아. 그렇다면, 왜 지금까지 대포는 있어도 총은 없었지? 아니, 있다고 해도 숫자를 갖추지 못했던 건가?"

"젠지로 님?"

입안에서만 중얼거린 젠지로의 혼잣말은 마주보고 앉아 있는 프레야 공주에게도 들리지 않았다.

"프레야 전하. 혹시 최근에, 어쩌면 수십 년 전일지도 모르겠지만, 제철 관계에서 획기적인 발명이나 발견이 있었습니까?"

"아무래도 그건 지식에는 없는 분야입니다. 하지만, 그렇군요. 나이든 전사가 요즘에는 철기가 예전보다 많이 싸졌다고 말하는 걸 들은 기억은 있습니다."

왕족으로서 제철에 대해서도 어느 정도 지식이 있기는 하지만, 역사까지 들어간다면 젊은 프레야 공주로서는 알 도리가 없는 일이다.

"그렇습니까."

젠지로는 생각했다.

용광로의 발달이나 물레방아 등의 동력이 도입된 덕분에 제철, 철기의 생산량이 증가했다. 그래서 총도 양산이 가능한 체제가 갖춰졌다. 그렇게 생각하면 어느 정도 앞뒤가 맞는다.

'하지만 완전히 아마추어인 내 근거도 희박한 예상…… 이라기보다는 망상에 가깝지만.'

하지만, 가능성으로서 존재하는 것만으로도 그냥 넘어갈 수는 없다. 최소한 귀국하면 아우라 여왕에게 전해 줄 필요가 있겠지.

'대량 생산이 가능한 총을 상대하는 데 귀중한 대마법사는 계산이 안 맞으니까. 그렇다면, 반대로 생각해 보면? 더 안전하게 총에 불을 붙일 수 있는 수단이 있다면.'

젠지로의 머릿속에 떠오른 것은 샤로와 지르벨 쌍왕국이 자랑하는 4공작가문 중에 하나, 아니미얌 공각 가문의 양녀 피크리야 아니미얌이었다.

그녀가 보여줬던 '정령 처녀 소환'이라는 마법. 그 실태는 술자의 명령에 따르는 골렘을 만드는 마법이었다. 골렘의 속성은 4대 마법의 4속성을 그대로 유지한다.

즉 물, 불, 바람, 땅 속성의 골렘을 만들 수 있다.

마법이란 것이 항상 그렇듯이, 그냥 만들어 내기만 하면 발동 시간이 너무나 짧고 실용성도 떨어지지만, 쌍왕국에는 '부여마법'이라는 비장의 카드가 있다.

그리고 카파 왕국에는 '부여마법'을 이용한 마도구 제작을 극단적으로 단축시키는 매체, 유리구슬이 존재한다.

즉 카파 왕국과 쌍왕국이 손을 잡으면 지금까지보다 훨씬 짧은 시간에 대량 생산이 가능하다.

양산된 총을 지닌 병사에게 양산된 불 골렘으로 대항할 수 있다면, 비용 대비 효과는 상당히 기대할 수 있지 않을까?

거기까지 생각했을 때, 젠지로는 사고가 너무 비약했다는 것을 알고서 자제하기로 했다.

"젠지로 님? 왜 그러십니까?"

"아니, 아무것도 아닙니다. 그나저나, 제도로도 기술적인 면에서도, 북대륙은 정말 앞서 나가고 있군요."

"즈워타 보르노시치 귀족제 공화국은 북대륙에서도 가장 선진국이니까요. 사실 제철과 조선에 관해서는 저희도 지지 않는다고 자부합니다만."

"정말 마음이 든든하군요."

북대륙의 나라들은 확장에 몰두하는 경향이 있다. 그리고 그 확장의 방향이 육로는 물론이고 해로 쪽으로 향한다 해도 이상할 것은 없고.

그 움직임에서 위기감을 느낄 정도로, 젠지로도 남대륙의 왕족이라는 자각이 마음속에 자리잡고 있었다.

[제5장] **전승 파티**

결국 젠지로 일행은 안나 왕녀의 권유를 뿌리치지 못하고, 전승 파티에도 출석하게 됐다.

전승 파티가 개최된 날은 용병대의 얀 대장이 승리 보고를 가지고 돌아온 지 닷새가 지난 뒤의 밤. 장소는 당연히 포모제 영주 저택이다.

주최자가 왕족, 목적이 전승 축하다보니 규모는 젠지로가 지난번에 참가했던 프레야 공주의 환영회에 비할 바가 아니었다.

겨우 닷새 사이에 상당히 먼 곳에서도 귀족들이 전승을 축하하러 모여들었다.

이것은 뛰어난 항구가 있는 포모제라는 입지와 더불어 유익 기병이라는 반칙에 가까운 정보 전달 수단 덕분이다.

안나 왕녀 자신은 전승 파티를 준비하기 위해서 포모제 영주 저택 밖으로 나갈 수가 없었지만, 부하인 유익 기병 두 명은 천마를 타고서 인근에 있는 유력한 귀족들에게 초대장을 돌렸다. 주로 찾아간 곳은 해안에 영지가 있는 귀족들이다.

해안에 있는 이들의 경우, 배를 이용하면 육로보다 훨씬 빠르게 포모제로 올 수 있다.

포모제 영주 저택은 그 권세를 상징하는 상당히 큰 건물인데,

그렇다고 해도 초대받아서 온 귀족 전부가 아무런 문제없이 숙박할 수 있을 정도는 아니었다.

그래서 특별히 중요한 귀족 외에는 포모제 시내에 있는 숙박시설을 이용하기로 했다.

그런 사정 때문에, 젠지로 일행과 얀 사제 일행은 다른 귀족들을 위해 '고대의 숲 정'에서 나왔고, 전원이 포모제 영주 저택으로 이동했다.

참고로 젠지로의 '방을 준비하기 힘들다면 우리는 먼저 출항하겠다'는 제안에는 아무런 대답이 없었다.

그런 경위 때문에 루크레치아도 '고대의 숲 정'에서 이 포모제 영주 저택으로 옮겼다.

"루시, 힘들게 해서 미안해."

젠지로가 그렇게 말하자 루크레치아는 활짝 웃으면서 열심히 고개를 저었다.

"아닙니다. 젠지로 님께서 시녀와 호위를 빌려주신 덕분에 쾌적하게 지냈어요."

금발 사이드 테일이 흔들리는 모습이 왠지 모르게 꼬리를 열심히 흔드는 개를 연상시켰다.

들자하니 루크레치아도 '고대의 숲 정'의 지배인에게 샤로와 지르벨 쌍왕국의 금화를 매각한 돈으로 쇼핑을 즐겼다는 것 같다.

루크레치아도. 그녀의 시녀인 플로라도, 그리고 젠지로가 빌려준 시녀 마르그레테도, 외모는 북대륙 사람들과 구분이 안 된다. 그래서 별다른 문제 없이 쇼핑을 즐겼다는 것 같다.

"상인을 부리는 게 아니라 제가 상점으로 가는 것도 너무나 신선해서, 저도 모르게 오랫동안 머물고 말았습니다."

그 말을 듣고, 루크레치아도 고위 귀족이라는 사실을 실감했다.

어쨌거나, 젠지로는 루크레치아가 우울하게 지내지 않았다는 것을 알고 조금 안심했다.

그렇다면 오늘 밤에 있는 전승 파티에 대해 얘기하기도 편하다.

"그렇구나. 그거 잘 됐네. 그런데 오늘밤의 전승 파티에 대해서는 이미 들었겠지. 나는 프레야 전하를 에스코트해서 출석해야만 해."

변명처럼 들리는 젠지로의 약간 빠른 말에 루크레치아는 말을 잘 알아듣는 아이처럼 웃어 보였다. 그 표정은 억지로 지어낸 웃는 얼굴이 아니다. 젠지로가 지난번에도 이번에도 루크레치아 공주를 에스코트하고 자신을 혼자 두게 된 데 대해서 죄책감을 품고 있다는 것을 민감하게 알아차렸기 때문이다.

"예, 알고 있습니다. 저는 여기서 기다리고 있을 테니, 즐거운 시간을 보내도록 하세요."

그래서 유난히 기특하게, 그러면서도 젠지로의 죄책감을 살짝 자극하려는 것처럼 대답했다. 하지만 거기에 대한 젠지로의 대답은 아주 조금 예상 밖의 것이었다.

"아니, 그것 말인데, 포모제 후작이 배려해 줘서 말이야. 후작의 숙부에 해당하는 사람이라도 좋다면 루시를 에스코트해 주겠다는 것 같다. 물론 입장과 퇴장은 그 사람과 같이 해야 하지만,

그 외의 시간에는 자유롭게 지내도 좋다고 말했다. 어때?"

40대인 포모제 후작의 숙부니까 당연한 얘기지만, 나이는 50대 중반을 넘은 초로의 신사라고 한다.

당연히 기혼인 것은 물론이고 자식에 손주까지 있는 인물이다.

루크레치아를 에스코트한다고 해도 이상한 수작을 부릴 일이 없는 사람을 추천해 줬다고 할 수 있다.

실제로 파티에 나가고 싶은 손녀가 열심히 졸라댄 탓에 조부가 손녀를 에스코트해서 파티에 참석하는 것도 흔한 일이라는 것 같다. 뭐, 그렇게 출석하는 경우는 루크레치아보다 조금 어린 세대의 일이지만.

어쩌면 포모제 후작은 체격이 작고 동안인 루크레치아를 그 정도 나이로 착각하고 있는지도 모른다.

그렇다고 해도, 이것이 루크레치아에게 좋은 기회라는 점에는 변함이 없다.

"갈게요!"

루크레치아는 힘차게 대답했다.

◆

그리고 그날 밤. 전승 파티가 개최됐다.

즈워타 보르노시치 귀족제 공화국의 숙적이라고 할 수 있는 기사단에게 승리한, 그것도 왕족이 주최하는 전승 파티치고는 규모가 조금 작기는 하지만, 전승에서 닷새밖에 지나지 않은 급한 개최라는 점을 생각하면 오히려 열심히 했다고 생각해야 할 것이다.

전승을 축하한다는 명목상 파티의 주역은 용병단의 주인인 안나 왕녀와 실전에서 용병단을 이끌었던 외눈 용병 얀이다.

이런 때, 귀족 출신 용병이라는 점은 편리하다. 외눈 용병 얀은 귀족들이 입는 정장을 위화감 없이 소화하면서, 그 자리에 어울리는 화법으로 사람들에게 대응하고 있다.

한편 안나 왕녀도 이런 자리에서까지 유익 기병의 정장 차림으로 나올 만큼 파격적인 인물은 아닌지, 진홍색 드레스 차림이었다. 아무래도 즈워타 보르노시치 귀족제 공화국에서도 왕족의 정장은 붉은색인 것 같다.

붉은색은 카파 왕국의 상징색이기도 했다. 그래서 젠지로도 붉은색 바탕의 의상을 입고 있는데, 북대륙풍 옷이 아니라 카파 왕국에서 예로부터 전해져 내려오는 민속 의상인 제3정장 차림이니까 공화국 왕가의 관계자라고 오해받을 일은 없을 것이다.

그렇게 생각하면서 파티장을 둘러본 젠지로는 붉은색 의상을 입은 사람들이 의외로 많다는 사실을 알았다.

남대륙의 상식에 따르면 왕족이 주최하는 파티에서는 왕족만이 그 왕가의 국가 상징색으로 된 의상을 입는데, 이곳에서는 다른 걸까?

설마 눈에 보이는 것만 해도 열 명이 넘는 붉은 옷을 입은 사람들이 전부 왕가와 인연이 있는 사람이라는 얘기는 아니겠지.

젠지로의 그런 시선을 눈치 챈 것인지, 연한 파랑색 드레스를 입고 젠지로와 팔짱을 끼고 있던 프레야 공주가 고개를 갸웃거렸다.

"젠지로 님? 왜 그러시죠?"

"그게 말입니다. 남대륙에서는 이런 자리에서는 다른 이들이 왕가의 색을 착용하지 않는 것이 불문율입니다. 북대륙에서는 다른 것인지, 조금 궁금해서 그렇습니다."

"아, 그러고 보니 그렇군요."

프레야 공주도 즈워타 보르노시치 귀족제 공화국의 풍습에 대해서는 그렇게 잘 알지 못하기 때문에 고개를 갸웃거리는 수밖에 없었다.

"그렇다면 북대륙이라고 다 같은 건 아니라는 말씀인가요?"

"예. 저희 웁살라 왕국에서는 기본적으로 왕가가 주최하는 자리에서 국가의 상징색인 청색을 일개 귀족이 걸치는 일은 없습니다. 물론 나라로부터 '허가'를 받은 사람이라면 상관없고, 우리나라 사람이 다른 나라의 파티에 출석할 때는 오히려 나라를 짊어진다는 의미에서 파란색 의상을 입습니다."

"그렇군요. 그런 부분은 남대륙과 거의 같군요."

그렇다면 즈워타 보르노시치 귀족제 공화국만이 특별한 걸까? 신앙의 자유를 인정하는 획기적인 나라다. 패션의 자유까지 인정한다고 해도, 어떤 의미에서는 납득할 수 있다.

그런 이야기를 딱히 소리를 죽이지도 않고 주고받았기 때문에 근처에 있던 사람의 귀에도 들렸던 것 같다.

붉은 정장을 입은 젊은 부부가 젠지로와 프레야를 보면서 빙긋 웃었다.

의도를 눈치 챈 젠지로는 프레야 공주를 에스코트하면서 젊은 부부를 향해 걸어갔다.

"카파 왕국 국왕 아우라 1세의 반려 젠지로다. 이쪽은 웁살라 왕국의 프레야 전하."

"웁살라 왕국 제1왕녀, 프레야 웁살라입니다."

지난번에는 일부러 이름만 말했었지만, 이번에는 안나 왕녀의 뜻도 있고 해서 일부러 여왕의 반려라는 입장을 강조하면서 자기소개를 했다. 비공식 취급이기는 하지만 왕족이라는 사실은 안나 왕녀가 공인했다. 지난번보다 더 귀찮은 입장이다.

그 말을 듣고, 젊은 부부도 자기소개를 했다.

"즈워타 보르노시치 귀족제 공화국 귀족, 호르소프스키 가문 당주 에우게니우쉬라고 합니다. 이렇게 젠지로 폐하와 프레야 전하의 존안을 뵙게 돼서 지극히 황송할 따름입니다. 이쪽은 제 아내 테레사입니다."

"테레사라고 합니다. 젠지로 폐하, 프레야 전하."

남자는 젠지로와 같은 세대, 여자는 그보다 너댓 살 정도 연하려나. 정확한 건 모르겠지만, 젊은 부부라는 점은 틀림없다.

형식상으로는 젠지로가 말을 걸었지만, 처음에 시선과 웃는 얼굴로 존재를 어필한 것은 상대쪽이다.

젠지로는 바로, 그 흐름을 타고서 질문을 던졌다.

"이 자리에는 왕족과 같은 색의 의상을 입은 자들이 많은 것 같은데, 뭔가 이유라도 있는 것인가?"

그렇게 안나 왕녀와 똑같이 붉은 의상을 입은 젊은 부부에게 젠지로가 물었다.

"그것은 저희가 이 나라의 건국 당시까지 거슬러 올라가는 오래된 귀족 가문이기 때문입니다. 그런 귀족 가문의 일원은 특별히 공식적인 자리에서도 붉은색을 입는 것이 허락됩니다. 일명 홍의 귀족(紅衣貴族)이라 불리고 있습니다."

남편이 가슴을 펴고 자랑스레 말한 뒤에, 아내가 살짝 씁쓸한 미소를 지으며 이렇게 추가했다.

"말은 그렇게 했지만, 특권이라고 해도 그게 전부입니다."

여기까지 말해야 이야기가 끝나는 것이겠지. 그 말을 들은 남편이 밝게 웃었다.

듣고 보니 붉은 의상을 입은 사람들의 차림새가 반드시 훌륭한 것만은 아니다. 이런 자리에 출석하는 것이 허락되는, 아슬아슬한 수준의 검소함을 추구한 것 같은 사람들도 적지 않았다.

다른 특권이 없다는 말은 아마도 사실이겠지.

"뭐, 실제로 아내가 말한 그대로입니다. 저희 호르소프스키 가문도 토지가 없는 가난한 귀족이고, 저 자신은 유익 기사단에 들어가지 못했다면 아내한테 매년 새로운 드레스를 지어 주지도 못했을 것입니다."

남편— 에우게니우쉬의 말을 듣고 젠지로가 움찔 반응했다.

"이럴 수가, 에우게니우쉬 경은 유익 기병이었군. 그렇다면 며칠 전에 안나 전하와 함께 포모제에 들어온 2기 중에 한 명인가?"

젠지로의 말에 에우게니우쉬는 웃으면서 고개를 저었다.

"아닙니다. 그들과는 다릅니다. 저는 이번 전승 파티의 소식을 듣고 왕도에서부터 천마를 타고 급하게 날아왔습니다."

"그렇다면, 부인도?"

눈이 휘둥그레진 젠지로에게, 에우게니우쉬는 기뻐하며 고개를 끄덕였다.

"예. 천마 한 마리에 둘이서 타고 밤하늘 여행을 즐기면서 날아왔습니다."

"저, 괜찮으셨습니까?"

쭈뼛쭈뼛 묻는 프레야 공주에게 아내—테레사가 씁쓸한 미소를 감추지도 않고 노골적으로 대답했다.

"이젠 익숙해졌습니다."

아무래도 이번이 처음이 아니었던 것 같다.

"뭐랄까, 용감하시군요."

대륙 간 항해에 나서고 있는 프레야 공주가 보기에도 테레사의 행위는 '용감'하다고 칭할 수밖에 없는 것이었다. 안나 왕녀처럼 '비행마법'을 쓸 수 있다면 또 모를까, 천마를 모는 남편의 뒤에 앉아서 하늘을 나는 데는 상당한 배짱이 필요하다.

테레사는 기쁜 듯 웃더니,

"감사합니다. 하지만, 은혜도 상당히 큽니다. 부부가 같이 천마를 탈 수 있으면 생각보다 많은 이익이 있습니다."

그리고는 하늘을 나는 메리트를 말했다.

그도 그렇겠지. 어쨌거나 귀족 가문의 당주 부부다. 상류 사회에는 남녀가 짝을 지어서 출석해야 하는 것이 당연한 모임이 많

다. 급하게 그런 모임에 참가해야 할 때, 하늘을 날 수 있는 부부
는 상당히 편리하다.

특별 급여를 지불해서라도 확보하고 싶을 정도의 가치가 있다.

"그렇군. 그렇다면 에우게니우쉬 경은 상당히 귀중한 경험을
쌓아 왔겠군."

"관심이 있으시다면 말씀드릴 수 있습니다."

"꼭, 부탁하고 싶군."

"그렇다면 테이라나 공국에서 새로운 공왕, 제르지 2세 폐하께
서 즉위하셨을 때의 일입니다. 그 때도 급하게 사람을 보낼 필요
가 있었는데, 저는 그 때 처음으로……."

젠지로는 기사라기보다 하늘을 나는 외교관 부부라고 불러야
할 젊은 부부의 이야기를 흥미롭게 들었다.

"의미 있는 시간이었다, 에우게니우쉬 경. 고맙네."

"분에 넘치는 말씀이십니다, 젠지로 폐하."

"웁살라 왕국에 오게 되면 환영하겠습니다, 테레사."

"예, 기회가 된다면 꼭 찾아뵙겠습니다. 그때는 잘 부탁드리겠
습니다, 프레야 전하."

젠지로와 프레야 공주는 젊은 부부와의 대화를 마치고 다음
상대 쪽으로 향했다.

젠지로는 파티장 안을 둘러보다가 그 안에서 몇 안 되는 아는
얼굴을 발견했다.

금발 사이드 테일이 인상적인, 녹색 드레스를 입은 작은 체구

의 소녀. 루크레치아였다.

초로의 남성에게 에스코트를 받는 금발 소녀는 중년 남녀와 이야기꽃을 피우고 있다. 그 자리에 녹아드는 모습도 그렇고, 상대의 표정도 그렇고, 역시나 타고난 귀족답다고 할 수 있다. 최소한 젠지로보다는 몇 수 위라는 점은 틀림없다.

마침 대화가 일단락됐는지, 중년 남녀가 웃는 얼굴로 루크레치아한테서 떨어졌다. 그 타이밍에 젠지로는 루크레치아 쪽으로 다가갔다.

먼저 알아차리고 인사한 사람은 루크레치아의 에스코트를 맡고 있는 노신사였다.

"도르누이 후작, 오늘은 신세를 지고 있네."

"젠지로 폐하, 무슨 말씀을. 오히려 제가 신세를 지고 있습니다. 이렇게 젊고 아름다운 여성을 에스코트하려니 몸도 마음도 젊어지는 것 같습니다."

"어머나, 후작님은 말씀도 참 잘 하시는군요."

노신사의 팔을 잡고 있는 금발 소녀— 루크레치아가 기쁘다는 듯 웃었다.

젠지로는 그 웃는 얼굴을 보면서,

"아, 루시. 즐거운 시간을 보내고 있나?"

라고 말을 걸었다.

"예, 젠지로 폐하."

천진난만. 그 말을 구현화한 것 같은 미소다. 문제가 있다면 그 미소도 가슴 앞에서 두 손을 살짝 쥐는 동작도 전부 루크레치아가 노력한 결과물이라는 점이지만. 뭐, 그 노력도 이런 사교의 장에서는 참으로 유효하다. 그렇게 생각하면 기사나 병사가 무술을 연마하는 것처럼 그녀도 열심히 노력하고 있는 것뿐인지도 모른다.

"내 눈에는 이 나라의 문화가 참으로 훌륭하게 보인다. 루시는 어떤가?"

"저도 동감입니다. 이 나라는 정말 대단해요. 음식, 그릇, 의복, 실내 인테리어. 본 적이 있는 것도 처음 보는 것도 정말 많아요. 그리고 이거, 보세요. 후작님께서 선물해 주셨어요."

그렇게 말하고 루크레치아는 기쁜 표정으로 반짝반짝 빛나는 손바닥 정도 크기의 둥근 물건에 막대가 달린 무언가를 보여 줬다.

뒷면은 은 바탕에 금으로 화초를 멋지게 그려넣었다. 그리고 앞면을 봤더니 거기에는 낯익은 자신의 얼굴이 비치고 있었다.

"이건, 거울…… 잠깐, 유리 거울이잖아?! 후작, 이렇게 비싼 것을……."

깜짝 놀라서 큰 소리를 낸 젠지로를 보고 도르누이 후작이 잠깐 하얀 눈썹 아래에 있는 눈을 가늘게 뜨기는 했지만, 바로 부드러운 미소를 되찾았다.

"아니, 대단한 건 아닙니다. 분명 이것이 북대륙에서도 '아주 최근에' 만들 수 있게 된 귀중품입니다만, 다행히 우리나라는 생산국과 거래를 하고 있습니다. 시장에 풀리기 전에 특별히 손에 넣을 수가 있었습니다."

"그렇게 귀중한 물건이었나요, 후작님. 고맙습니다, 다시 한 번 감사드립니다."

파랗고 커다란 눈동자를 더 크게 뜨고서 기뻐하는 목소리를 내는 것으로 보아 루크레치아는 유리 거울을 처음 봤음을 알 수 있었다.

아마도 조금 전까지는 금속 거울의 일종이라고 생각했겠지. 한 눈에 그것을 '유리 거울'이라고 알아볼 수 있는 사람은 유리 거울이라는 것의 존재를 알고 있던 사람뿐이다.

"나도 감사의 말을 하겠네, 도르누이 후작. 정말 고맙다."

젠지로가 말하자, 고맙다는 말을 받은 도르누이 후작보다 기뻐하며 웃은 것은 루크레치아 쪽이었다.

자신에게 선물을 준 사람에게 젠지로가 고맙다는 인사를 한다. 적어도 그런 인사를 할 만큼, 젠지로가 자신을 가깝게 생각해 줬다는 뜻이기 때문이다.

"아닙니다, 제가 손자는 있어도 손녀가 아직 없는 몸입니다. 저 야말로, 덕분에 정말 좋은 경험을 했습니다."

흐뭇한 미소를 지으며 루크레치아를 보는 도르누이 후작의 표정은, 사람 좋은 할아버지라는 표정이 딱 어울리는 얼굴이었다.

"그런가. 그나저나, 이 나라는 정말 놀라울 정도로 풍요롭군. 음식도 공예품도, 정말 다종다양하다."

젠지로의 말에 노신사는 가슴을 활짝 펴고 대답했다.

"그것이야말로 저희의 자랑, 저희의 상징, 그리고 저희의 풍요의 근원입니다. 저희만큼 많은 나라와 거래하는 나라는 없을 것입니다. 그것에서 오는 풍요. 물론 그것에서 오는 귀찮은 일도 산더미처럼 많습니다만."

그렇게 말하고, 노신사는 자랑스레 웃었다.

공식적으로 신앙의 자유를 인정하고 있는 즈워타 보르노시치 귀족제 공화국에서는 정령 신앙도 발톱파도 어금니파도 적룡왕국, 백룡왕국 각각의 '국교회파'도 정당한 거래라면 문제없이 응하고 있다. 그리고 그것은 남대륙 제국에 대해서도 마찬가지였다.

거리상의 문제나 공화국이 바다보다는 육지 쪽에 비중을 두는 정책을 취하고 있기 때문에 남대륙과의 대륙 간 무역에 관해서는 북대륙 남부의 다른 나라들에 한 발 양보하고 있지만, 반대로 말하자면 북대륙 중부라는 입지 조건에서 대륙 간 무역에 끼어들 수 있는 것도 그런 사상 덕분이라고 할 수 있다.

"그렇겠지. 관용의 틈을 노리는 놈들은 언제나 있을 테니까. 허나, 그 관용을 유지한 채로 국가를 번영시켜 온 것은 결정적인 틈까지는 주지 않았다는 가장 확실한 증거겠지. 나는 이 나라의 위정자와 교육자에게 경의를 표한다."

"최고의 찬사입니다."

그 말 그대로, 도르누이 후작은 진심으로 기쁘다는 것처럼 미소를 지었다.

"기사단과의 싸움에서 이긴 것을 기념하는 전승 파티에서 이런 이야기를 하는 것도 모순된 일입니다만, 저희는 항상 대화의 자리를 마련해 두고 있습니다. 물론 실제로는 저희가 먼저 그 자리에서 일어나는 일도 있습니다만."

"상대가 누가 됐건 대화를 중시한다는 사상은 상당은 상당히 곤란한 것이지만, 그렇기에 훌륭한 것이지."

"정말 감사합니다. 뭐, 정확히 말씀드리자면 '하얀 제국'을 제외한 모든 이에게, 라고 해야겠지요."

도르누이 후작의 말투는 완전히 농담조였다. 관심이 가는 단어를 들은 젠지로는 재미있다는 듯이 물었다.

"호오, '하얀 제국'은 안 되는 것인가?"

"젠지로 폐하는 '하얀 제국'에 대해 알고 계십니까?"

"알고 있다고 할 정도는 아니겠지. 오래전에 북대륙을 지배했던 초대국이라는 정도만 알고 있다. 그 존재 자체가 의문시되고 있다는 이야기도 들었고."

젠지로의 대답을 들은 도르누이 후작은 어깨를 살짝 으쓱거렸다.

"분명히, '하얀 제국'이 실제로 존재했다고 증명할 문헌도 유적도 전혀 발견되지 않았습니다. 아니, 정확히 말하자면 문헌은 몇 번이나 발견됐지만, 전부 가짜로 판명됐지요."

"그렇다면, 역시 단순한 전설이 아닌가? 그런 신빙성이 없는 것에 대해 적의를 표하다니, 솔직히 지금까지 보고 들은 즈워타 보르노시치 귀족제 공화국의 모습을 생각해 보면 너무나 위화감이 드는군."

젠지로의 말에, 노신사는 씁쓸한 미소를 지으며 고개를 살짝

끄덕이더니,

"지당하신 말씀이십니다. 하지만 그것은 본국의 전신인 포즈난 왕국의 건국 신화와 관련된 이야기입니다. 건국 신화에 대해서는 진지하게 믿고 있는 이들이 무시할 수 없을 정도로 많은 실정입니다."

그렇게 말하고, 즈워타 보르노시치 귀족제 공화국의 전신인 포즈난 왕국의 건국 신화에 대해서 간단히 설명해 줬다.

그 신화에 의하면 포즈난 왕국의 국민들은 원래 하얀 제국의 피지배층이었다고 한다. 하얀 제국의 지배는 너무나 가혹했고, 포즈난 왕국의 사람들은 몇 번이나 반란을 일으켰다. 그 중심에 있던 자들이 '비행마법'을 사용하는 크라쿠프 왕가 사람들이다.

하지만 몇 번이나 반란을 일으켰다는 표현을 봐도 알 수 있듯이, 하얀 제국은 그 반란들을 전부 진압했다.

결국 포즈난 왕국이 건국된 것은 '하얀 제국'이 진룡마저 자신들의 지배하에 두려고 하다가 용의 역린을 건드려 멸망한 이후의 일이었다.

간략한 건국 신화를 들은 젠지로는 약간의 위화감을 느꼈다.

몇 번이나 거듭해서 반란을 일으켰지만 전부 진압당했고, 복종을 강요받았다. 결국 자기 힘으로는 독립을 이루지 못했고, '하얀 제국'을 쓰러트린 것은 진룡이라는 초상적 존재였다.

보통 건국 신화에서 그런 한심한 이야기를 전하던가?

전한다고 해도 '조상님은 성실하고 정직한 분이셨지만, 그래서 나쁜 '하얀 제국'에게 학대당하셨다. 그것을 불쌍히 여긴 진룡이

악랄한 '하얀 제국'을 멸망시켜서 우리를 구해 주셨다'처럼 자신들이 정의고 '하얀 제국'이 악이라는 이야기가 전해지는 법이다.

그렇게 자신들에게 불리한 부분도 많이 섞인 신화에서는 이상하게 진실이라는 느낌이 전해져 온다.

뭐, 그것이 진실이라고 한다면 '하얀 제국'은 물론이고 포즈난 왕국도 진룡이 인간 세상을 떠나기 전—교회가 성립되기 이전인 '신의 시대' 때부터 있었다는 이야기가 되니까 아무래도 말이 안 된다고 생각하지만.

"하지만, 아무리 그래도 문헌은 몰라도 유적조차 발견되지 않는다는 것은 좀 이상한 이야기군."

젠지로의 반론에 도르누이 후작은 동의를 표하면서도, 그 이유에 대해서도 말했다.

"말씀하신 대로입니다. 하지만 유적이 전혀 발견되지 않는 이유라고 전해지는 이야기도 일단은 존재합니다."

"호오?"

"전해지는 말에 의하면, '하얀 제국'의 문명은 그 대부분이 물질에 의존하지 않는 초마법 문명이었다고 합니다."

"물질에 의존하지 않는 마법 문명? 상상하기가 힘들군. 그렇다면 '하얀 제국'은 도구를 사용하지 않고, 집을 짓지 않고, 알몸으로 살아갔다는 것인가?"

젠지로의 말에, 노신사는 로맨스 그레이라고 불러야 할 머리를 가로로 저으면서 부정했다.

"아닙니다. 그런 것들을 전부 마법으로 해결했다는 이야기입니다. '하얀 제국'의 지배층은 '12왕가'라고 불리는 혈통마법 사용자들이었습니다. 그중에서도 제1왕가인 니키친 왕가의 '힘마법'과 제2왕가 마카로프 왕가의 '창조마법'에 의해, '하얀 제국'은 마법으로 주거부터 이동용 탈것까지 전부 해결했다는, 그런 이야기가 있습니다."

마법으로 만든 건물과 탈것. 젠지로는 상상해 보았다. 그러나 젠지로의 빈곤한 상상력으로는 마법을 동력원으로 삼는 전형적인 SF 도시 같은 이미지만 떠올랐다.

하지만, 어쨌거나 한 가지 의문이 남는다.

"음? 내가 마법에 대해서는 잘 모르지만, 분명히 마법이라는 것은 하나같이 효과 시간이 짧지 않던가?"

'물 구슬 마법'으로 손끝에 물로 된 구체를 만들어도 그 모양을 유지하는 기간은 지극히 짧은 시간뿐이며, 금세 모양을 잃고 땅으로 떨어진다.

한편, '토벽 작성' 마법으로 만든 흙벽 같은 것들은 반영구적으로 남으니까 처음에는 '창조마법'인가 하는 것으로 만든 건물도 그런 부류일까 생각했는데, 그렇다면 '하얀 제국'이 붕괴한 뒤에 유적이 남지 않았다는 설명과 모순된다. 그런 젠지로의 의문에 도르누이 후작은 살짝 웃으면서 대답해 줬다.

"그것은 다른 왕가가 보완했기 때문이라고 전해집니다. 즉, 제3왕가 올로프스키 왕가의 '계약마법'과 제4왕가 쉬레포프 왕가의 '부여마법'. 이 두 왕가의 힘으로 마법의 효과 시간을 대폭 늘리는 데 성공했다고 합니다. 하지만 아무리 효과 시간을 늘려 봤자 결국은 마법. 진룡의 힘에 파손된 것은 마력이 풀리면서 무(無)로 돌아가고, 남은 것도 마력을 보급해 주는 자가 없어지며 저절로 소멸됐다는 것 같습니다."

"'계약마법'과…… '부여마법'?"
당연히 젠지로는 '부여마법'이라는 부분이 마음에 걸렸다.
그 '부여마법'이, 젠지로가 아는 그 '부여마법'일까?
"예. 아무래도 문헌 하나도 남아 있지 않은 이야기다 보니 근거는 없습니다만, 그렇게 생각하면 하나의 문명이 유적 하나 남지 않고 멸망해 버렸다는 이야기에도 어느 정도 설득력이 생기지 않겠습니까?"

그 말투를 보면 도르누이 후작 본인은 그 신화를 거의 믿지 않는 것 같다. 그것은 조국의 전승을 우습게 여기는 것이 아니라, 확실한 증거도 없이 사실을 단정하는 데 대해 저항을 느끼는 사고방식의 소유자이기 때문이겠지.

하지만 지금 지금 젠지로의 머릿속에서는 조금 전에 도르누이 후작이 말했던 '부여마법'이라는 말이 소용돌이치고 있었다.

'하얀 제국'의 제4왕가 쉬레포프 가문의 혈통마법인 '부여마법'.

샤로와 지르벨 쌍왕국 샤로와 왕가의 혈통마법도 '부여마법'.

혈통마법이라는 것은 기존의 혈맥이 완전히 끊어지면 언젠가 정령이 다음 '초대'를 찾아내 준다고 하니, '하얀 제국'의 쉬레포프 왕가와 쌍왕국의 샤로와 왕가가 아무런 관계도 없는, 완전히 남남일 가능성도 없는 것은 아니다.

하지만 샤로와 왕가가 남대륙에 존재하는 북대륙 사람의 외모를 지닌 왕족이라는 사실을 생각해 보면, 아무런 관계가 없다고 단정하는 것은 너무 성급한 판단일 것 같다.

필연적으로, 젠지로의 시선은 샤로와 지르벨 쌍왕국의 귀족 영애이자 핏줄만 따지면 샤로와 왕가의 왕족이라고 할 수 있는 인물, 루크레치아 쪽으로 향했다.

만에 하나의 경우를 생각해서 부자연스럽게 보이지 않도록, 도르누이 후작을 비롯한 주위에 있는 사람들이 변화를 눈치 채지 못하도록, 가능한 자연스러운 척하면서 그쪽으로 시선을 옮겼더니, 거기에는 빈 잔을 두 손으로 잡고서 평소와 똑같이 웃고 있는, 그러면서도 얼굴에서 핏기가 가신 소녀가 있었다.

루크레치아에 익숙한 젠지로는 차이를 알아볼 수 있어도 다른 사람들은 알아보지 못할 만큼, 표정을 잘 관리하고 있었다.

시선을 돌린 게 실수였을까. 젠지로가 루크레치아를 본 탓에 도르누이 후작도 프레야 공주도 루크레치아 쪽을 보고 말았다.

실수했다고 생각하고, 젠지로는 바로 루크레치아 쪽으로 다가갔다. 루크레치아가 손에 들고 있는 잔에서 알코올 냄새를 맡은 젠지로는, 다른 사람들이 지적하기 전에 일부러 그 사실을 언급했다.

"루시, 안색이 좋지 않은데? 그 손에 들고 있는 것은 술잔 같군. 혹시 술에 취한 게 아닌가?"

젠지로의 말에 루크레치아가 반응했다.

"그런가요? 전 몰랐는데, 듣고 보니 가슴 아래쪽이 조금 이상한 것 같은 기분이 드네요."

그렇게 말하고, 루크레치아는 드레스 위에서 자신의 명치 언저리에 손을 댔다.

"아, 술이 몸에 맞지 않으셨는지도 모르겠군요. 다양한 음식들을 준비하다 보면 가끔씩 이런 일도 있습니다. 루크레치아 님, 무리하지 마시고 저쪽에서 쉬도록 하시지요."

걱정하는 목소리로 말한 도르누이 후작이 에스코트의 사명을 다하기 위해 루크레치아에게 손을 뻗었지만, 루크레치아는 반사적으로 젠지로의 소매를 붙잡았다.

"아…… 이건, 그러니까."

루크레치아의 에스코트는 도르누이 후작이고, 젠지로는 프레야 공주의 에스코트를 맡았다. 여기서 프레야 공주의 허락도 없이 젠지로의 손을 잡는 것은 무례한 짓이라고 할 수 있는 일이지만, 이번에는 루크레치아의 어려 보이는 외모가 좋은 쪽으로 작용했다.

"어이쿠, 역시 젠지로 폐하가 좋으신 모양이군요."

루크레치아가 젠지로와 함께 '황금나뭇잎호'를 타고 북대륙에 온 남대륙 사람이라는 것은 주지의 사실이다.

몸이 좋지 않은 때에 오늘 처음 만난 파트너보다 같은 대륙에서 온 동향 사람에게 의지하는 것은 아주 자연스런 일이라고 할 수 있다. 무엇보다 이런 파티에서는 처음과 마지막에는 파트너와 같이 있어야 하지만, 그 외의 때에는 자유롭게 지내도 된다.

젠지로는 프레야 공주 쪽을 보면서 가볍게 허가를 부탁했다.

"프레야 전하. 죄송하지만 잠시 곁을 떠나는 것을 허락해 주시겠습니까?"

"물론이죠. 루시는 제게도 소중한 친구니까요."

석 달이 넘는 대륙 간 항해를 하는 사이에, 프레야 공주와 루크레치아의 심리적 거리는 어쩔 수없이 가까워졌다. 아무래도 좁고 폐쇄된 공간에서 나이도 신분도 비교적 가까운 몇 안 되는 동성이다.

"고맙습니다. 루시, 저쪽에 가면 앉을 곳이 있다. 걸을 수 있겠나?"

"예, 괜찮아요 젠지로 폐하. 후작님, 정말 죄송하게도 잠시 실례하겠습니다."

"아닙니다, 신경 쓰지 마십시오. 편하게 쉬십시오."

노신사와 은발의 공주를 남겨 두고 젠지로는 루크레치아의 손을 잡고서 의자가 놓여 있는 벽 쪽으로 이동했다.

다행히 아직 이른 시간이다 보니 의자 주변에 다른 사람은 없었다. 주변에 아무도 없음을 확인한 젠지로는 표정을 그대로 유지한 채로 루크레치아의 귓가에 대고 속삭였다.

"나중에 자세한 이야기를 듣고 싶은데."

루크레치아도 표정 하나 변하지 않은 채, 작은 소리로 대답했다.

"남대륙에 돌아간 뒤에는, 얼마든지."

"음, 알았다. 그렇게 부탁하지."
루크레치아의 대답에 젠지로는 경악을 꾹 참았다.

이 나라를 떠날 때가 아니라 북대륙을 떠날 때까지는 대답할 수 없다. 그 말 자체가 하나의 답이라고 할 수 있다. 적어도 샤로와 지르벨 쌍왕국과 옛날에 있었다는 '하얀 제국'과는 뭔가 관계가 있다. 그것은 귀찮은 일이 되리라는 것이 확정된 정보였다. 하지만, 그런데도 젠지로는 가슴이 슬쩍 두근거렸다.

남대륙 사람 대부분은 전설 속 존재라고 생각하는 고대의 초제국에 대한 이야기다. 자신에게 불이익이 있을 거라는 생각이 들면서도 조금이나마 즐거운 기분이 드는 것은 어쩔 수 없었다.

"옆자리, 실례하겠다."

"예."
젠지로 자신도 루크레치아의 옆자리에 앉았다.

"진정될 때까지 푹 쉬도록 하고."

"감사합니다, 젠지로 폐하."
그렇게 대답하는 루크레치아의 얼굴은 이미 평소의 안색으로 돌아온 것처럼 보였다.

젠지로가 루크레치아와 함께 벽 앞의 의자에 나란히 앉아서 쉬고 있는데, 파티장 앞쪽에서 뭔가 술렁이는 소리가 들려왔다.

"뭐지?"

"뭘까요?"

앉아 있는 상태에서는 사람들 때문에 무슨 일이 일어났는지 보이지 않았다. 하지만 젠지로와 루크레치아가 일어서기도 전에 또렷하게 들리는 목소리가 울려 퍼졌다.

"제군! 오늘밤, 내가 주최한 전승 파티에 이렇게 많은 이들이 와 줘서 정말 기쁠 따름이다."

늠름하고, 힘있는 젊은 여성의 목소리. 모습은 보이지 않아도, 그 목소리의 주인이 누구인지는 알 수 있다.

안나 왕녀. 아무래도 주최자인 안나 왕녀가 연설을 하려는 것 같다.

무슨 말을 하려는 것인지는 모르겠지만, 이 시간을 노린 이유는 알 수 있다. 파티가 시작되어 늦게 출석한 자들도 거의 도착하고, 그러면서도 성급한 자들이 아직은 돌아가지 않은, 한마디로 사람이 가장 많은 시간이기 때문이다.

그런 타이밍을 노려서 대체 무슨 말을 하려는 것인지 조금 관심이 가기는 했지만, 파티에 참석한 다른 나라의 왕족이라는 입장을 생각하면 굳이 저 사람들 사이에 끼어드는 것도 좋은 일은 아닌 것 같다는 생각이 들었다.

다행히 여기서도 안나 왕녀가 말하는 내용은 문제없이 들을 수 있다. 젠지로는 벽 앞에 앉은 채 안나 왕녀의 연설을 들었다.

"오늘 파티는 처음에 말한 대로, 비열하게도 이 포모제에 침략의 마수를 뻗었던 기사단을 격퇴하였음을 기념하는 자리다. 포모제를 지켜낸 용사들을 대표해서 이 자리에 있는 얀 대장에게 다시 한 번 성대한 박수를 부탁한다!"

그 말이 끝나자, 둥글게 모여 있던 사람들이 일제히 박수를 쳤다. 여기서는 보이지 않지만, 아무래도 그 둥근 고리 모양의 인파 중심에는 안나 왕녀는 물론이고 외눈 용병 얀도 있는 것 같다.

안나 왕녀의 연설은 계속됐다.

"얀 대장의 활약 덕분에 포모제는 무사했다. 이것은 참으로 기쁜 일이다. 하지만, 이것으로 기사단의 위협이 사라진 것일까? 답은 굳이 말할 필요도 없다. 아니, 절대로 아니다! 기사단은 지금도 강대한 전력을 보유했고, 우리나라의 영토를 노리고 있다. 그리고 나는 기사단이 다음 침략을 행할 조짐을 포착하는 데 성공했다!"

안나 왕녀의 말에 모여 있던 사람들 사이에서 깜짝 놀랐다는 반응이 터져 나왔다.

그리고 떨어져 있는 젠지로도 그 놀라움을 공유했다.

이번 기습으로 끝이 아니라, 기사단은 다음 침략을 계획하고 있었다. 그리고 그 징후를 안나 왕녀가 포착했고. 자기도 모르게 옆을 봤더니, 루크레치아도 깜짝 놀라서 파란색 두 눈을 크게 뜨고 있었다.

"하지만, 발견한 것은 그 누구의 공도 아니다. 놈들은 숨길 생각이 전혀 없었다. 북쪽 국경 부근에서 기사단의 병력이 집결하고 있다. 그 숫자는 현시점에서 1만. 최종적으로는 최소한 2만, 어쩌면 3만에 달할지도 모른다."

이번에 터져나온 경악한 목소리는 조금 전과 비할 바가 아니었다.

젠지로는 이해하기 힘들었지만, 이곳 북대륙에서도 만 단위의 군이 움직이는 것은 흔치 않은 일이다.

지금까지의 소규모 전투와는 상황이 전혀 다르다. 기사단은 즈워타 보르노시치 귀족제 공화국과 결판을 내려 하는 것이다.

아니면 이번 포모제에 대한 기습도 진짜 목적인 대침공을 위한 양동작전이었을 가능성이 있다.

"굳이 말할 필요도 없이, 이것은 위기다. 이 위기 앞에서 귀를 막는 자는 우리나라의 귀족 중에 단 한 명도 없을 것이라고, 나는 그렇게 확신한다. 물론, 나 또한 그렇다. 나는 이 얀을 대리인으로 삼아 내 휘하의 전사들을 맡기고, 전장으로 보낼 것이다. 그대들에게도 협력을 요청한다! 우리나라만이 아니다. 우리와 함께 할 수 있는 자, 기사단과 어우러질 수 없는 자라면 인근 국가들의 힘도 빌려야 한다고, 나는 그렇게 생각한다. 전장으로 예상되는 곳은, 탄넨바르트다!"

탄넨바르트.

젠지로는 알 리가 없지만, 그곳은 기사단령과 즈워타 보르노시치 귀족제 공화국의 국경에 있는 탁 트인 땅이다.

만 단위의 병력들이 부딪치게 된다면 병력을 전개할 수 있는 장소는 한정된다. 필연적으로, 적군의 규모가 그만큼 크다면 결전 장소도 사전에 예상할 수 있다.

"하지만, 다음 전투에도 얀 용병대장을 그대로 안나 전하가 고용할 수 있을까? 계약은 이번 전투 한 번뿐이었고, 그 뒤에는 얀 사제에게 돌려보내기로 했던 것 같은데."

젠지로의 의문에, 옆자리에 있는 루크레치아가 물었다.

"젠지로 폐하. 그게 정말로, 정확하게 그런 약속이었던가요? 포모제 방위전에 따르는 기사단을 요격하는 전투 한 번뿐인, 그런 계약이었나요?"

루크레치아는 나이가 어려도 타고난 귀족이다. 말꼬리를 잡는 왕후귀족들의 교활한 화법에는 젠지로보다 익숙했다. 그런 루크레치아의 지적을 들은 젠지로는 다시 생각해 보고서 고개를 저었다.

"아니……. 그건 아니었어. 정확히 말하자면 이번 기사단의 침략에 대한 요격대의 지휘를 맡긴다, 였던 것 같아."

대답하면서, 젠지로도 안나 왕녀가 무슨 짓을 했는지 이해했다.

"그렇다면 안나 전하는 계약을 지키고 계시네요. 안나 전하가 말씀하시는 '이번 기사단의 침략'이라는 것은 며칠 전에 있었던 기습 공격 한 번만이 아니라, 그 기습을 양동으로 삼아서 벌이려고 하는 큰 전투까지 포함된다는 뜻이겠죠."

"역시나 왕족이라고 해야 하는 건가."

젠지로는 무의식중에 한숨을 쉬었다.

한편, 안나 왕녀가 입을 다문 탓에, 파티장에 모여 있는 사람들에게 잠시 침묵이 찾아왔다.

"탄넨바르트로."

그 침묵을 깨려는 것처럼, 젊은 귀족이 주먹을 가슴에 대고 중얼거렸다.

그리고 그것이 마중물이 됐다.

"탄넨바르트로……."

"탄넨바르트로."

"가자, 탄넨바르트로!"

귀족들이 차례차례, 그 결전지의 이름을 입에 담았다.

처음에는 조용히, 제각각이었던 목소리가 점점 하나로 모였고, 성량도 커졌다. 최종적으로는 모든 이가 큰 목소리로 "탄넨바르트로!!"라고, 합창하듯 외쳤다.

남자들 중에는 용감하게 주먹을 하늘 높이 치켜드는 이도 있다.

당연하다면 당연한 일이지만, 벽 앞에 앉아 있는 젠지로와 루크레치아는 물리적으로나 심리적으로나 완전히 동떨어져 있는 입장이었다.

"이거, 정말 대단한 열기인데."

"안나 전하의 위광이려나요."

열광하는 집단이라는 것은, 바깥에서 보면 무섭게 느껴지는 법이다.

그리고 자신들을 향해 다가오는 발소리를 듣고, 젠지로는 자신들처럼 동떨어진 사람이 한 명 더 있다는 사실이 생각났다.

"프레야 전하."

젠지로는 자신들에게 다가온, 파란 드레스를 입은 은발 공주의 이름을 불렀다.

프레야 공주의 얼굴에는 완전히 숨기지 못한 감정이 드러나 있었다. 그 감정이 한 종류가 아니었기 때문에 완전히 읽을 수는 없었지만, 최소한 분노와 짜증, 그리고 그것을 덮어 버리려는 것만 같은 씁쓸한 웃음이 드리워 있었다.

"왜 그러세요, 프레야 전하?"

조심조심 묻는 루크레치아에게, 프레야 공주는 씁쓸하게 웃으면서 고개를 저어 보였다.

"아뇨, 이제 와서 이런 말을 해 봤자 아무 소용도 없지만, 제가 얼마나 경솔한 인간인지를 깨닫고서 반성하고 있었습니다."

"프레야 전하가 경솔, 하시다고요?"

프레야 공주의 말에 젠지로도 고개를 갸웃거렸다. 프레야 공주는 포기했다는 것처럼 크게 한숨을 쉬더니,

"가까운 시일 내에, '황금나뭇잎호'는 출항하게 될 것 같습니다. 그것도 안나 전하의 성대한 배웅을 받으면서."

그렇게, 최대한 억양을 죽인 목소리로 말했다.

"음?"

그 목소리만 들어도 그것이 좋은 일이 아니라는 것은 알 수 있다. 하지만, 뭐가 문제인지는 모르겠다.

"귀국한 뒤에 부왕으로부터 질타를 받아 마땅한 일을 저질렀습니다. 못 들으셨는지요? 조금 전에 안나 전하는 기사단과 어우러질 수 없는 자라면 인근 국가들의 힘도 빌려야 한다고 말씀하

셨습니다."

젠지로가 앗, 하고 작은 소리로 비명을 질렀다. 정령 신앙인 웁살라 왕국은 굳이 말할 필요도 없이 기사단과 어우러질 수 없는 인근 국가다.

"실례되는 말입니다만, 프레야 전하는 일개 왕녀일 뿐입니다. 설령 전하를 구슬린다고 해도, 그걸로 웁살라 왕국 전체를 같은 편으로 끌어들이는 것이 되지는 않을 텐데요?"

그렇게 물은 젠지로에게, 프레야 공주는 한층 씁쓸한 미소를 지으면서 고개를 저어 보였다.

"저희가 어떤 답을 내놓을지는 문제가 아닙니다. 중요한 것은 오늘밤 이 전승 파티에 출석한 제가 안나 전하의 대대적인 배웅을 받으면서 귀국한 경우, 기사단이 그것을 어떻게 판단할지, 그게 문제입니다."

"아, 그런 말씀이시군요."

그제야 젠지로도 안나 왕녀의 꿍꿍이를 완전히 이해했다.

기사단과의 일대 결전을 앞두고 즈워타 보르노시치 귀족제 공화국은 여러 나라에 참전을 호소했다.

그 선언을 행한 장소에 정령 신앙 국가인 웁살라 왕국의 왕녀가 있었다.

그리고 며칠 뒤, 웁살라 왕국의 왕녀는 즈워타 보르노시치 귀족제 공화국 왕녀의 성대한 배웅을 받으면서 웁살라 왕국으로 귀국한다.

이 시점에서 기사단은 웁살라 왕국을 무시할 수 없게 된다. 웁살라 왕국의 참전 여부는 중요한 게 아니다. 그럴 가능성이 있다는 것만으로도 기사단이 웁살라 왕국을 경계하기 때문에, 그쪽으로 의식과 국력의 일부를 할애해야 하게 된다.

안나 왕녀에게는 크나큰 전과라고 해야겠지.

연설에서 궐기대회로 변화한 안나 왕녀를 중심으로 모인 인파도 역할을 마치고서 흩어지고 있다.

흩어지고 있는 인파의 중심에 있던 안나 왕녀가 남색 머리카락을 휘날리면서 젠지로 일행을 향해 걸어왔다.

그 옆에는 안대로 한쪽 눈을 가린 중년 남성—외눈 용병 얀이 있다.

용병대장 얀도 씁쓸한 미소를 짓고 있는 걸 보면, 그로서도 다음 전투의 지휘관을 맡게 된 것이 예상밖의 일이라는 뜻이겠지.

"오, 젠지로 폐하. 즐거운 시간을 보내고 계신가?"

"음, 안나 전하 정도는 아니지만."

젠지로는 자기도 모르게, 상당히 직접적으로 빈정대는 소리를 하고 말았다.

하지만 실제로 이 파티장에서 안나 왕녀만큼 성과를 올린 사람은 없을 것이다. 그야말로 정말 즐거운 시간을 보내고 있겠지.

이 전승 파티에서 안나 왕녀는 젠지로라는 타국의 국서를 통해서 여왕이 즉위할 가능성을 널리 알리고, 외눈 용병 얀이라는 실력 있는 지휘관과의 계약을 다음 대전까지 연장하는 데 성공했으며, 프레야 공주라는 다른 나라의 왕녀를 이용해서 기사단을 견제하는 데 성공했다.

그야말로 웃음을 참을 수가 없는 상황이겠지.

"하긴. 이번에는 어쩔 수 없는 일이라고는 해도, 젠지로 폐하의 발을 묶어서 큰 폐를 끼쳤다. 게다가, 아무래도 이 파티에서 내 소원 또한 이루어진 것 같고. 이런 상황에서 입으로만 고맙다고 한다면 체면이 말이 아니겠지. 젠지로 폐하, 뭔가 내가 해드릴 수 있는 답례는 없겠는가?"

안나 왕녀는 그렇게 말했지만, 젠지로에게 안나 왕녀는 답례도 필요 없고 그저 최대한 엮이지 않았으면 싶은 부류의 인종이다. 세게 밀어붙이는 데다가 머리가 좋고 야심가인 인종은 교섭 상대 중에서는 최악에 가깝다.

하지만 사회인 시절의 경험을 통해서 이런 부류의 인간들은 상대방이 자신에게 유익한 존재일 경우에는 아무리 사양해도 절대로 물러서지 않는다는 것을 잘 알고 있다.

그렇다면 자신도 사양하지 않고 요구하는 쪽이 수지가 맞는다.

"그렇다면, 한 가지. 실은, 루시가 도르누이 후작으로부터 훌륭한 선물을 받았다는 것 같더군. 루시."

"예, 젠지로 폐하."

보여주라는 젠지로의 말을 듣고, 루크레치아는 얌전히 거울을 꺼내서 보여줬다.

훌륭한 세공이 들어간 유리 거울을 본 안나 왕녀는 거창하게 놀라는 척했다.

"호오? 이거 참, 도르누이 후작이 아주 큰마음을 먹었군."

아무래도 북대륙 서부 최대 국가의 왕족이 보기에도 유리 거울은 상당히 비싼 물건인 것 같다.

안나 왕녀의 반응을 보고 젠지로가 말했다.

"부디 같은 것을, 조국에서 기다리는 아내를 위한 선물로 주문하고 싶군. 이 거울을 만든 장인, 또는 그 장인이 일하는 공방을 소개해 줄 수 있겠나?"

젠지로의 말을 들은 안나 왕녀는 난처하다는 것처럼 눈살을 찌푸렸다.

"음, 그건 상관없지만, 아쉽게도 그 거울의 공방은 우리나라가 아니라 이웃나라에 있다. 소개장을 써 드리는 것이야 가능하지만, 이웃나라의 공방까지 이야기만 전하건 폐하가 직접 방문하건 상당한 시간이 걸릴 텐데."

"그런가. 아쉽지만 특별 주문한 거울은 다음 기회를 기다려야겠군."

"음. 그렇다면 소개장과 왕가가 보유하고 있는 유리 거울을 하나 드리도록 하지."

"그거 고맙군."

젠지로는 살짝 고개를 끄덕였다.

굳이 말할 필요도 없는 일이지만, 젠지로가 정말로 원하는 것은 유리 거울이 아니라 거울로서도 사용할 수 있을 만큼 투명도가 높은 유리다. 그 공방에서 장인을 스카우트하거나 제조 방법을 배울 수 있다면 유리구슬 제조가 크게 진척될 것이다.

출항하기 전에는 남대륙의 파워 밸런스와 문명의 과도한 진보를 우려해서 유리구슬 양산을 망설였지만, 북대륙과의 기술 격차를 직접 보고 나니 그런 생각을 할 때가 아니라는 생각이 들었다.

"폐하와는 앞으로도 좋은 관계를 이어 갔으면 싶군."

"동감이다."

안나 왕녀가 생각하는 좋은 관계와 젠지로가 생각하는 좋은 관계는 아마도 다른 것이겠지.

양쪽 모두 그 사실을 알고 있는 상태에서, 그 자리에서는 웃으며 동의했다.

[에필로그] 출항

이틀 뒤. '황금나뭇잎호'는 프레야 공주의 예상대로 안나 왕녀를 비롯한 사람들의 대대적인 배웅을 받으면서 출항하려 하고 있었다.

'황금나뭇잎호'의 선원들은 이미 전부 제 위치에 배치해 있고, 부두에 남아 있는 사람은 젠지로와 프레야 공주, 그리고 그 호위를 맡은 여전사 스카디와 기사 나탈리오 뿐이었다.

젠지로 일행과 마주보는 모양으로 서 있는 사람은 이 포모제항의 주인인 포모제 후작. 그리고 신비한 인연이 생긴 세 명의 얀. 즉 얀 사제, 외눈 용병 얀, 그리고 고아 소년 얀이다.

참고로 이 자리를 마련한 안나 왕녀는 유익 기병의 정장 차림으로 천마를 타고서 다른 유익 기병 두 명과 함께 조금 전부터 상공에서 선회하고 있다.

제각기 빨강, 흰색, 노란색 긴 천을 휘날리면서 선회하고 있기 때문에 너무나 눈에 띄었고, 마치 삼등분을 한 삼색의 원이 공중에서 회전하고 있는 것처럼 보인다.

항구에 정박해 있는 배는 물론이고 포모제 시내 어디에서도 그 삼색 원을 볼 수 있을 것이다. 그것을 본 각국의 무역선에 타고 있는 외국 사람들은 포모제를 떠난 뒤에 다음 정박지에서 소문을 퍼트릴 것이다. '웁살라 왕국의 문장을 단 배가 즈워타 보르노시치 귀족제 공화국의 유익 기병으로부터 성대한 배웅을 받았다'는 소문을.

그러던 중에, 마침내 빨간 천을 휘날리고 있던 천마 위에서 기병이 허공으로 뛰어내렸다.

생명줄도 낙하산도 없는 스카이다이빙. 크라쿠프 왕가 사람에게 그딴 것들은 필요 없다.

뛰어내리기 전에 '비행마법'을 발동시켰겠지. 부자연스레 감속한 유익 기병은 공중에서 한 바퀴 빙글 회전하더니, 작은 발소리를 내면서 젠지로 앞에 착지했다.

그 자리에서 머리 전체를 가리는 은색 투구를 벗자, 그 속에서 풍성한 남색 머리카락이 나타났다.

투구 속에 갇혀 있던 긴 남색 머리카락은 보통 왕족 여자라면 도저히 사람들 앞에서 보일 수 없을 만큼 헝클어져 있었지만, 유익 기병의 정장인 경량화 갑옷 차림의 안나 왕녀에게는, 그 헝클어진 머리카락이 신기할 정도로 잘 어울렸다.

안나 왕녀 자신도 그런 자신의 모습을 신경 쓰는 태도를 보이지 않았다. 당당하게 젠지로 앞에 서서, 붉은 입술을 옆으로 크게 펼치고, 미소를 지었다.

"젠지로 폐하, 프레야 전하. 아쉽지만 두 분께도 예정이 있다는 것은 알고 있으니 어쩔 수 없군. 이번에는 정말 많은 신세를 졌다."

두 팔을 좌우로 크게 벌리고 말하는 모습이 마치 연기하는 것 같아서 자칫하면 우습게 보일 수도 있었지만, 안나 왕녀에게는 그런 생각조차 들지 않게 만드는 매력이 있었다.

"그래, 안나 전하의 말은 감사히 받아들이도록 하지."

안나 왕녀에게 휘둘리고 크게 한 방 먹었다고 생각하는 젠지로는, 평소처럼 겸손한 말로 대답할 생각도 들지 않았다.

프레야 공주는 일단 얼굴은 웃고 있지만, 단 한 마디도 말하지 않았다.

보통 사람이라면 모를까, 말 속에 담긴 뜻을 읽으면서 살아가는 귀족이라면, 안나 왕녀의 태도에 젠지로와 프레야 공주가 좋은 감정을 품지 않았다는 것은 간단히 읽을 수 있다.

"젠지로 폐하, 프레야 전하. 정말, 정말로 감사합니다. 두 분은 포모제의 구세주이십니다. 두 분이 계시지 않았다면 어떻게 됐을지. 거듭거듭 감사드립니다."

안나 왕녀의 말을 자르는 것처럼, 포모제 후작이 고개를 깊이 숙이면서 말했다.

말이 너무 거창한 것처럼 보이기도 하지만, 틀림없는 사실이다.

거꾸로 생각해 보면 기사단의 기습에는 정말로 시간 여유가 없었다.

만약 시녀 마르그레테가 고아 양의 말을 들어주지 않았다면. 마르그레테의 보고를 들은 젠지로가 고아 양과 양 사제가 대면하는 자리를 마련하지 않았다면. 그리고 고아 양이 가져온 정보를 들었을 때, 프레야 공주가 자신의 신분을 이용해서 억지로 포모제 후작에게 면회를 청하지 않았다면.

결과는 굳이 말할 필요도 없다. 포모제 후작이 고아 얀의 이야기를 들었을 때부터 실제로 기사단이 상륙할 때까지 시간은 사흘밖에 없었다.

　어느 하나라도 제대로 이루어지지 않았을 경우, 포모제 후작이 기사단의 기습을 알기도 전에 기사단이 이 포모제에 당도했을 것은 의심할 여지가 없다.

　그 경우에는 포모제 내부에 있는 친 기사단 귀족들이 안쪽에서 성문을 열었을 것이고, 최악의 경우에는 포모제가 함락됐어도 이상하지 않을 것이다.

　그 답례로, '황금나뭇잎호'의 창고에는 포모제 후작이 아끼던 술이 잔뜩 실려 있다. 증류주에 다양한 향초와 금가루를 넣었다는 그 술은 북대륙에서는 왕족들도 그리 간단히 손에 넣을 수 없는 귀중한 물건이라는 것 같다.

　'포모제가 자랑하는 명품입니다'라고 말한 후작의 자랑스러워하는 얼굴을 떠올려 보면, 술통을 여는 순간이 기다려진다.

　포모제 후작의 진지한 인사에 젠지로와 프레야 공주도 겨우 진심으로 웃을 수 있었다.

　"이 아름다운 도시가 전화에 휩싸이지 않았다. 내 행동이 그 결과를 낳는 데 일조했다면, 그것만으로도 자랑스런 일이다."

　"포모제항은 저희 웁살라 왕국에게도 귀중한 기항지. 그 땅의 평화를 도울 수 있어서 기쁩니다."

　입장이 있기 때문에 어쩔 수 없이 완곡하게 표현했지만, 젠지로와 프레야 공주는 그렇게 말하면서 포모제 방위의 성공을 기뻐했다.

이어서 포모제 후작의 대각선 뒤쪽에 서 있던, 녹색 사제복을 입은 남자가 한 걸음 앞으로 나섰다.

"젠지로 폐하. 이렇게 신기한 인연으로 젠지로 폐하와 알게 된 것을 최대의 행운이라 생각합니다. 이번 건에 대해서는 저도 깊이 감사드리겠습니다. 그 답례라고 하기는 그렇습니다만, 이걸 받아 주십시오."

그렇게 말한 녹색 사제복을 입은 남자—얀 사제는 한 통의 편지를 꺼내더니 공손하게 내밀었다.

"이것은?"

짧게 질문을 던지는 젠지로에게 얀 사제는 온화한 미소를 지어 보이더니,

"제 조국에 있는, 유리 거울을 만드는 공방에 보내는 소개장입니다. 이미 안나 전하께서도 주셨으니 필요 없을지도 모르지만, 일단은 제 마음입니다."

그렇게 말하고 살짝 가슴을 폈다.

유리 거울을 만드는 공방이란 굳이 말할 필요도 없이 유리 공방이기도 하다.

유리 공방에게 있어 교회는 최대의 고객 중 하나다. 교회는 스테인드글라스 같은 것 때문에 유리 제품의 수요가 많다.

얀 사제는 대부분의 교회에서 미움을 받는 이단이지만, 대학에서는 용학부 학부장을 맡고 있다. 용학부 건물에는 교회와 마찬가지로 성당이 있고, 거기에는 스테인드글라스를 사용했다.

같은 나라의 단골이니까 어쩌면 안나 왕녀의 소개장보다 효과가 있을지도 모른다.

"고맙게 받겠네."

젠지로는 그렇게 말하고서 얀 사제가 내민 소개장을 받았다.

◆

예상을 뛰어넘는 거창한 배웅을 받으면서 '황금나뭇잎호'는 무사히 포모제항에서 출항했다.

항구에서 나온 '황금나뭇잎호'는 네 개의 돛에 바람을 받으며, 순조롭게 바다를 달려 나갔다.

어디에 무엇이 있고 어디서 뭐가 나올지 모르는 대륙 간 항해와 달리 지금 달려가고 있는 곳은 어디에 뭐가 있는지 훤히 알고 있는 북대륙의 항로다.

물론 대자연 앞에서 방심은 금물이지만 보통은 나흘 정도, 바람이 좋으면 사흘 만에 주파할 수 있는 항로다.

그래도 선원들은 상당히 긴장해서 빠릿빠릿하게 움직이고 있다. 갑판에서 그 모습을 보고 있던 젠지로는 역시 프로는 다르다고 감탄했는데, 사실은 이번 일 때문에 긴급 소집을 걸었을 때 연락이 안 됐던 인원이 있었던 탓에, 망누스 부선장이 불같이 화를 냈었다.

전원 연대책임. 그나마 온정을 베풀어 이번 항해에서 열심히 일하면 조금이나마 벌을 줄여 주겠다.

그런 말을 들은 선원들이 일말의 희망을 걸고서 있는 힘껏 일하고 있는 것이 지금 저 빠릿한 모습의 진상인 것 같다.

위협하는 곰 같은 표정의 망누스 부선장한테서 그런 이야기를 들은 젠지로는 슬쩍 웃었지만, 바로 진지한 얼굴로 돌아오고 말았다.

지금의 젠지로는 벌을 두려워하는 선원들을 동정할 여유도 없을 만큼 긴장하고 있는 상태다.

'황금나뭇잎호'가 발렌티아항을 떠났을 때는 대륙 간 항해 자체에 대한 두려움이 너무나 큰 탓에 그 사실을 아직 실감하지 못했었다.

하지만 '황금나뭇잎호'는 앞으로 사나흘이면 웁살라 왕국에 도착한다. 거기서부터 왕도 웁살라까지도 꽤 거리가 있다는 것 같지만, 그렇다고 해도 그렇게 긴 여정은 아닐 것이다. 그 정도로 가까워지니, 어쩔 수 없이 의식하게 된다.

웁살라 왕국에는 당연히 웁살라 국왕이 있다.

웁살라 왕국의 현 국왕 구스타프 5세. 하지만 젠지로의 문제는 그 직함이 아니다. 프레야 공주의 부친이라는 입장 쪽이다.

남자라면 누구나 두려워하는 이벤트, '따님을 제게 주십시오'를 부친에게 고하러 가는 이벤트가 다가오고 있는 것이다.

"후우……."

생각만 해도 기분이 우울해진다. 게다가 젠지로의 입장은 국서. 이미 여왕 아우라라는 정실을 둔 몸이다.

그런 남자가 한 나라의 제1왕녀를 '측실로 주시오'라고 말하러 가는 것이다. 그런 소리를 듣고도 화를 내지 않는 사람은 왕으로서도 아버지로서도 뭔가 문제가 있는 인간이라고 젠지로는 생각했다.

솔직히 프레야 공주의 아버지가 '무슨 헛소리냐, 썩 꺼져라'고 말하면 '그죠. 예, 실례했습니다'라고 대답하고 후딱 물러나고 싶은 기분이다.

물론, 카파 왕국의 국익을 생각하면 그런 짓은 할 수 없다.

그런 생각을 하고 있는데, 어느 샌가 프레야 공주가 옆에 와 있었다.

오랜만에 보는 선장 복장이다. 백 일에 가까운 항해 중에 계속 봤던 모습이기 때문에 젠지로는 선장 복장이야말로 프레야 공주의 진짜 복장이라는 기분이 들었다.

"젠지로 폐하, 역시 불안하십니까?"

프레야 공주의 솔직한 질문을 듣고 생각이 얼굴에 드러나 있다는 걸 자각한 젠지로는, 씁쓸하게 웃으면서도 고개를 끄덕였다.

"예, 솔직히 말해서 그렇습니다. 역시 제 입장에서 구스타프 폐하께 프레야 전하와의 혼인 허가를 여쭙는 것은, 상당한 용기가 필요하니까요."

"제가 먼저 제안한 일입니다만."

"아무리 그래도 말입니다."

여자가 결혼을 제안하고 남자가 받아들였다. 그걸로 깔끔하게 해결된다면 고생할 일이 없다.

웁살라 왕국에도 체면이 있고, 구스타프 5세에게도 애정이 있다.

거기서 문득, 생각이 미쳤다. 애정이 있다. 애정이 있다면, 어쩌면 부왕이 프레야 공주를 이해해 주지 않을까? 실제로 여자 왕족이라는 걸 믿을 수 없는 프레야 공주의 말괄량이 짓도 허용해 주고 있으니까.

"구스타프 폐하께서는 프레야 전하의 가치관을 어느 정도 이해하고 계십니까?"

만약 그녀의 가치관을 이해해 줬다면 젠지로의 측실이 되는 것도 이해해 줄 가능성이 크다. 자유와 모험을 무엇보다 사랑하는 프레야 공주는 일반적인 왕족과는 결혼해도 행복해질 수 없다. 그렇기에, 그런 프레야 공주의 가치관을 이해하고 그 행동을 허용하는 젠지로에게 프레야 공주는 반쯤 억지로 자신을 팔려고 든 것이다.

젠지로는 일말의 희망과 함께 물었지만, 무정하게도 그 자리에서 바로 부정당했다.

"털끝만큼도 이해하시지 않습니다. 이해는 하지 않지만 딸에 대한 애정은 있으니, 제 '영문 모를 고집'을 어느 정도 묵인해 주셨다고, 그렇게 봐야겠죠."

"……그렇습니까."

한없이 최악에 가까운 대답에 젠지로는 감추려고 들지도 않고 큰 한숨을 쉬었다.

그런 젠지로에게 힘을 내라는 것처럼, 프레야 공주가 최대한 밝은 목소리로 말했다.

"하지만, 아버님은 위정자입니다. 웁살라 왕국의 미래를 위해서 필요한 투자는 아끼지 않습니다. 그 투자 중에는 왕족의 혼인도 포함되겠죠."

"역시, 믿을 건 그것뿐인가요."

대륙 간 무역의 정기 항로를 신설한다면 막대한 부를 얻을 수 있다.

북대륙의 발전은 젠지로도 피부로 느낄 수 있을 정도였다. 보통 위정자라면 여기서 뒤처지면 나라가 망할 수도 있다는 위기를 느낄 것이다.

나라를 발전시키려면 무엇보다 예산이 필요하다. 위기를 느끼는 위정자라면 명분보다 실리를 택해서 이쪽의 제안을 받아들일 가능성이 크다.

"뭐, 어떻게든 하겠습니다. 어떻게든 해 보이겠습니다."

"잘 부탁드리겠습니다."

반쯤 억지로나마 기합을 넣은 젠지로를 보며, 프레야 공주는 안심한 얼굴로 미소를 지었다.

〈'이상적인 기둥서방 생활 13'에서 계속〉

[부록] 주인과 시녀의 <ruby>간접교류<rt>정찰 임무</rt></ruby>

　돌로레스는 카파 왕국의 후궁에서 일하는 시녀다. 돌로레스는 자신이 상당히 운이 좋다는 사실을 자각하고 있다.

　집안은 작위도 없는 기사 귀족이지만, 나름대로 유서 깊은 가문이었기 때문에 시녀로서 후궁에 들어올 수 있었다. 후궁이란 주인에 따라서 천국도 지옥도 될 수 있는 곳이지만, 돌로레스의 주인인 젠지로는 그 이상을 바라는 것은 너무한 일이라는 생각이 들 정도로 상냥한 주인이었다.

　아만다 시녀장은 '아무런 명령도 안 내리시니 오히려 힘듭니다'라고 했는데, 명령을 안 하시면 그만큼 쉬면 되니까 아주 편하다.

　그런 돌로레스지만, 젠지로와 동행해서 '황금나뭇잎호'에 타고 북대륙으로 가라는 명령을 받았을 때는 솔직히 말해서 '드디어 내 행운이 끝났나?'라는 생각을 했을 정도였다.

　사실 대륙 간 항해 중의 선상 생활은 하루 만에 집이 그리워질 정도로 힘들었다.

　좁은 배 안에서 상사 이네스에 훨씬 높은 신분인 루크레치아 브로이와의 공동생활. 제한된 물. 불을 쓸 수 없어서 보존식만 먹어야 하는 식사. 그리고 무엇보다, 도망칠 수도 없이 계속되는 흔들림.

날씨가 안 좋은 날에는 서 있는 건 고사하고 앉아 있기도 힘들어서 딱딱한 나무상자 모양 침대 안에서 데굴데굴 퍽퍽 굴러야만 했다.

그런 돌로레스의 기준으로 큰 폭풍을 무사히 빠져나온 뒤에 '황금나뭇잎호'의 선원들이 '조금 센 바람이었지' '이번엔 폭풍을 안 만나서 다행이다' '파도가 잔잔해서 살았어' 같은 이야기를 주고받는 걸 들었을 때는 젠지로에게 '순간이동'을 부탁해서 중간에 포기해 버리는 쪽을 진지하게 검토했을 지경이었다.

하지만, 그런 고난의 나날을 보낸 지 약 90일.

'황금나뭇잎호'는 무사히 북대륙 중서부의 즈위타 보르노시치 귀족제 공화국이 자랑하는 국제항, 포모제항에 도착했다.

그리고 '고대의 숲 정'이라는 고급 여관에서 하룻밤을 묵은 젠지로는 다음날 '지금까지의 고생을 치하한다'고 말하며 돌로레스를 비롯한 시녀와 호위 기사, 병사들에게 눈이 살짝 휘둥그레질 정도의 보너스를 하사하셨다.

젊은 돌로레스는 회복도 빠르다. 고용인 대상이기는 하지만 고급 여관의 쾌적한 잠자리에서 자고 신선한 식사를 먹었더니, 겨우 하루 만에 힘이 돌아왔다.

난 역시 운이 좋다.

자신에게 할당된 자유 시간을 맞이한 돌로레스는 묵직한 은화 주머니와 대조적으로 개운하고 가벼운 발놀림으로 문을 나서서 이국(異國)의 항구도시에 들어섰다.

"돌로레스 님께서 가고 싶으신 곳으로 가시면 됩니다. 저희는 시간이 얼마 안 되기는 하지만, 밤에 돌아다니는 것도 허가를 받았으니까요."

돌로레스의 호위를 맡은 젊은 병사가 그렇게 말했다.

"예, 그러면 그 말씀대로 할게요."

그렇게 말한 돌로레스는 젊은 병사를 데리고 포모제 시내를 돌아다녔다.

후궁에서는 시녀라는 고용인 입장인 돌로레스였지만, 집으로 돌아가면 작위는 없더라도 나름대로 유서 깊은 기사 귀족 가문의 아가씨다.

고용인이나 호위를 데리고 돌아다니는 데도 그럭저럭 익숙했다. '고대의 숲 정'의 지배인의 말에 의하면, 이곳 포모제는 낮에 큰길로 다니기만 하면 외지에서 온 여자가 혼자 돌아다녀도 아무 문제가 없을 만큼 치안이 좋다고 했지만, 걱정이 많은 성격인 젠지로는 마그르레테를 제외한 시녀들이 혼자 돌아다니는 것을 허락하지 않았다.

밀정을 겸하다 보니 어지간한 기사보다 실력이 좋고 옷만 갈아입으면 현지 사람처럼 보이는 금발, 녹색 눈동자, 하얀 피부라는 외모를 지닌 마르그레테의 경우, 괜히 갈색 피부의 기사나 병사와 같이 돌아다니는 것보다 혼자인 쪽이 더 안전하다.

"그러고 보니까 돌로레스 님은 옷을 안 갈아입어도 되겠습니까?"

갑자기 생각났다는 것처럼 묻는 병사에게, 돌로레스는 가볍게 고개를 끄덕여서 대답했다.

"예, 저희는 어차피 눈에 띄니까요. 그렇다면 그냥 이런 차림새인 쪽이 더 안전하겠죠."

돌로레스를 비롯한 고급 시녀들의 제복은 한눈에 봐도 알 수 있을 정도로 고급 천을 사용했다. 이걸 입고 있으면 돌로레스가 '상당한 부자, 또는 고위 귀족을 섬기는 사람'이라는 걸 알 수 있다.

그런 배경이 있으면 어지간한 사람은 괜히 집적거리려고 들지 않는다. 물론 돈을 목적으로 삼는 유괴를 유발할 가능성도 있기 때문에, 무조건 정답이라고 할 수는 없지만.

"하긴 그렇군요. 그런데, 생각보다 눈에 띄지 않네요."

"예, 그 점은 정말 다행이에요."

병사의 말을 듣고 돌로레스는 주위를 둘러봤다.

국제항이라는 배경은 빈말이 아니다. 시내를 오가는 사람들 대부분은 하얀 피부의 북대륙 사람들이지만, 그런 사람들의 눈동자나 머리카락 색, 그리고 머리카락 모양이나 의상 등은 정말 다양했다. 게다가 노란색 피부를 가진 사람이나 돌로레스처럼 갈색 피부를 가진 사람들도 조금만 둘러보면 의외로 간단히 찾을 수 있었다.

그렇다면 돌로레스와 젊은 병사도 얌전히 있기만 하면 괜히 주목을 받지는 않을 것이다.

사실 돌로레스는 여성치고는 키가 크고 몸매도 좋고 얼굴도 예쁜, 사람들의 눈길을 끌 요소를 전부 갖추고 있기 때문에 평범한 외국인보다는 눈에 띄지만.

"그럼, 갈까요. 여자 쇼핑에 어울리려면 많이 힘들겠지만, 참아 주세요."

"괜찮습니다. 제가 이래 봬도 제 누나 쇼핑에 따라다닌 경험이 많거든요."

돌로레스의 살짝 장난스런 말에 젊은 병사는 웃으면서 대답했다.

포모제 시내 큰길은 적당히 걸어다니기만 해도 그럭저럭 즐거운 곳이다. 하지만 점포 숫자가 너무 많기 때문에 자유 시간이 적은 경우에는 구경하고 다니기만 해도 시간이 흘러가 버리고, 결국은 아무런 성과도 없이 끝나 버릴 위험이 있다.

그래서 요령이 있는 돌로레스는 사전에 여관 카운터에 부탁해서 추천하는 가게들의 약도를 그려 달라고 했다.

양피지는 색이나 촉감이 용지와 미묘하게 달랐지만, 돌로레스는 딱히 신경 쓰지 않았다. 다행이 여관 종업원이 추천하는 가게들은 전부 큰길가에 있는 큰 가게들이었다. 이곳 지리에 익숙하지 않은 사람이 약도만 보고 찾아가더라도 헤맬 일은 없다.

"아, 찾았다. 여기네요."

돌로레스가 그렇게 말하면서 들어간 첫 번째 가게는 한눈에 봐도 여성들을 대상으로 하는 가게라는 걸 알 수 있는 하얀색을 바탕으로 한 귀여운 출입문이 있었다.

"어서오세요."

젊은 여성 종업원이 차분한 미소와 함께 돌로레스를 맞이했다. 그 뒤에서 두리번거리고 있는 젊은 병사를 이상하게 쳐다보지 않는 것으로 보아 점원들의 교육은 제대로 돼 있는 것 같다.

"여행객입니다만, '고대의 숲 정'에서 여기를 소개해 줬어요. 딱히 뭘 살지 정한 건 아니지만, 물건을 좀 봐도 될까요?"

'고대의 숲 정'은 포모제에서 장사하는 사람이라면 모르는 사람이 없는 고급 여관이다.

그 이름을 듣고 여성 종업원은 훨씬 환하게 미소를 지으면서,

"이런 말씀을 드려서 죄송합니다만, 혹시 일 때문에 필요하신 건가요?"

"아니, 개인적인 용건이에요."

"알겠습니다. 잠시 기다려 주세요."

그렇게 말하고, 종업원은 일단 가게 안쪽으로 들어갔다.

일 때문인지 개인적인 것인지를 물어본 것은, 굳이 말할 필요도 없다. 방문 목적에 따라서 예산이 완전히 달라져 버리기 때문이다.

눈치 빠른 사람이 보면 돌로레스의 차림새가 귀한 분을 섬기는 시녀의 복장이라는 것을 알 수 있다.

그렇다면, 일 때문에 주인의 물건을 구입하러 왔는지 자기 물품을 구입하러 왔는지에 따라 예산의 자릿수가 달라진다. 그리고 그 부분을 사전에 확인하면 어느 쪽이건 대응할 수 있다.

마침내 안쪽에서 나온 여성 종업원은 여러 종류의 천을 얹은

커다란 사각 쟁반 같은 것을 들고 왔다.

"이쪽이 저희가 취급하는 '레이스'입니다. 어떠신가요?"

그것은 아름다운 손으로 뜬 레이스였다. 붕대나 리본을 연상케 하는 폭이 좁고 긴 레이스였다. 색은 절반이 흰색. 나머지는 빨강, 노랑, 녹색, 파랑, 검정 등이다.

하나같이 실들이 훌륭한 무늬를 그리고 있다.

"예뻐라……."

돌로레스가 황홀해하는 목소리를 중얼거린 것도 당연한 일이다. 레이스는 남대륙에서는 상당히 귀하고 입수하기 힘든 물건이다. 원래 여성들에게 상당히 인기가 좋은 물건인 데다가 새로운 요소까지 더해졌다.

돌로레스는 그 '실로 만든 보석'이라고 불리는 예술품에 푹 빠져 버렸다.

"이렇게 폭이 좁고 긴 레이스는 주로 드레스 소매나 옷자락, 어깨 등을 장식하는 데 사용합니다. 짧은 것은 머리에 묶어서 사용하는 분도 계시죠."

"아, 그러면 정말 호화롭겠네요."

돌로레스는 사복 드레스에 레이스 장식이 달린 모습을 상상하며 미소를 지었다.

"완성되면 이런 느낌이 됩니다."

그렇게 말하고, 종업원은 옷걸이에 걸려 있던 드레스를 보여 줬다.

전시용 드레스는 당연히 이 가게가 특히 힘을 쏟아 만든 뒤 레이스를 사용해서 장식한 것이다. 아무리 그래도 웨딩드레스 정도는 아니지만, 이걸 입고 파티에 나가면 그날 밤의 주인공 자리는 확실할 정도로 호화로왔다.

"훌륭하네요……."

돌로레스의 목소리가 점점 풀어졌지만, 드레스 정도면 돌로레스의 예산으로 어떻게 할 수준이 아니라는 건 쉽게 상상할 수 있다.

"그런데, 이걸 어떻게 꿰매면 되는 건가요?"

"특별한 요령이 있는 건 아닙니다만, 일단 방법이 있기는 합니다. 보통은 레이스를 짤 때 사용한 것과 같은 실을 사용해서 꿰매는 게 일반적인 방법입니다. 방법을 모르는 분을 위해서 이런 것도 판매하고 있습니다."

그렇게 말하고, 젊은 여성 종업원은 다양한 레이스를 꿰매 놓은 천 조각을 꺼내서 보여줬다. 꿰매는 방법의 견본, 이라고 해야겠지.

"물론 실도 판매하고 있습니다. 레이스를 짜는 데 사용하는 코바늘도 판매하고 있으니까, 그쪽도 같이 구입하셔서 직접 레이스를 짜 보시는 건 어떠실까요?"

점원의 말을 듣고 돌로레스는 레이스를 빤히 쳐다봤다.

"제가 할 수 있을까요?"

"저희 가게에서 취급하는 레이스는 전문가가 아니면 힘들겠지만, 간단한 것이라면 누구든 할 수 있습니다."

그렇게 말하고, 점원은 다른 짧은 레이스를 꺼냈다.

상당히 간소한 점으로 보아 이런 점포에서 팔 물건이 아니라는 걸 한 눈에 알 수 있었다. 그것이 가장 간단한 손뜨개 레이스의 견본이다.

하지만, 아무리 간단한 것이라고 해도 실물만 보고서 짜는 데 도전할 자신은 없다. 그런 돌로레스의 심정을 헤아렸겠지.

"시간이 괜찮으시다면, 간단한 짜는 방법을 알려드릴까요?"

그렇게 말하고, 젊은 여성 점원은 하얀 레이스 실 두 뭉치와 코바늘 두 개를 꺼내서 보여줬다.

"그게……."

돌로레스는 자기도 모르게 뒤쪽에 있는 병사 쪽을 봤다.

그 시선의 의미를 이해한 호위 병사가 빙긋 웃었다.

"돌로레스 님 좋으실 대로 하세요. 전 신경 쓸 필요 없습니다."

이 가게에서 레이스 짜는 방법을 배우는 동안 혼자서 심심할 병사한테 미안하다는 생각이 들었지만, 돌로레스는 병사의 상냥한 마음을 받아들이기로 했다.

"부탁해도 될까요?"

"알겠습니다. 그럼, 이쪽에 앉아 주세요."

돌로레스가 말하자, 젊은 여성 점원이 가게 한쪽에 있는 의자와 둥근 테이블 쪽으로 안내했다.

◆

결국 돌로레스는 그 가게에서 후궁 시녀 전원에게 선물할 레이스와 레이스를 짜는 데 사용하는 굵기가 다른 코바늘 몇 개, 마찬가지로 레이스용 실을 몇 뭉치, 그리고 견본용 레이스를 꿰매 놓은 천 조각과 제일 간단한 방법으로 짠 레이스를 구입했다.

점원이 지도하는 간이 레이스 짜기 교실에서는 제일 간단한 것부터 시작해서 세 가지 방법을 배웠다. 돌로레스한테는 큰 성과라고 할 수 있을 것이다.

레이스를 취급하는 가게에서 나온 돌로레스는 '장식용 양초'를 취급하는 가게와 '허브티'를 취급하는 가게에 들렀다.

양쪽 모두 돌로레스한테 아주 의미있는 시간이었다.

남대륙에서 말하는 양초는 주로 밀랍, 일부는 대륙 동부에서 전래한 목납을 사용할 뿐이지만, 이곳 북대륙에서는 밀랍 외에 용납도 존재했다.

점원의 말로는 그밖에도 가축 지방으로 만드는 양초도 있다고 했는데, 그 가게에서는 취급하지 않는다는 것 같았다. 냄새가 너무 강한 싸구려 양초로, 시골에서는 각자 집에서 만든다는 것 같다.

어쨌거나, 돌로레스는 남대륙에는 존재하지 않는 용납을 사용한 양초를 몇 개 구입했다.

용종에 관해서는 남대륙 쪽이 본고장일 텐데. 어째서 남대륙에는 없는 용납 초가 북대륙에 있는지 물었더니, 용납을 얻을 수 있는 용은 육룡이 아니라 수룡, 그것도 바다에 사는 해룡이라고 대답했다.

용납을 얻을 수 있는 해룡은 종류도 한정돼 있고, 그 해룡의 생김새에 대해 물었더니 같이 있던 발렌티아 출신 병사가 '본 적이 없다'고 말했다. 아마도 북대륙 해역에만 존재하거나 남대륙 해역에는 존재하지 않는 용종이겠지.

생각해 보면 당연한 이야기다. 바다가 이어져 있다고는 해도 북대륙이 있는 해역과 남대륙이 있는 해역은 연간 수온이 극적으로 다르다. 그렇다면 서식하는 해룡의 종류가 달라지는 것도 당연한 일이다.

시험 삼아 가게 앞에서 초 하나에 불을 붙여 봤는데, 향기는 밀랍보다 돌로레스의 취향에 맞았다. 게다가 밀랍보다 불빛이 밝고, 외부 기온 때문에 물컹해지지 않는 특징도 있는 것 같다.

그 말을 듣고서 비쌀 만도 하다고 생각했는데, 점원이 씁쓸하게 웃으면서 한 말에 따르면 용납이 제일 비싼 이유는 용종한테서 얻는 재료로 만들기 때문이라고 했다.

용종은 이 북대륙의 사람 대다수가 믿는 교회의 가르침에서 신성한 것으로 여기고 있다. 그래서 지혜가 없는 해룡이라도 잡으려면 교회의 허가가 필요하다. 교회에도 수익을 나눠야 하기 때문에 용납이 제일 비싸다니. 너무나 현실적이고 징그러운 이야기다.

그 뒤에 허브티를 취급하는 가게에 들른 돌로레스는 지금껏 본 적이 없는 백자라고 불리는 재질로 만든 티세트와 작은 병에 든 메이플 시럽을 구입했다.

시음해 보니 허브티 자체는 돌로레스의 입에 맞지 않았고, 무엇보다 백자 티세트가 꽤 비쌌기 때문에 구입을 포기했다.

그리고 만만치 않게 비싼 물건으로 허브티에 넣는 설탕이 있었지만, 이건 굳이 말할 필요도 없이 구입할 생각도 하지 않았다.

카파 왕국 사람한테 설탕은 전혀 신기하지도 않은 물건이다. 그래서 액체 상태인데다 은은한 단맛이 나는 메이플 시럽 쪽이 훨씬 관심을 끌었다.

그렇게 해서 실컷 쇼핑을 즐긴 돌로레스는 완전히 가벼워진 지갑과 반대로 묵직한 선물을 두 손 가득 안고서 잘 포장된 포모제 시내의 길을 걸어갔다.

"괜찮으세요, 돌로레스 님? 괜찮으시다면 제가 들겠습니다."

젊은 병사가 걱정하는 목소리로 말했지만, 아무리 그래도 그것까지 부탁할 수는 없다.

"아뇨, 괜찮아요. 하지만, 아무래도 이대로는 어딜 돌아다닐 수도 없으니까, 일단 '고대의 숲 정'에 가서 짐을 내려놓고 나오는 게 좋을 것 같아요."

병사는 고용인이 아니라 호위다. 아무리 포모제 시내의 치안이 좋다고 해도 호위한테 짐을 들게 하는 것이 말도 안 되는 행위라는 정도는 돌로레스도 알고 있다.

"알겠습니다. 서두를 필요는 없으니까 천천히 돌아가도록 하죠."

병사의 말을 받아들인 것처럼 돌로레스는 만에 하나라도 짐을 떨어트리지 않도록 조심스런 걸음걸이로 '고대의 숲 정'을 향해 걸어갔다.

일단 '고대의 숲 정'으로 돌아온 돌로레스와 젊은 병사는 짐을 고용인들 방에 내려놓고서 1층 식당에서 가벼운 식사를 했다.

"이건, 뭘까요?"

"'피에로기'라는 것 같습니다."

이상하다는 표정의 젊은 병사에게, 돌로레스가 그렇게 가르쳐 주었다.

일본인이 본다면 '커다란 만두'라고 부를지도 모른다. 모양은 교자 만두와 상당히 비슷하다. 나이프로 잘라 보니 안에는 다진 고기, 치즈, 소금에 절인 양배추 등이 채워져 있었다.

원래는 '고대의 숲 정' 같은 고급 여관의 메뉴에 들어갈 리가 없는 서민 요리라는 것 같지만, 이 나라에서는 상당히 대중적인 향토 요리라는 이유로 특별히 메뉴에 올라갔다는 모양이다.

"으……."

나이프로 자르고 포크로 조심조심 한 조각을 집어서 입에 넣은 젊은 병사가 눈살을 찌푸렸다.

"어머나? 혹시 입에 안 맞으시나요?"

그렇게 말하는 돌로레스는 아무렇지도 않은 얼굴이다. 오히려 맛있다는 것처럼 열심히 먹고 있다.

"예, 그렇습니다. 그러니까, 이 안에 있는 노르스름하고 걸쭉하게 녹은 것을 도저히 못 먹겠네요."

그 말을 듣고 돌로레스는 알아차렸다. 그건 치즈다. 그렇구나, 가축이 전부 용종인 남대륙에서는 유제품을 먹는 습관이 없다. 예외는 프레야 공주가 가져다준 산양을 보유한 후궁뿐.

실제로 후궁 시녀들도 모두가 유제품이라는 새로운 식문화를 받아들인 건 아니다. 특히 나이가 있는 시녀들 중에서 문제없이 먹는 사람은 조리 담당 책임자인 바네사뿐이다.

고생하면서 먹고 있는 젊은 병사를 보며 돌로레스가 한 손을 들어서 식당 사람을 불렀다.

"이 음식은 치우고 다른 걸로 가져다주세요. 유제품이 들어가지 않은 걸로 부탁해요."

"예, 알겠습니다. 잠시 기다려 주세요."

"……죄송합니다."

젊은 병사는 얼굴이 빨개져서 미안해했다. 다 큰 남자가 편식 때문에 음식을 치운 게 부끄러워서 그렇겠지.

"그냥 평범한 일인 것 같아요, 여기서는."

그렇게 말하고, 돌로레스는 다른 테이블 쪽을 봤다. 자세히 보니 특정한 음식은 빼 달라고 하거나 음식에서 특정한 재료를 빼 달라고 주문하는 사람들이 간간이 보였다.

다양한 나라의 사람들이 오가는 포모제 특유의 현상이겠지. 모여드는 식재료도 풍부하고, 만들 수 있는 음식의 종류도 풍부하다. 그리고 찾아오는 인종도 풍부하다 보니 상성이 좋지 않은 음식도 당연히 생기게 된다.

식문화의 폭이 넓어지면 생각지도 못하게 입에 맞는 음식을 발견할 수 있는 가능성이 생기는 대신에, 못 먹는 음식이 없다고 생각했던 사람이 싫어하는 음식을 발견하는 경우도 있다.

"그렇군요."

돌로레스의 설명을 들은 젊은 병사는 노골적으로 안심한 표정을 지었다.

"실례합니다, 새 음식을 가져왔습니다."

그러는 사이에 일하는 사람이 새로운 음식을 가지고 왔다. 소시지와 소금에 절인 양배추를 넣어 끓인 수프였다.

순식간에 밝은 표정이 된 젊은 병사는 바로 포크로 소시지를 찔러서는 덥석 베어 물었다.

"그건 괜찮은 것 같네요."

소시지라는 식품도 카파 왕국에는 존재하지 않았던 것이다. 하지만 소시지는 유제품과 달리 이 젊은 병사의 입맛에도 맞는 모양이다.

"예. 정말 맛있습니다. 오래 보관할 수 있는 음식이라고 들었는데, 좀 사서 가지고 가고 싶을 정도입니다. 돌로레스 님은 이것저것 구입하신 것 같은데, 전부 후궁분들 드릴 선물인가요?"

"그렇군요. 물론 개인적인 것도 구입했습니다만, 대부분 선물이에요. 여러분은 동료들에게 줄 선물을 사거나 하지는 않으시나요?"

돌로레스의 말에, 젊은 병사는 잠시 생각했다.

"그렇군요. 조금 아쉽긴 하지만, 이 소시지라는 걸 사다가 먹여주고 싶군요."

아무래도 소시지가 정말 마음에 든 것 같다. 어린애처럼 말하는 젊은 병사의 언동에 돌로레스는 자기도 모르게 웃음을 흘렸다.

"우후후."

"아, 아니, 이건······."

웃고 있는 돌로레스 앞에서 젊은 병사는 부끄러워서 횡설수설거렸다.

후궁에 있으면 자꾸 잊어버리게 되는데, 평민이 보면 돌로레스도 귀족 아가씨. 그것도 사람들의 시선을 끌 정도로 늘씬하게 키가 큰 미소녀. 그런 사람과 같은 식탁에 앉아서 즐겁게 웃고 있으면 젊은 독신 병사의 얼굴이 달아오르는 것도 당연한 일이다.

예정에 없던 가벼운 식사 자리가 젊은 병사에게는 아주 행복한 시간이 됐다.

———◆———

식사를 마친 뒤에도 돌로레스의 자유 시간은 아직 남아 있었다. 돌로레스는 젊은 병사에게 부탁해서 아까와 전혀 다른 목적으로 다시 포모제 시내를 걷고 있었다.

"어딘가 포모제 시내를 한눈에 볼 수 있는 곳은 없을까요?"

돌로레스의 부탁을 들은 젊은 병사는 '일단 짐작 가는 곳이 있다'고 말하고 지나가는 현지인으로 보이는 남자에게 말을 걸어서 물어보더니 앞장서서 걷기 시작했다.

"꽤나 자신이 있는 것 같은데, 이유를 물어도 될까요?"

옆에서 걸어가는 돌로레스에게 젊은 병사는 약간 자랑스러워하며 가슴을 활짝 펴더니,

"제가 발렌티아 출신이거든요. 인위적으로 세운 항구도시는 수

해가 벌어졌을 때 주민들이 피난하기 위한 높은 지대를 만들어 두는 법입니다."

그렇게 자신의 지식을 피로했다.

"그렇군요."

돌로레스가 감탄을 담아 말했더니 젊은 병사는 우쭐해졌다.

실제로 피난용 고지대를 조성할지의 여부는 그 항구를 보유한 위정자의 견식에 달려 있는 부분이 크기 때문에 그런 것이 전혀 존재하지 않는 항구 도시도 흔하지만, 이 자리에서 그 사실을 지적해 줄 사람은 없었다.

그곳은 포모제 시내 동쪽에 있었다.

"괜찮으세요, 돌로레스 님?"

"예, 이 정도라면 괜찮아요."

잘 정비된 폭이 넓은 돌계단을 올라갔더니 그 위쪽은 주위가 탁 트인 광장이었다.

대부분이 잔디밭이고, 곳곳에 나무로 만든 벤치가 있다. 벤치 옆에는 만약의 경우 조명을 비추는 데 사용하려는 것인지 등불을 매달기 위한 기둥이 세워져 있었다. 하지만, 일상적으로는 피난 장소가 아닌 자연 공원이 되어 시민들의 휴식공간 역할을 하는 것 같다.

벤치에 앉아서 담소를 나누는 사이 좋은 노부부와 웃으면서 잔디밭을 뛰어다니는 아이들의 모습도 보인다.

노부부와 아이들의 복장만 봐도 이 도시가 얼마나 풍요로운지 알 수 있다. 그 온화한 풍경에 돌로레스는 자기도 모르게 미소를 지었지만, 바로 자신이 이곳에 온 이유를 생각해 냈다.

돌로레스는 먼저 포모제 항구를 한 눈에 볼 수 있는 곳으로 갔다.

"정말로 크고 훌륭한 항구네요. 발렌티아보다 훌륭한 건 아닐까요?"

"예. 인정할 수밖에 없겠네요."

그렇게 말하는 젊은 병사의 얼굴은 그의 말대로 떨떠름한 표정이었다.

"혹시, 샘나시나요?"

깜짝 놀라서 묻는 돌로레스에게, 젊은 병사가 고개를 끄덕여 보였다.

"예. 아무래도 발렌티아는 제 고향이니까요. 저는 발렌티아가 세상에서 제일가는 항구라고 생각했었습니다."

정말로 안타깝다는 듯한 젊은 병사의 말은 사실 그렇게까지 특별한 것은 아니다.

실제로 발렌티아는 남대륙에서 견줄 곳은 있더라도 그것을 뛰어넘는 곳은 존재하지 않는 최대급의 항구다. 그곳에 사는 사람들은 '우리 발렌티아야말로 최고'라는 긍지를 가지고 있다.

하지만 이 포모제는 아무리 봐도 발렌티아보다 크다. 그리고 번영하고 있다. 게다가 치안까지 좋다. 여러 측면에서 포모제는 발렌티아의 상위 호환이라고 할 수 있다.

발렌티아 출신자로서는 그 점이 안타까우리라.

돌로레스는 주먹을 쥐고 힘줘서 말하는 병사의 말을 흐뭇한 미소를 지으며 듣고 있었지만, 슬슬 시간이 없다는 게 생각났다.

"지금부터 작업에 들어가겠습니다. 수상하게 여기는 사람은 없을 것 같지만, 만약에 대비해서 자연스레 주위를 경계해 주세요."

돌로레스가 서로의 어깨가 닿을 듯 말 듯하는 거리까지 다가와서 속삭이자, 젊은 병사는 깜짝 놀랐다는 반응을 보인 뒤에 힘차게 고개를 끄덕였다. 여자치고는 키가 큰 돌로레스의 신장은 젊은 병사와 비슷했다. 얼굴 바로 옆에서 그렇게 속삭이면 숨결이 직접 귀에 닿게 된다.

"아, 알겠습니다. 맡겨만 주십시오."

"자연스레, 부탁드려요."

얼굴이 시뻘개진 젊은 병사에게 돌로레스는 씁쓸한 미소를 감추지도 않고 그렇게 말해 줬다.

이 젊은 병사도 기타 나탈리오가 이번 임무를 위해서 선발한 두 명 중에 한 명이다. 능력은 의심할 여지가 없다.

젊은 병사는 자연스레 주위를 둘러보더니,

"괜찮습니다. 저희를 주목하는 사람은 없습니다."

그렇게 말했다. 그 말을 듣고 돌로레스는 에이프런 드레스 주머니에서 얇은 '휴대용 음악 플레이어'를 꺼내서는 익숙한 동작으로 카메라를 켰다.

항구 전체가 보이는 각도에서 한 장. 조선소가 있는 방향에서 한 장. 그리고 조금 걸어간 뒤 방향을 바꿔서 포모제 시내 전체를 한 장. 포모제를 둘러싼 성벽을 성문을 중심으로 한 장. 포모제 영주 저택을 중심에 두고서 또 한 장. 주목하는 사람이 없다는 걸 확신하고는 벤치에 앉아서 쉬고 있는 노부부와 잔디밭에서 놀고 있는 아이들도 한 장씩.

줌 기능은 일부러 사용하지 않았다. 전체를 찍는 것이 무엇보다 우선이었기 때문이다.

그렇게 상당히 짧은 시간 동안에 찍고 싶은 사진을 전부 찍은 돌로레스는 재빨리 '휴대용 음악 플레이어'의 전원을 끄고는 에이프런 드레스 주머니에 집어넣었다.

여왕 아우라가 명한 북대륙의 촬영. 진짜 목적지는 이곳이 아니라 프레야 공주의 조국인 움살라 왕국이다.

'휴대용 음악 플레이어'의 저장 용량에는 아직 여유가 있지만, 배터리 문제는 별개다. 지금은 이 정도가 한계겠지.

"고맙습니다, 무사히 끝났어요."

젊은 병사가 웃는 얼굴로 감사를 표하는 돌로레스를 존경하는 시선으로 쳐다봤다.

"대단하시네요, 돌로레스 님은."

"예?"

갑자기 칭찬을 듣고서 영문을 모르고 고개를 갸웃거리는 돌로레스에게 병사가 미소를 지으면서 말했다.

"젠지로 님께서 마도구를 맡기고, 그 사용도 맡기시지 않았습니까. 그 기대에 응하는 것처럼 돌로레스 님은 복잡한 마도구 다루는 방법을 숙지하셨고. 무엇보다 여성의 몸에 대륙 간 항해는 상당한 부담이었을 텐데도 이렇게 하루 만에 자유 시간 중에도 임무를 수행하고 계시지 않습니까. 정말 존경합니다."

"고, 고맙습니다."

진심으로 존경한다는 말에 돌로레스는 부끄러움을 감추지 못했다.

실제로는 '휴대용 음악 플레이어' 다루는 방법을 익히게 된 것은 새로운 장난감을 적당히 가지고 놀다가 사용 방법을 익힌 것 같은 감각이고, 자유 시간 중에 사진을 찍어야겠다고 생각한 것도, 이런 일들을 적극적으로 해 두면 젠지로가 '추가 용돈'을 줄지도 모른다는 꿍꿍이에서 나온 행동이다.

그런데 이렇게 대놓고 칭찬하니까 창피하기도 하고 죄책감이 들어서 견딜 수가 없었다.

"슬슬 시간도 다 됐으니까 여관으로 돌아가죠."

"그렇군요. 알겠습니다."

돌로레스가 부끄러움을 숨기려는 것처럼 조금 빠르게 말했음을 알아차리지도 못하고, 젊은 병사는 힘차게 대답했다.

◆

결론부터 말하자면, 돌로레스의 꿍꿍이는 적중했다.

'휴대용 음악 플레이어'로 찍은 사진을 확인한 젠지로는 대단히 기뻐했고, 여왕 아우라가 주는 보수 외에 젠지로도 개인적으로 상을 주겠다고 약속했다.

역시 뭘 좀 알고 씀씀이가 큰 주인이 있으면 좋다.

젠지로 일행이 묵고 있는 곳은 '고대의 숲 정'의 로열 스위트룸.

귀한 손님들이 묵는 것을 전제로 만든 그 방에는 당연하다는 것 처럼 고용인들의 방이 딸려 있다.

현재 그 고용인들의 방에는 돌로레스와 이네스 둘만이 있다.

후궁에서는 청소 담당 책임자를 맡고 있는 이네스는 돌로레스 의 상사에 해당되는 입장이다.

동시에 '황금나뭇잎호'에서의 장기 항해 중에는 마르그레테, 루 크레치아, 루크레치아의 시녀인 플로라와 함께 좁은 방 안에서 긴 시간을 공유한 사이이기도 했다.

그 힘든 항해 경험을 공유한 상대라고 생각하면 어느 정도 친 근감이 들기도 했지만, 솔직히 그 중에서 가장 친근감이 들지 않 는 사람이 바로 이네스다.

대귀족 가문의 딸인 루크레치아조차도 어떻게 수습할 여유도 없는 칠칠맞은 꼴을 보이는 중에서도, 이네스 혼자만은 단 한 번 도 그 온화하고 차분한 모습이 흐트러진 적이 없었다.

그럴 리가 없지만, 이네스는 그 힘든 대륙 간 항해가 하나도 힘 들지 않았던 게 아닌가 싶을 정도였다.

"수고가 많았어요, 돌로레스. 아만다 시녀장님께 당신이 일을 잘 했다고 전해 드리도록 하겠습니다."

"고맙습니다, 이네스 님. 그때는 제가 젠지로 님께 도움이 되는 인재였다고 확실하게 말씀해 주세요."

이네스는 돌로레스의 뻔뻔한 부탁에 씁쓸하게 미소를 지으며 익숙한 손놀림으로 여관에 비치된 허브티를 탔다.

"그렇게 강조하지 않아도 당신들이 계속 젠지로 님의 직속을 맡을 것 같습니다."

이네스는 그렇게 말해 줬지만, 돌로레스는 방심할 수 없었다.

프레야 공주의 결혼 문제가 끝나면 카파 왕국의 후궁에서는 지금 가동하는 본관 건물에 더해 별관까지 가동하게 된다. 일부의 소문에 의하면 이번 대륙 간 항해에 동행한 샤로와 지르벨 쌍왕국의 루크레치아도 젠지로의 측실이 될지도 모른다고 했다.

그렇게 되면, 단순하게 생각해 봐도 본관에서 근무하는 후궁 시녀는 후궁 전체의 3분의 1이 돼 버린다.

말도 안 된다. 전자제품이 있고 상냥한 정도를 넘어서 어설프다고까지 할 수 있는 젠지로 님의 전속이기 때문에 후궁 근무가 천국인 것이다. 프레야 공주도 루크레치아도 이번 대륙 간 항해 중에 같은 배에서 지내는 동안 어지간한 인격을 파악했기 때문에 확실하게 말할 수 있다.

두 사람 모두, 젠지로만큼 시녀들에게 편한 사람은 아니라고.

기껏 거머쥔 행운이다. 후궁에서 나갈 때까지 그 편안함을 만끽하고 싶다.

"저도 조금 둘러봤습니다만, 이 포모제는 정말로 풍요롭군요. 앞으로의 국교에 달린 일입니다만, 프레야 전하의 웁살라 왕국은 물론이고 이 나라와도 교역을 하게 될지도 모릅니다."

갑자기 생각났다는 것처럼 얘기했지만, 이네스의 말에는 보기 드물게 자신의 개인적인 바람이 섞여 있는 것처럼 보였다.

이네스는 두 잔을 탄 허브티 중에 한 잔을 돌로레스에게 권했다.

사양할 필요도 없는 돌로레스는 고맙다는 말을 하고는 바로 방에 비치돼 있는 벌꿀과 감귤계 과일 슬라이스를 넣고서 잔을 입으로 가져갔다.

웁살라 왕국에서 마시는 차와 비교해 보면 맛도 향도 상당히 독특하다. 솔직히, 돌로레스한테는 평범한 차가 더 입에 맞다.

"……교역 말인가요?"

"예. 어떻게 될지는 모르겠지만, 젠지로 님 자신이 이쪽에 오시게 되는 경우에는 저희 후궁 시녀 중에서도 사람을 보낼 필요가 있겠죠."

이네스의 대답에 돌로레스는 자기도 모르게 말했다.

"그렇다면, 다음에는 꼭 페와 레테를 추천합니다."

"그건 상관없습니다만, 정말 그래도 되겠나요?"

눈을 깜박거리면서 말하는 이네스의 의도를 오해한 돌로레스는 표정이 이상해질 정도로 미소를 지으면서 고개를 끄덕였다.

"괜찮아요. 걔들도 꼭 이 포모제를 만끽했으면 싶거든요. 사실 그러려면 걔들도 저희처럼 수십 일이나 배를 타고 와야겠지만."

나 혼자만 고생할 순 없다고 말하는 돌로레스를 보자 이네스는 난처하다는 듯 말을 한 번 더듬은 뒤, 아무것도 타지 않은 허브티로 목을 축이고서 다시 입을 열었다.

"저, 돌로레스. 뭔가 오해한 것 같은데, 젠지로 님이 다시 포모제에 찾아오실 때는 대륙 간 항해는 필요 없습니다만? 이 나라와

잘만 절충하면 이 나라 어딘가에 카파의 대사관을 설치하고 '순
간이동'을 사용해서 직접 그리로 날아올 수 있습니다. 그렇지 않
으면, 프레야 전하의 조국인 웁살라 왕국까지 '순간이동'을 하고
거기서부터 배로 이동하면 되겠죠. 웁살라 왕국의 항구에서 여기
포모제까지의 항로는 '황금나뭇잎호'라면 사흘이나 나흘 정도면
도착한다는 것 같습니다."

"아……."

대륙 간 항해가 너무 힘들었던 탓에 주인의 혈통마법을 완전히
잊어버렸던 돌로레스는, 자기도 모르게 얼빠진 소리를 흘렸다.

"뭐, 돌로레스가 그렇게까지 말한다면, 아만다 시녀장님께는
페와 레테를 추천하겠습니다."

"이네스 님!"

보기 드물게 쿡쿡 웃는 이네스에게, 돌로레스가 항의하는 목소
리로 말했다.

하지만 이네스는 시침 떼는 얼굴로 허브티만 마실 뿐, 대답하
지 않았다.

돌로레스는 자신이 운 좋은 사람이라는 것을 자각하고 있다.
이번에도 대륙 간 항해라는 힘든 모험을 하기는 했지만, 도착해
보니 그에 걸맞은 상도 있었다.

하지만 아쉽게도, 이 세상에 자신보다 더 운이 좋은 사람이 있
다는 사실도 인정해야만 할 것 같다.

이상적인 기둥서방 생활 ⑫

초판 1쇄 발행   2021년 1월 31일

저자 와타나베 츠네히코

발행인 원종우
발행처 (주)이미지프레임

주소 (13814) 경기도 과천시 뒷골1로 6, 3층
영업부 02-3667-2653   **편집부** 02-3667-2653   **팩스** 02-3667-2655
메일 edit01@imageframe.kr   **웹** vnovel.blog.me

ISBN 979-11-90866-94-1 04830   **(세트)** 978-89-6052-269-5